파리의 농부

파리의 농부

루이 아라공 지음
오종은 옮김

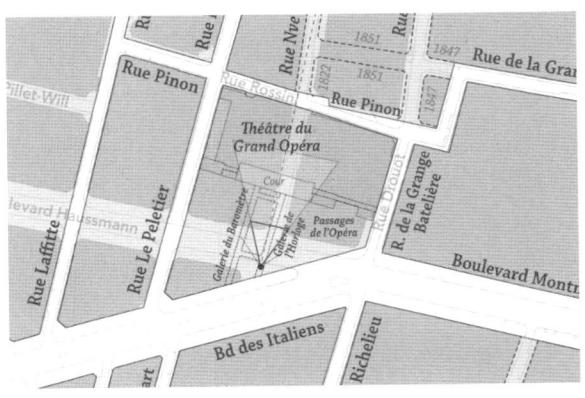

Le Paysan de Paris
by Louis Aragon
ⓒ Editions Gallimard 1926, 1953
All rights reserved. Published by arrangement with Editions Gallimard

Korean translation ⓒ 2018 Emotion Books

목차

9   현대의 신화를 위한 서문
19   오페라 파사쥬
143   뷔트 쇼몽에서의 자연의 감정
239   농부의 꿈

263   저자 연보
269   옮긴이 후기

앙드레 마송에게

현대의 신화를 위한 서문
PREFACE A UNE MYTHLOGIE MODERNE

오늘날 모든 관념은 비판적 단계를 넘어선 것으로 보인다. 일반적으로 (인정되지만) 인간이 갖는 모든 추상적 관념에 대한 전반적 검토는 어느덧 모든 관념을 몽땅 소진시켜 버렸고, 인간의 이성의 빛이 도달하는 곳 모두에 깊숙이 스며들어 이 포괄적 소송으로부터 벗어날 수 있는 것은 어느 것 하나 없으며 기껏해야 재심만이 허락될 뿐이다. 그래서 우리들이 보는 바와 같이, 세상의 모든 철학자들은, 어떤 작은 문제에 손을 대는 경우에도, 어디까지나 우선 옛사람이 앞서 말했던 모든 것을 제시하고 다음에 그것을 반박한다. 그렇기 때문에 그들은, 선배의 오류의 탓이 아닌 것, 그것에 기반을 두지 않는 것, 그것이 뒤섞이지 않은 것은 무엇 하나 생각하지 못한다. 기이하면서도 이상하게 부정적인 방법이다. 아무래도 이 방법은 천재를 두려워하는 것 같지만, 하지만 이것은 실제로는 천재 바로 그것, 진정한 창조나 계시 이외에는 어느 것도 중요하지 않은 영역이다. 사유를 자기 분야로 한 사람들은, 변증법적 방법이 어떤 도움이 되지 않는다는 것을, 일반적으로 확실성에 도달하는 것에 이 방법이 효과가 없다는 것을, 항상 이것을 의식한다는 인상을 받는다. 그런데, 이 의식으로 인해, 그들은 여러 가지의 변증법적 방법에 대해 논의할 뿐, 변증법 바로 그것을, 그리고 그 대상인 진리를 논하지 않았다. 또는 진리가 기적적으로 그들의 사고를 점령한다 할지라도, 그것은 진리를 목적으로서 생각하는 것이며 진리라는 개념 자체를 생각하는 것은 아니다. 확실성의 객관성, 이거야말로 모두가 참여하는 논쟁의 대상이 되어버렸다. 하지만 확실성이란 것의 현실[리얼리티] 자체에 대해서는 누구 하나 제대로 생각해보지 않는다.

현대의 신화를 위한 서문

확실성의 특징은 철학자의 시스템에 따라 달라지는데 아주 끔찍한 확실성에서 불확실성만을 확실하다고 여기는 이데올로기적인 회의론에 이르기까지 다양하다. 하지만 확실성은, 예를 들면 존재의 의식으로 축소될 수 있지만, 깊이 파고드는 사람에게 있어서는 그것을 오류와 분명하게 구별하게 하는 명확하고 독특한 특성이 나타난다. 확실성은 현실이 아니다. 이러한 근본적 신념으로부터 예의 명증성에 대한 데카르트의 교의의 성공이 나오게 된다.

우리는 아직 이러한 환각이 가져오는 폐해를 완전히 파헤치지는 못했다. 지금까지 정신적 행보에 있어서 인간에게 가장 공통적인 사고법에 영합하는 명증이라는 것만큼 오류를 피하기 힘든 궤변도 없을 것이다. 사람은 모든 논리의 근원에서 그것과 만나게 된다. 사람이 스스로 표현한 명제에 대해서 증거로 제시하는 이것은 궁극적인 정당성의 근거로 여겨진다. 인간은 그것을 원용하면서 추론하고, 그것을 원용하면서 결론을 내린다. 정말로 이런 식으로 해서 인간은 변덕스러우면서도 항상 명백한 진리를 꾸며낸다. 그럼에도 불구하고 그는 어떻게 자신이 이러한 진리에 만족하지 못하는가를 공허하게 자문한다.

그런데 검은 왕국이 있다. 인간의 눈은 그곳을 지나가는 것을 피한다. 왜냐하면 이 왕국의 경관은 결코 눈을 즐겁게 하지 않기 때문이다. 이 어둠이라는 것은, 빛을 그리는 경우에 그것을 통과한다고 여기는 그것인데, 이것은 아직 알려지지 않은 다양한 성격을 가진 오류다. 이런 오류만이, 그것을 스스로 직시할 수 있는 사람에게, 순식간에 사라지려는 현실을 증언해줄 수 있다. 그런데 오류의 얼굴과 진리의 얼굴이 서로 다르다는 정도는 누구라도 이해할 수 있는 것이 아닐까? 이 오류는 항상 확실성을 동반한다. 오류는 명증에 있어 필수적인 항목이다. 그래서 진리에 대해 말할 수 있는 모든 것은 오류에 대해서도 똑같이 말할 수 있는 것이지 않으면 안 된다. 그렇지 않다고 생각한다면 이 이상의 잘못을 범하는 것도 없을 것이다. 명증에 대한 감각이 없다면, 오류도 존재하지 않는다. 이러한 감각이 없다면 오류에 대해 특별히 생각해볼 일도 결단코 없을 것이다.

★

내가 내 생각의 이 지점에 이르렀을 때 갑자기 봄이 예기치 않게 이 세계에 나타났다.

어느 날 저녁 토요일 오후 5시경에 갑자기 어떻게 손을 써볼 방법도 없이. 모든 것들이 서로 다른 빛 속으로 잠겨버렸다. 무엇보다도 아직 꽤 추웠고 무슨 일이 벌어졌는지 말할 수가 없었다. 그렇다 하더라도 사고의 움직임은 원래 상태로 머물러 있을 수가 없었던 것 같다. 생각은 모조리 탈선해서 절박했던 관심사를 계속 쫓았다. 상자의 뚜껑이 방금 막 열렸다. 나는 나만의 자유를 너무 만끽하다보니 이미 나의 주인이 아니었다. 무엇인가를 계획하려고 해도 소용없다. 이런 천국의 시간이 지속되는 한에는 말이다. 나는 내 감각과 우연에 푹 잠겨 있는 인형이었다. 나는 룰렛 앞에 앉아 있는 도박사와 같다. 돈을 석유사업에 투자한다면 어떨까 같은 이야기를 꺼내는 순간에 도박사라면 비웃을 것이다. 나는 나의 신체의 룰렛에 몰입해있었고 나는 빨강색에 돈을 걸었다. 내 마음이 다른 곳에 있다는 것을 제외하면 모든 것이 확실하게 기분전환을 해주고 있었다. 무언가 고귀한 감정이 다른 어떤 것보다 포기를 좋아하도록 나를 격려하며, 당신이 나를 책망하더라도, 내 귀에는 어떤 것도 들어오지 않을 것이다. 사람들의 사소한 행동을 신경 쓸 정도라면 오히려 당신은 지나가는 여자들을 지켜보는 게 좋을 것이다. 그것이야말로, 멋진 빛이 빚어낸 다양한 단편이고, 아직 모피를 벗어버리지 않은 섬광의 빛남이고, 빛을 발하면서 이동하는 신비이다. 그녀들 개개인에게 접근하지 않는 한은, 적어도 손으로 만져보지 않은 한은, 그녀가 쓰러지는 것을 느끼지 못하는 한은, 그것을 견디지 못하고 그녀가 끈질기게 저항을 하는 한은, 무슨 일이 있어도 나는 죽고 싶지 않다. 그리고 나서 될 대로 되라! 이러한 욕망을 일으키는 번쩍임과 수없이 스쳐 지나가면서도, 내 손을 뻗쳐서 자유롭게 존재하는 어느 생명체도 잡으려는 노력 없이, 나는 밤늦게 집에 돌아온 적이 있다. 그러면 옷을 갈아입으면서 나는 도대체 이 세상에서 무엇을 하고 있는 것인가라고 경멸적인 어조로 스스로에게 자문했다. 이렇게 살아가는 방식이 괜찮은 걸까, 암흑이 드리운 깊은 곳에, 내가 수확한 물건을 찾기 위해, 누군가의 감춰둔 먹잇감이 스스로 되기 위해 나는 다시 나가야만 하는 것일까? 마침내 감각이 지상의 패권을 움켜쥐었다. 이제 이성은 무엇을 성취하려고 해야 하는 것인가? 이성, 이성, 오오, 예전의 추상적인 환상이여, 난 이제 너를 나의 공상 밖으로 내쫓아 버렸다. 이제 비로소 나의 꿈들이 눈에 보이는 현실과 뒤섞여버리는 지점에 도달했다. 이제 여기는 나를 위한 공간만이 존재한다. 이성이 나에게 관능의 독재를 고발해도 이제 소용없다. 오류를 경계하도록 해도 쓸모없다. 오류야말로 여왕이다. 어서 들어오세요, 여왕님, 이것이 나의 몸입니다, 이것이 당신이 앉을 왕좌입니다. 나는, 나의 열광을 사랑스러운 새끼말처럼 애무한다. 인간이 잘못을 범하도록 하는 이중성이여, 너의 허망함에 대해서 잠시 동안 꿈꾸게 해다오.

★

내가 세계에 대해서 생각하는 모든 관념은, 그것에 대해서 추상적 검토를 하지 않는 이상, 이제 나는 그것을 확실하다고 믿지 않는다. 이런 저런 우회를 통해 이제 나는 이렇게 생각하는 것에 익숙해져버렸다. 사람들이 이러한 분석의 정신을, 이런 정신과 그 필요성을, 나에게 전달해주었다. 그래서 자신을 잠에서 깨어나게 하려고 애쓰는 사람처럼, 이러한 정신적 습관으로부터 나 자신을 벗어나게 하려는 노력을 한다. 그것은 내가 보고 만지는 것을 근거로 자연스럽게 생각하기 위해서이다. 하지만 이성에 기반을 둔 인식이 감각적 인식과 단 한 순간이라도 비견되는 일이 있을까? 틀림없이 전자에만 기대어 후자를 경멸하는 어설픈 다수의 사람들이야말로 감각으로부터 유래하는 모든 것이 조금씩 받아 온 경멸을 설명하기에 충분한 것처럼 내게는 보인다. 그렇지만 사람들 가운데서 학식이 있는 사람들은 빛은 일종의 파동이라고 가르쳐주며 그 파장을 측정해서 그들의 이성적 작업의 성과를 가르쳐주었다. 하지만 그 작업의 성과에 관계없이, 빛 가운데 내게 중요한 것, 즉 빛에 대해서 내가 나 자신의 눈으로 어느 정도는 알고 있는 것, 나를 맹인과 구별해주는 것, 그리고 기적의 소재가 될 수 있지만 이성의 대상은 아닌 이런 것에 대해 그들은 나에게 말해주지 않는 듯하다.

현대의 신화를 위한 서문

인간의 어리석은 합리주의 안에는 사람들이 생각하는 이상으로 어설픈 물질주의가 있다. 오류에 대한 두려움, 나의 관념이 비상할 때 모든 것들이 끊임없이 생각나게 하는 오류에 대한 두려움, 이로 인한 병적인 검토의 버릇 때문에 인간은 감각에 의한 상상보다 이성에 의한 상상을 더 선호한다. 하지만 거기에서 작동하는 것은 항상 상상력뿐이다. 어느 것도 나에게 현실세계를 확실하게 보장해주지 않는다. 어느 것도 나에게 하나의 망상적인 해석에 기반해서 현실을 구축한 것이 아니라고 확신하지 못하게 한다. 어떤 논리의 엄격함도, 어떤 감각의 인상도 확신을 주지는 못한다. 하지만 감각의 경우 각각의 세기의 학설을 완전하게 익힌 인간은 자기 자신을 의심하기 시작했다. 거기서 그와 다른 사고법이 도움이 된다 할지라도, 어느 거울의 놀이에 의해서일까, 그러한 사고법을 상상할 수는 있다. 그리고 인간은 수학의 먹잇감이 된다. 이리하여 인간이 물질로부터 자기 자신을 해방하기 위해서 우선 물질이 갖는 여러 속성의 포로가 되어버린 것이다.

 실은 나는 내 안에서 이러한 의식을 느끼기 시작한다. 감각도 이성도, 속임수가 아닌 이상, 두개를 서로 분리시켜 생각할 수 없다. 아마도 감각과 이성 모두 단지 기능으로서 존재하는 것 아닌가 하는 의식이다. 이성의 최대의 승리는, 다양한 발견이나 놀라움을 제외한다면, 대중적인 오류를 확인했던 것에 있을 것이다. 이성의 최대의 명예는 학자가 경멸해온 본능적 표현에 대해 정확한 의미를 부여한다는 것이다. 하지만 빛은 어둠에 대비했을 때만 그 의미를 가질 수 있다. 그리고 진리는 오류를 전제했을 때만 의미를 갖는다. 우리들 삶을 풍부하게 해주고,

삶에 풍미와 도취를 더해주는 것은 이런 상반되는 것들의 혼합이다. 우리들은, 오로지 이런 상극작용에 의해서, 하얀색과 검은색이 서로 부딪히는 지역에서만 존재한다. 그곳에서, 하얀 색이든 검은 색이든, 나에게 무슨 상관이 있겠는가? 그것들 모두 죽음의 영역이다.

★

나는 이제 내 손가락의 오류, 눈의 오류를 일부러 자제하고 싶지는 않다. 그러한 오류들은 그저 허술한 함정일 뿐만 아니라. 그거야말로, 그것들 이외의 어느 것도 제시할 수 없는 목적을 향한 호기심을 불러일으키는 길이라는 것을 이제 나는 알고 있다. 모든 감각적 오류에 상응하는 이성이 피우는 기묘한 꽃이 있다. 여러 가지 다양한 부조리한 신뢰, 예감, 집념, 망상의 멋진 정원이 있다. 거기에서 끝없이 변화하는 미지의 신들의 형상이 하나의 모습으로 나타난다. 나는 회색빛 얼굴을, 상상의 삼베의 열매를 떠올린다. 당신들의 모래성에서, 당신들은 얼마나 아름다운가, 연기의 원기둥이여! 몇 개의 새로운 신화가 우리가 걸음을 내딛을 때마다 태어난다. 사람이 살았던 곳에, 사람이 살고 있는 곳에서 전설이 시작된다. 이제 내가 생각하고자 하는 것은 이러한 경멸을 받았던 변화일 뿐이다. 매일 현대적인 존재의 감정은 미묘하게 변한다. 하나의 신화가 만들어지는가 하면 해체되기도 한다. 그것은 삶의 경험이 결코 없는 사람들에게만 개방된 지식이며 생활의 과학이다. 이 살아있는 과학은 스스로를 태어나게 하며, 스스로 죽어가면서 날마다 변한다. 나는 이미 26살이지만, 이 기적에 참여한다는 특권이 과연 내게도 주어질 것인가? 경이로운 일상이라는 이 기분을 나는 오랫동안 지속할 수 있을까? 나는 이러한 기분이 사람들 사이에서 없어지는 것을 목격한다. 사람들은 점차 포장된 길을 나아가면서 스스로의 삶을 살아가고, 더욱더 쉬어진 세상의 습관에 익숙해져가면서, 이상한 것에 대한 취향과 지각을 점점 버리게 된다. 그것이 어떻게 되는지는, 절망적이게도, 나는 절대 알 수가 없을 것이다.

오페라 파사쥬
LE PASSAGE DE L'OPERA

(1924)

오늘날 사람들은 더 이상 높은 곳에 있는 신들을 숭배하지 않는다. 솔로몬의 사원은 메타포의 세계로 밀려 내려갔는데 그곳에는 제비들의 집과 시체처럼 새하얀 도마뱀들이 있을 뿐이다. 종교에 대한 신앙심은 공중의 먼지로 사방에 흩어져 사라졌고, 성스러운 장소도 버림받은지 오래다. 그러나 인류에게는 사람들이 자신들의 신비를 가지고 방문할 수 있으며 심오한 종교가 점차적으로 형성되는 그런 장소들이 있다. 이러한 장소에 신은 아직 거주하고 있지 않다. 신은 거기에서 형성되는데 새로운 신의 머리는 이러한 에페수스[옮긴이 — 이탈리아의 옛 도시. 세계의 보물과 돈을 끌어 모은 아르테미스의 신전이 있다]의 재창조를 유리잔 아래의 산을 갉아먹는 금속처럼 서두른다. 거기에서 이런 시적인 신을 출현시키는 것은 우리의 생활이다. 수많은 사람들이 이 신의 옆에서 아무것도 보지 못한 채로 지나가버린다. 그런데 서투르게도 그것을 알아차린 사람들에게는, 그것이 단번에 생생히 느껴져서, 두려울 정도로 그것에서 벗어나지 못하게 될 것 같다고 느낀다. 바로 그러한 것들이 장소의 형이상학이다! 아이들을 다정하게 달래주는 것은 그런 장소들이고, 그들의 꿈을 가득 충족시키는 것도 그런 장소들이다. 이 같은 전율과 미지의 것들로부터 이루어진 해변을 우리들의 정신적 물질의 전체가 둘러싸고 있다. 내가 과거를 향해 단 한 걸음만 내딛어도 불가사의한 것에 대한 그러한 감정을 다시 회복할 수 있을 것이다. 내가 아직 경탄할 줄 아는 그런 존재였던 무렵에는, 무엇인가 설명을 할 수 없는 일관성에 대한 의식이 있었고 나의 마음 깊숙이 뻗어 온 의식이 있었다.

오페라 파사쥬

상상력의 모든 동물과 모든 해초는, 마치 그늘진 머리카락처럼, 빛이 도달하지 않는 인간의 활동 지대에서 모습을 감춰버리거나 혹은 영원히 헤매기만 한다. 그곳에 커다란 정신의 등대가 몇 개인가 모습을 나타내는데 그것은 덜 순수한 기호의 형식을 띠고 있다. 인간의 사소한 잘못이 신비의 문을 열고, 그러면, 우리들은 어두움의 왕국에 들어선다. 발을 잘못 내딛거나, 한 음절을 실수하거나 하면 그것이 인간의 생각을 드러낸다. 마음이 동요하는 중에는, 무한히 큰 자물쇠가 확실하게 잠겨있지 않은 장소가 있는 것 같다. 살아가는 사람들의 가장 분명치 않은 활동이 계속되는 이 장소에서, 생명이 없는 것이 가끔 사람들의 가장 은밀한 동기를 반영하고 있다. 이처럼, 우리들이 살고 있는 이 도시에, 그냥 스쳐 지나가 보지 못하는 스핑크스들이 살고 있다. 그들은 꿈을 꾸는 듯한 통행자가 무심코 헛된 생각으로 그쪽으로 향하지 않는 한, 지나가는 사람의 발을 붙잡지 않으며 목숨을 걸어야 하는 수수께끼를 던지지 않는다. 하지만 그가 만약 스핑크스를 간파하는 일을 습득하고, 현명하게 물어본다면, 모습을 보이지 않던 이 괴물들 덕분에, 그가 다시 한 번 탐구하기 시작하는 것은 다시금 그 자신의 마음속의 심연이다. 이상한 것으로부터의 현대적인 빛, 바로 이것이 이후에도 그를 붙잡아 버릴 것이다.

    파리의 그랑 불바르 주변에 있는 많은 닫혀진 갤러리들은 약간 당혹스럽게 **파사쥬**(passage, 혹은 아케이드)라고 이름 붙여져 있다. 마치 햇빛도 비춰지는 것을 막아버릴 듯한 통로는 누구도 잠시 동안 멈춰 설 것을 허용하지 않을 것 같다. 그곳의 빛은 마치 심해의 빛과 같은 것으로 갑자기 치마를 걷어 올렸을 때 드러나는 맨다리와 같은 그런 것이었다. [도시계획이라는] 미국식의 위대한 본능이 제 2 제정 시대의 어떤 지사(파리의 도시 계획자 오스만)에 의해 수도로 유입되어 파리의 지도를 일직선으로 절단하려 했고 이 본능은 곧 그와 같은 인간의 수족관을 유지하는 것을 불가능하게 해버린다. 여기는 이미 원시 생명이 멸종했지만 여전히 일부 현대의 신화를 숨기고 있다고 여겨지는 인간의 수족관이다. 왜냐하면 오늘이야말로 곡괭이가 그들을 위협하고 있기 때문이며, 이 수족관이 실제로 덧없는 것들에 대한 신앙의 성전이 되었기 때문이고, 저주받은 쾌락과 직업의 환상적인 풍경이 되었기 때문이다. 어제까지 이 장소들은 전혀 이해할 수 없는 것이었으며 내일 어떻게 될지는 아무도 모른다.

"오스만 대로는 오늘 라피트 거리에 도달했다"고 얼마 전 《앙트라시장l'Intrasigeant》지가 보도했다. 큰 길을 따라 앞으로 몇 걸음 내딛으면, 자신과 르 펠르티에 거리의 경계를 이룬 주택들을 먹어치우고, 이탈리안 대로로 비스듬히 도달하며 오페라 파사쥬의 양쪽의 회랑의 둘레에 걸쳐있는 풀숲 지대를 열게 될 것이다. 광대한 파리의 신체에서, 그 결과도 반향도 예측할 수없는 이상한 입맞춤이 도로에 쏟아지는 것은 거의 카페 루이 16세 근처일 것이다. 그래서 이런 질문을 던질 수 있을 것이다. 바스티유에서 마들렌에 걸쳐 마치 거짓말처럼 몽상과 우울의 파도를 매일 짊어지고 나르는 도도한 인간의 강은 그 대부분의 흐름이 새로운 균열로 쏟아져 들어가서, 어느 지역의 생각의 흐름을 모두 변경하고 어쩌면 세계의 생각의 흐름을 모두 바꿔버리는 것은 아닐까?

오페라 파사쥬

분명 우리들은 산책이나 매춘의 새로운 양식이 유행하는 것을 목격할 것이다. 그리고 내 생각에는 대로들과 생 라자르 지구 사이의 교통이 대폭 늘어나게 될 것이며 새롭게 생긴 이 두 번화가에 들어가려는 낯선 사람들이 그 어느 것을 즐길 것인가를 고민하면서 무리를 지어 산책할 것이다. 그리고 그들이야말로 내일의 신비의 주역이 될 것이다.

내일의 신비는 이처럼 오늘의 신비의 폐허에서 태어난다. 내가 지금 말하고 있는 이 오페라 파사쥬를 산책해보고, 잘 조사해보도록 하자. 지하도가 두 개 있는데 북쪽은 쇼샤 거리에 통하는 문이 하나만 열려 있으며 남쪽으로는 문이 두 개 있어서 거기서 대로로 통하게 된다. 두 개의 갤러리(회랑) 중 서쪽의 것은 갤러리 바로메트로[기압계]라 불리며 두 개의 샛길에 의해 동쪽의 갤러리 테르모메트르[온도계]와 만난다. 그중 하나는 파사쥬의 북쪽에 접하고 있으며, 또 다른 쪽은 대로의 바로 옆에 있고 두 개의 남문 사이의 공간으로 서점과 카페 바로 뒤쪽에 있다. 공중도덕에 반하는 여러 욕망을 막기 위해 골목을 폐쇄한 철책 문을 지나서, 지금 내가 언급한 카페와 유젠느 레이 서점 사이에 통하는 갤러리 바로메토르 안쪽까지 들어가면, 오른쪽에 있는 건물의 정면 거의 전체 중, 일층은 몇 개의 진열창과 카페 등이 있어 종류가 다양하지만 위층은 단 하나의 건물로 완전히 점령된 것처럼 보인다. 그것은 바로 건물 전면 전체를 차지하고 있고 호텔, 즉 쾌락의 실험실—호텔의 존재 이유도 거기에 있지만—다운 분위기와 조명을 갖춘 방들을 가지고 있다.

내 기억으로는 내가 처음 이 호텔에 관심을 갖게 된 것은 쇼샤 거리의 막다른 골목이 된 건물의 벽에 호텔 몬테 카를로(그곳의 로비는 갤러리 바로메토르에 있다)가 내건 대형 광고 때문이었는데 그 광고에서 이 호텔은 자신들은 **파사쥬에 있는 가구가 있는 숙박업소와는 전혀 무관하다고** 자랑스럽게 주장했다. 이 가구가 있는 숙박업소란 곳을 보면 2층에 위치한 것은 한 시간씩 예약하는 '임시 숙소maison de passe'이고, 3층은 천장이 꽤 낮은 방이 몇 개인가 있으며 한 달 단위나 한 주 단위로 임대하는 호텔로 나름 싼 가격으로 냉수와 온수설비를 갖추고 있고 전기가 들어오지만 지저분하고 답답한 방들이었다. 커플들이 이용하는 임시 숙소라는 것은 살아가는데 꽤 쾌적한 공간이다. 거기에는 자유가 흘러넘치고 게다가 보통 싸구려 호텔에서처럼 사람들이 염탐당한다는 느낌이 없기 때문이다. 그런 이유로 나는 베를린에서 샤를롯텐부르크의 요아킴슈타렐러 가에 있는 비슷한 곳에서 살았다. 그곳에서 나는 트렁크를 방에 그대로 놓아두고, 매일 밤 방으로 들어가기 전에 대금을 지불했다. 피카비아도 다르세 거리에 있는 비슷한 방에 간혹 머물렀는데 그는 이곳에 도착하면 문 앞에 구두가 없어서 좋다고 말했다. 실제로 나는 오페라 파사쥬에 위치한 가구가 설치된 아파트의 삼층에서 내 친구 두 사람이 함께 하숙하고 있다는 것을 알고 있다. 지난해 스트라스부르에서 파리로 무질서라는 위대한 재능을 가져왔기 때문에 내가 매우 높이 평가하는 마르셀 놀, 그리고 시인 자크 바롱의 동생인 샤를르 바롱의 두 사람이다. 그 자신도 시인(이 일은 별로 알려지지 않았지만)이지만 잘 모르는 사람들은 자크와 구별하기위해 그를 '권투선수 바롱'이라고 부른다. 그가 예전에 막연하게 권투를 배웠기 때문이며, 아마도 당시 몇몇의 복서가 연습하던 체육관에 자주 드나들었고, 적어도 그 중 한명인 프레드 브르토넬이 링에서 명성을 얻었기 때문이다. 그 샤를르 바롱이 매력적인 여자 친구와 동거하기 위해서, 이곳에 설비가 나쁜 방을 선택했다. 하지만 내게는 이 여자는 어떨 때에는 칼에 찔린 비둘기에 묘하게 비슷할 때가 있다고 말하는 권리밖에 없다.

    이 로맨틱한 싸구려 숙박업소는, 가끔 문들이 열려있어서 기묘한 조개껍질 같은 내부를 엿볼 수 있다. 그래도 주변을 떠도는 사람들은 아마도 아무렇지 않게 이곳을 사용하고 있지만 이 부근의 분위기 때문에 이 호텔은 더욱 수상해 보인다. 분장실들로 가득 찬 극장의 무대 뒤처럼 긴 회랑을 통해 이어지는 방들은 전부 같은 방향으로 파사쥬를 향하고 있다. 이중 시스템의 계단을 내려오면 2개의 다른 지점에서 파사쥬로 들어서게 된다. 이 모든 배치는 만일의 경우에 서둘러 방을 빠져나갈 수 있도록 고안되었다. 그리고 평범한 장식의 빛바랜 하늘색 벽지 뒤에 관찰자가 매우 은밀한 만남을 알 수 없도록 모든 것이 배치되어 있다. 일층의 가장 먼 계단 부분에 누구의 발상인지 모르지만 문이 설치되어 있어서, 만일의 경우, 이 문을 닫아 출구를 바로 봉쇄할 수 있다. 무엇보다 이 문은 계단의 한 단 높이 정도에 있어서 그것을 돌파하려면 같은 높이의 난간을 넘어야만 한다. 문의 손잡이에 매달린 듯한 이 위협은 그것을 생각하고 있는 누군가의 마음속에서 어지러운 추측을 불러일으킬 수 있다. 이 문이 지니고 있는 숨겨진 의미는 도대체 무엇일까? 이 문의 존재는 가장 비열한 경찰 작전을 떠올리게 한다. 지적인 약점에 배신당한, 감정과 관능의 살인자들의 중심부를 향해 추적하려는 경찰은 그들이 은신하고 있는 이 육욕의 미궁에서 새벽에 그들을 포위하고 핍박한다. 새벽녘에야 자신들이 숨어 있는 관능적인 미로 속에서 길을 잃은 영웅들은 발끝으로 서서, 가슴을 두근거리며, 무의식적으로 닫힌 문을 통해 쏟아지는 쾌락의 한숨 소리를 듣고 있다. 때때로 복도에 불이 켜지지만 그들이 가장 좋아하는 어둑어둑한 색이다. 방의 문이 반 정도 열리면 여자의 속옷이 보이고 노래 소리가 들린다. 그리고 손가락의 끈이 풀어지면서 행복한 순간이 사라지고, 외투를 입은 모습은 익명의 날로 변하고 겉치레의 세계로 변한다.

    이 건물은 두 여자가 관리하고 있다. 그중 한명은 호텔 사무실의 벽난로 옆 열쇠를 걸어놓은 판자 옆에 앉아 지병인 류머티즘 때문에 찌푸린 얼굴을 하고 있는 늙은 여자이다. 다른 한명은 나이는 훨씬 젊지만, 상냥하고 부드러운 느낌의 갈색 머리를 한 여자이며 분명 호텔의 진짜 주인일 것이다. 건물의 철거 때문에 이 곳에서 쫓겨날 처지가 되면 이 여자는 어떻게 할지 궁금하다. 원래 수다스럽고 태평스러운 성격인 그녀는 자신의 일 덕분에 애매하거나 불안정한 일이면 무엇이든 좋아하게 되었다. 그녀는 세입자에게 거의 돈을 재촉하지 않는다. 만약 재촉하게 된다면 그것은 정말 그렇게 해야 할 필요를 느꼈을 때뿐이다. 그녀는 세입자들 중 가장 정확하게 돈을 지불하는 사람에게도 불규칙적인 것을 기대하며, 그런 일이 재미있다고 여긴다. 그리고 아마 다른 숙박업소의 주인과 마찬가지로 그녀는 경찰의 편이겠지만 만약 그녀가 그들에게 뭔가 이야기를 한다면, 마치 그녀가 무슨 희미한 불행을 염려하는 것처럼 그녀의 목소리는 공포스러운 어조가 섞일 것이다. 어느 날 내 친구 놀이 늦은 밤에 선동적 구호를 외치면서 잠이 든 사람들을 깨운, 완전히 하찮은 혐의로 체포된 적이 있다. 경찰서에서 놀의 주소를 확인하기 위해서 전화가 걸려왔기 때문에, 나는 비로소 그 사실을 알게 되었다. 그때 난 그녀가 몹시 불안에 떨면서 이렇게 말하는 것을 들었다. "도대체 그에게 무슨 일이 일어난 걸까요? 그렇게 심각한 문제를 일으키다니, 정말 어리석군요. 적어도 지금은 그를 오래 붙잡아 두지 않을 거예요. 지난달에도 한 세입자가 그들과 마찰을 빚고 있었거든요." 그녀는 몇 분 후 그가 나타나자 안도의 한숨을 내쉬었다.

대로와 호텔의 정문 사이에, 그러니까 호텔의 일층에 잡지나 대중소설, 그리고 과학계의 출판물이 진열된 레이 서점의 창이 있다. 이곳은 파리에서 잡지를 사지 않고도 편하게 훑어볼 수 있는 4, 5개의 장소 중 하나이다. 그래서 몇몇 젊은이들이 자주 이곳에 모여 아직 자르지 않은 페이지를 읽기 위해 작은 틈새로 실눈을 뜨고 읽는 모습을 볼 수 있다. 또한 침착하게 책을 읽은 척하면서도, 사실 이런 저런 이유로 골목의 왕래를 망보고 있는 또 다른 무리들도 있다. 나는 이것을 잘 새겨두기로 했다. 서점에는 한 명의 계산원이 있는데 그는 정면에 그릴이 설치된 작은 유리로 된 부스에 앉아서 계산을 하거나 책을 진열한 책장을 꼼꼼히 살펴본다. 이곳의 도난율은 1920년 한해에 거의 2만 프랑 어치의[1] 책과 정기 간행물이 도난당했던 상 제르망 대로의 크레스 서점만큼 높다.

뒤쪽에 있는 2호 건물의 문은 가구가 갖춰진 방이 있는 2층으로 이어지는 계단과 연결되어 있다. 이곳을 한번 훑어보면 계단 바닥에서

---

1. 물론 당시의 화폐로 그렇다는 것이다. (1966년의 노트)

조금 뒤쪽에 정면이 유리로 된 파사쥬의 경비원이 있는 방이 있다는 것을 알 수 있다. 그리고 이 유리창이 미지의 것과 모험의 한계에서 완전한 소극성의 이중적 존재를 지키고 있다! 수년간 경비원과 그의 아내는 이 뒷방에 몸을 숨기고, 밀회를 위해 위로 올라가는 치마와 바지가 창으로 지나가는 것을 수도 없이 지켜보았다.

지금까지 두 사람은 이곳으로 부터 단 한 발자국도 벗어나지 못했다. 그들은 회랑 주변에 머물면서 틀림없이 그들의 인생을 헛되이 소비했다. 그는 끊임없이 담배를 피웠고, 그녀는 영원토록 바느질을 했다, 마치 우주의 운명이 그녀의 바느질에 달려 있는 것처럼. 분명 상당히 호기심 많은 어린 꽃들이 이 쌍둥이 두개골의 뇌리를 장식할 것이다. 어두워진 후에도 오랜 시간동안 방 안에 불이 켜지지 않는다. 이는 전기 요금을 아끼려는 생각 때문인데, 그 때, 이 결혼한 커플의 뇌리에는 아름다운 자연의 한 장면이 분명히 쉽고 폭넓게 떠오를 것이다.

그들이 하는 일상적인 잡담이 마침내 침묵을 가득 채울 정도로 그와 그녀는 서로 너무 익숙해져 버렸다. 그래서 이제는 거의 시인만이 가지고 있는 저 웅장한 상상력에 의지하는 것 말고는 이 파이프와 바느질의 기계적인 동작을 이해할 수 없을 것이다. 외출도 하지 않으면서, 육체적 나이와 정신적 나태로 늙어가면서, 비밀스러운 발자국이 바로 창문 건너편에서 매춘의 발자욱과 교차하는 것을 볼 때, 그들이 발견하게 되는 것은 무엇일까? 내가 시각화하는 것을 즐기는 음란한 카드를 사용한 게임. 클럽의 여왕이라... 어느 날 나는 안내문에 나온 대로 그 경비원과 이야기를 할 기회가 있었다. 바로 카페 루이 16세의 카운터에서 그는 한쪽 귀를 모자로 덮고, 코가 비뚤어지게 술을 마시면서 자신의 짧은 휴가에 만족하고 있었다.

나: 실례합니다만, 선생님은 이 파사쥬의 경비원이신가요?
그: 20년 이상동안 경비원으로 일하고 있습니다만. 뭘 도와 드릴까요?
나: 저와 함께 해주실 수 있는지...
그: 브랜디 작은 것을 한 잔만......이 일을 하면 목이 마릅니다......사람들이 드나드니까 먼지가 심해서......당신이 지금 보는 것처럼 조금은 이상한 손님이나, 예쁜 부인이나, 혹은 그렇지 않은 부인들이 지나다닙니다. 저는 될 수 있으면 그들을 보려고 하지 않습니다. 나와는 상관없는 일이니까요. 무슨 말인지 아시겠죠? 경비원이란 그런 것입니다. 이것을 마시고 한잔 더 마시고 싶네요. 감사합니다, 선생님. 그들 중 몇 사람은 나한테 와서 그들의 문제를 말합니다. 그러면 나는 그들에게 몇 마디 충고를 해줍니다. 컵의 물에 **빠져도** 허우적거릴 그런 부류의 사람들이라....
나: 이 파사쥬에는 다양한 사람들이 세 들어 있군요.
그: (**조심스러워진다**)

나는 예전에 발레리가 말했던 기묘한 기관이 지금도 그의 관내에 있는지 알고 싶었다. 그 기관은 우표를 붙이지 않은 편지를 받아 봉투에 써 있는 주소로 세계 어느 곳이라도 그 편지를 부칠 수 있도록 준비하는 기관이다. 이 기관 덕분에 예를 들어 비밀스러운 모험을 위하여 서방세계의 끝에서 한 발짝도 움직이지 않아도 극동 지역을 여행한 척 할 수가 있다. 그러나 뭔가 알아내려는 것은 불가능했다. 경비원은 그런 소문을 한 번도 들은 적이 없었기 때문이다……어쨌든, 경비원이 뭘 알겠는가? 그리고 발레리가 그런 속임수를 쓴 것도 아마 이십년도 넘는 예전의 일이다.

지팡이를 팔고 있는 가게가 카페 프티 그리용과 숙박업소 입구 사이에 있다. 훌륭한 판매원은 의심 많은 고객들에게 여러 다양하고 사치스러운 지팡이들을 제공하는데, 이는 지팡이의 줄기와 손잡이 모두를 잘 사용하는 것을 보여주기 위함이다. 마치 총검류를 공간에 배치하는 듯한 묘기가 전개되고 있다. 아래쪽을 향하는 지팡이로 몇 개의 부채를 만들었고 위쪽의 지팡이는 X형으로 교차하고 있다. 그 독특한 방향성의 효과로 보는 사람의 눈에는 총검의 끝이 둥근 꽃다발처럼 보인다. 그렇지 않으면 상아의 장미, 보석으로 덮인 눈을 음각한 개의 머리, 금은으로 상감한 반투명의 톨레도 구슬, 감상적이고 자잘한 잎으로 장식한 검은 색 상감, 고양이, 여자상, 갈고리 모양의 부리, 비틀린 등나무에서 코뿔소의 뿔과 홍옥수의 매력적인 황금빛에 이르는 수많은 물질들로 보인다.

내가 위에서 보고한 첫 대화의 며칠 후, 점차 분명해졌지만 나타나지 않기로 결정한 사람을 기다리면서 나는 프티 그리용에서 저녁 시간을 보내고 있었다.

15분마다 한 번씩 술을 주문해 창의력을 고갈시키면서 의심스러운 생각에 빠진 혼자만의 시간을 정당화했다. 그런 참을 수 있는 한계까지 기대와 초조함으로 견디고 나서 나는 벌써 파사쥬의 불빛도 완전히 사라진 무렵에야 밖으로 나왔다. 그때 갑자기 지팡이 가게의 방향에서 나는 기계적이고 단조로운 소음에 관심이 쏠렸고, 문득 정신을 차리니 눈앞의 쇼윈도가 해저에서 나오는 것 같은 초록색을 띤 광선에 흠뻑 젖어 있는 것이 아닌가. 이 때 나는 정말로 놀랐다. 그것은 내 기억에 코탕탱 반도[옮긴이--영불 해협에 있는 반도]의 포트 바이유 제방에서 내가 어릴 때 본 물고기들이 발했던 푸른 빛깔이었다. 그러나 지팡이가 바다 깊은 곳의 생물체들의 발광성을 가지고 있을지라도, 여전히 이 초자연적인 섬광과 특히 아치 모양의 지붕에서 낮게 진동하며 울려 퍼지는 소음을 물리적으로 설명하기는 힘들다는 것을 인정해야만 했다. 그러나 나는 문득 이 울림소리를 들은 적이 있음을 깨달았다. 이는 시인이나 영화 스타가 놀라서 끊임없이 소문을 냈던 조개의 울음소리가 아닌가. 오페라 파사쥬라는 거대한 바다. 거기에서 지팡이는 해초처럼 흔들리고 있다. 내가 아직도 마법과 같은 황홀함에 빠져 있을 때에 문득 다양한 진열창에서 인간의 모습을 한 형태가 헤엄치고 있다는 것을 알아챘다. 그 모습은 보통 키의 여성에 지나지 않았지만, 난쟁이라는 인상은 전혀 주지 않았다. 그녀의 체구는 오히려 거리가 멀어서 조그맣게 보이는 듯 했고 그 인물은 창유리 바로 뒤에서 움직이고 있었다. 그녀의 머리카락이 뒤로 날렸고, 손가락이 때때로 지팡이 중 하나를 꽉 움켜잡았다. 처음에는 마치 나는 관습적인 의미에서 사이렌[옮긴이--고대 그리스 신화에 나오는 선원을 위험에 빠트리는 여자]과 대면한다고 생각했다. 분명히 이 매력적인 요정의 아랫부분은, 매우 낮은 허리둘레까지 벌거벗은 채로 강철이나 비늘 혹은 장미 꽃잎으로 덮여 있는 것 같은 느낌이 들었기 때문이다. 하지만 대기 중에서 미끄러지는 움직임에 나의 관심을 집중하던 중, 나는 그녀의 수척한 얼굴과 심란한 모습에도 불구하고 이 인물을 알아차렸다. 내가 자아르 강가에서 처음 리셀을 만난 것은 라인 지방의 굴욕적인 점령과 매춘의 쾌락에 취해 있었던 혼란스러운 상황에서였다. 전쟁을 피해 가족의 품으로 돌아가는 것을 거부하고 그녀는 밤마다 소피엔 거리를 배회하면서 라인 강의 사냥꾼 우두머리였던 아버지가 가르쳐준 노래를 불렀다. 지팡이들 사이에서 도대체 그녀는 무엇을 하고 있는 것일까? 그녀 입술의 움직이는 모습을 보면, 그녀는 여전히 노래를 부르고 있었지만, 창문 진열대에 있는 파도 소리와 해저에서 흐르는 웅성거리는 소리 때문에 그녀의 목소리는 들리지 않았다. 그녀 위로 높이 솟아오른 파도는 달이나 절벽의 위협적인 그림자도 없이 거울로 덮인 천장으로 치솟아 올랐다. "이상적인 것이다!" 나는 흥분하여 할 말을 잃고 그저 외쳤다. 사이렌은 깜짝 놀란 얼굴로 나를 바라보고 두 팔을 내 쪽을 향해 뻗었다. 이때 진열대 전체에 걸쳐서 경련이 일어났다. 나란히 있던 지팡이가 앞쪽으로 90도 회전하고, 이 때문에 X모양의 위쪽 절반이 사이렌 앞에서 유리창에 기대어 V모양을 하면서 값싼 부채의 장막에 가려 졌다. 그것은 마치 창자루들이 전쟁터를 차단한 것 같았다. 빛은 바다에서 들려오던 소리와 함께 사라졌다.

 파사쥬의 철책 문을 천천히 닫으려던 경비원은 나에게 갈 것인지 말 것인지를 무뚝뚝하게 물었고 내가 둘이서 한잔 마신 적이 있다는 암

오페라 파사쥬

시를 해도 흔들리지 않았다. 나는 대로로 나올 수밖에 없었고 가끔 지팡이 가게를 보기위해 뒤돌아보았다. 하지만 지금 볼 수 있는 것이라곤 밖에 서있는 가로등 불빛으로 흐릿하게 반사된 창문의 빛뿐이다. 그 지팡이 가게에는 사실 두개의 진열창이 있고, 그날 밤 내 마음을 혼란 속에 빠뜨리게 주문을 걸었던 것은 대로변에 가까운 진열창이었다. 그리고 다른 진열대의 창문에는 더 많은 지팡이, 우산, 지갑, 작은 진주 핸드백, 호박 목걸이, 버섯 모양을 한 파이프들이 있었으며 그 가운데는 빛이 이상하게 생긴 머리 주위에서 애무하는 듯한 형상으로 배치되어 있었다. 내가 다음 날 아침에 그곳을 지나갔을 때 모든 것이 평소처럼 정상적인 모습을 하고 있었다. 다만 두 번째 진열대에서 사고가 일어난 것은 알아차리지 못했다. 선반에 있는 파이프 중 하나인, 사이렌의 형상을 한 해포석 파이프가, 마치 유원지에 있는 사격 연습장의 표적처럼, 부서졌다. 그런데도 여전히 환상적 무늬 끝에 이중의 곡선을 가진 매혹적인 가슴을 보여주고 있다. 우산의 실레지아 천위에 떨어진 소량의 하얀 가루가 과거에 머리에서 흘러내렸던 머리카락의 존재를 증언하고 있다.

다음 가게는 많은 추억이 깃들어 있는 프티 그리용 카페이다. 지난 몇 년 동안, 적어도 일주일에 한번은 저녁 식사를 마친 후 모두가 진정한 친구라고 당시 내가 믿던 사람들과 함께 이곳으로 왔다. 우리는 함께 이야기를 나누었고, 바카라와 포커 주사위 놀이를 했다. 일상적인 일을 통해, 이득과 손실의 순환을 통해, 소수의 좋은 친구들의 위대함과 대부분의 다른 친구들의 편협함에 대해 더 잘 이해하게 되었다.

프티 그리용은 두 개의 방으로 이루어져 있는데 큰 쪽의 방에는 바가 있고 두 번째 방은 정방형의 작은 방이지만 우리 6,7명이 와서 게임을 하거나 마시고 이야기를 할 때 항상 이 방을 사용하곤 했다. 겨울에는 이 방은 작은 가스 라디에이터를 사용해 난방을 했는데 항상 이 라디에이터는 뒤집힐 위험에 처해 있었다. 이 카페에 오는 손님들은 이 수년간 특별히 눈에 띨 것이 없는 사람들로 항상 같은 사람들이라고 해도 좋을 정도였다. 도대체 이곳의 어떤 점이 이들을 끌어들이는 것일까? 일종의 시골 사람 기질이 아닐까 한다. 이 사람들은 내게는 아주 자연스러운 환영 같은 것이어서 거의 주의를 끌 일이 없을 정도이다. 조용하고 말없는 군중이라고 해도 좋다. 예전에는 이렇지 않았다고 한다. 같은 소유자가 이 카페와 반대쪽 갤러리에 있는 세르타를 관리하고 있다. 만약 그에게 호인다운 데가 없다면 여러분들은 그를 기병대 장교라고 생각할 것이다. 그는 프티 그리용의 창에다 이런 안내판을 붙였다.

> 이번에 어느 금융회사에 의해 파사쥬의 상인들을 파산시킬 우려가 있는 강제퇴거의 명령을 받아 본 가게도 그 피해를 입게 되었습니다. 따라서 본 가게는 재개 불능의 상태에 이르렀으며 가게의 설비 전부를 매각하려고 합니다.
>
> 서명
> 1914년에서 1918년 참전.
> 상이군인.

이것은 흔한 거리의 흥분 중에 우리가 파사쥬에서 만난 최초의 징후라고 할 수 있다. 오스만 대로의 토목공사에 관련해서 파리시에 제출

된 공사 수탁회사측의 보상금 견적액을 알게 되자 이 주변의 모든 거주자가 들고 일어섰다. 문제는 진짜 내란이 되느냐 하는 것이다. 지금은 아직 법의 범위 내에서 불만을 말하거나 욕을 하거나 혹은 업자나 신문이 논쟁을 벌이는 것에 지나지 않지만 만약 희생자의 분노가 더욱 격화된다면 사태는 바리케이드의 구축이나 총격 사태로까지 발전하게 될 것이다. 별로 알려지진 않았지만 그리 특별할 것이 없는 이 조용한 상점가에는 그동안 쌓인 분노 같은 것이 있어 만약 당국이 그들만의 **뻔한** 공평함을 내세워 오스만 대로 부동산회사가 정당하다고 하면 이 분노가 내년에는 '장사꾼들의 요새'를 만들도록 할 것이라는 것은 충분히 생각할 수 있는 일이다. 게다가 이 부동산회사는 시의회의 의원들의 지원을 받고 있으며 그 배후에는 갤러리 라파이에트 백화점 같은 대기업에다가 도로가 개통되면 액수는 정확치 않지만 어쨌든 매상은 늘어날 것이 틀림없다고 생각하는 거리의 업자 전부를 모은 비밀의 기업가집단이 있는 것이다. 시로부터 공사인가를 얻은 바우어르 은행과 마르샬 상회(프로방스 거리 59번지)의 이름을 내일 퇴거할 것을 명령받은 사람들이 말할 때 어떠한 울림을 갖게 될 것인가는 반드시 들어볼 필요가 있다. 그 울림은 결코 차분하게 있을 수 없는 사람들의 마음속에 마치 자신들을 삼키려고 준비하는 괴물의 뇌수 같은 모습으로 다가온다. 벽에 귀를 기울이면 가옥을 부수는 인부의 일격마다 이 괴물이 둔한 울림을 울리면서 접근해오는 것을 들을 수 있다. 사람들은 이미 알고 있다, 이 전설의 거미가 자신들의 목을 조르려고 오는 것은 1925년 1월이라는 것을. 이에 저항하기 위해 파사쥬의 사람들은 지연이라는 전략을 택하려 했고 '대박람회' 기간 중에 자신들의 장사로 얻을 수 있는 이익을 그 이유로 들었다. 시에서는 요구된 유예를 상대가 맘대로 기대하도록 내버려두었다. '대박람회'는 나라 전체로 보아서 크게 사람들의 마음을 움직이는 것이 아니었지만 여기에서는 당국이 '대속하는 신'으로 혹은 마치 1888년과 1889년의 사람들에게 그러했듯이 새로운 '태양'으로 보이는 것이 중요하다. 투쟁의 징후는 골목의 여기저기에서 볼 수 있었다. 사람들에게 물어보아도 알 수 있으며 가게의 앞에 붙여진 게시물을 보아도 알 수 있었다. 프티 그리용의 바로 옆에 우표를 파는 가게가 있는데 여기에는 세로 방향으로 두 개의 게시물이 쓸쓸하게 붙여져 있다.

즉 이렇게 되어 있다.
"병으로 인해 오늘 휴업함"

바로 아래에는 다음과 같이 되어 있다.
"상으로 인해 오늘 휴업함"

그런데 누군가가 이 가게에 《비앵 퓌블릭Bien Public》 신문에 실린 기사를 잘라 붙여놓고 있었다.

오페라 파사쥬

오스만 대로 부동산회사

갤러리 라파이에트 같은 대기업의 이익으로 인해 침해를 받은 몇몇 영세업자들은 이제 사법당국에 소송을 제기하려 한다. 하지만 파리시가 '오스만 대로 부동산회사'의 건을 둘러싸고 행해진 부정거래와 수뢰를 다 알고 있다는 것은 확실하다.

확실한 것은 적어도 보상금의 분배만이라도 공정을 기해야 한다는 것이다. 하지만 대부분의 시의회 의원들은 [공적 자금을] 유용하고 있으며 심지어 그들은 바로 이런 목적으로 선출된 사람들이다.

따라서 얼마 지나지 않아 우리는 다음과 같은 흥미로운 사실을 알게 될 것이다. 이들 손해를 입게 된 소매업자들의 정당한 분노 덕에 공무원들과 몇 명의 살찐 금융업자들의 음모를 감추어주고 있던 베일이 조금은 벗겨지게 될 것이다.

마찬가지로 갤러리 바로메트르에는 포도주와 샴페인의 판매점이 있는데 이 가게는 자랑스럽게 "오를레앙 대공 전하의 가게"라고 칭하고 있으며 샴페인과 포트와인의 특별 가격을 보여주는 2장의 가격표 사이에 언제나 금박이 들어간 백합꽃이 부착된 병들을 배치해놓고 있다. 여기의 점주는 다음과 같은 플래카드를 내걸었다.

> 두말할 필요도 없는 약탈
> (본점 외에 이 구역 일대의 다른 가게도 마찬가지이다)
> 이라고 할 수 있는 '강제퇴거'에 의해 본점은 다른 곳에서의
> 재기도 힘든 형편이다. '바로 운영을 할 수 있는 업자'에게
> 영업 양도를 하지 않을 수 없게 되었다.
>
>> 1909년부터 이곳에서 영업.
>> 아직도 7년간 임대계약이 남아 있음.
>> 일부 전대로 인해 임대료는 무료.
>> 보상금 6천 프랑으로는 여러 비용,
>> 세금, 이전비용 등도 충당하기 힘듬.
>> 정의 만세!!!
>
> 3시에서 5시
> 사이에
> 문의 바람.

    부동산회사는 4년 전에 20만 프랑으로 산 프티 그리용에 대해 퇴거의 보상으로 미지급 어음 잔액 8만 프랑과 향후 11년의 유효기간이 있는 임대차해약 상환금을 합쳐 총 10만 프랑을 배당해놓고 있다. 카페 세르타에 대해서는 부동산측은 이 가게의 건물이 40만 프랑에 상당하고 게다가 파사쥬 데 프랭스에서는 이것보다 작은 가게가 그 문 값만

으로도 31만 프랑을 요구했음에도 불구하고 6만5천 프랑의 가치를 붙이고 있다. 레스토랑 아리고니에 대해서는 39만 프랑을 매수가로 정해 놓았고 임대기간이 13년 남은 레이 서점에 대해서는 27만5천 프랑으로 해놓았다. 플라마리옹 서점에 대해서는 40만 프랑으로 해놓았다. 파사쥬의 업자들은 제2 퇴거구역의 업자들과 동률로 지급을 받을 것이라고 생각하고 있었는데 이런 제멋대로의 견적액에 경악을 금치 못하는 형국이 된 것이다. 이 제2구역이라고 하는 것은 선술집 푸세의 선에서 끝나는 영역인데 보상은 제3구역의 기괴한 기본 견적의 평균 3배에 해당된다. 한편 회사 측은 공사에 의한 이익금을 낭비하고만 있었다. 이제는 폭동을 일으킬 것 같은 그런 분노를 담아서 듣게 되는 이야기이지만 1924년 2월1일에 행해진 오스만 대로 도로 확장 기념식이라는 바보 같은 행사에서 마르샬 상회는 무려 6만 프랑 이상을 썼다고 한다. 마지막으로 다시 한 번 거리의 사람들은, 이 회사가 오랫동안 논의되어온 영업권에 관한 법률이 마지막으로 의회에서 가결되지 않을까 하는 걱정에서 철거를 서두르는 것이라고 하면서, 이 회사를 비난한 것이다. 신문은 이 과열된 흥분을 아주 드물게만 보도했다. 그래서 퇴거를 명받은 사람들은 앞에서 본 우표 가게의 《비앵 퓌블릭》의 기사와 1924년 3월20일 일요일자 《자유Liberté》에 실린 다음과 같은 기사 외에는 특별히 근거로 내세울 것이 없었다.

tions de 27 à	LES RUINES DU BOULEVARD HAUSSMANN.	SUCRERIES
parts de 47 à		très forte est
uits chimiques	*Des commerçants parisiens se déclarent victimes d'un déni de justice.*	remèdes singu
ent la mieux	— Les salles du Palais de Justice, d'ordinaire si calmes, ont été, l'autre jour, le théâtre d'un scandaleux vacarme. C'était à propos des opérations d'expropriation des locataires du dernier lot du Boulevard Haussmann. « Bandits! Voleurs! Vendus! » Telles étaient les moindres aménités lancées à la tête des jurés par une foule exaspérée. Le président affolé appela les gendarmes. Et depuis ce jour, les débats se poursuivent sous la surveillance d'une imposante garde.	tant antérieur
re la fabrica-		humain, trait
r où le public		manières de d
cier les béné-		tes, de toutes
ser dans cette		tières, faire le
elle, les cours		tificielles, l'or
gresseront ra-		gomme assass
l'affaissement		meurtrier.
du *Boléo* sont		Les prodige
rticulièrement		servation sur
motifs sérieux		vénérienne. O
de se prolonge		sortes d'idées
forte réaction		explique tous
à Dabrowa est		et l'antipathi
ntestablement		muscade car p
t la puissance		homme qui la
e très forte si-		femme. Il cro
confiance en	Mais depuis ce jour aussi l'émotion grandit dans ce quartier central de Paris où « l'incompétence du jury, nous dit un des intéressés, a provoqué déjà plus de ruines que n'en fera la pioche des démolisseurs ». Cela valait une enquête. Nous l'avons faite en toute impartialité. Il apparaît vraiment que les commerçants expropriés sont victimes d'une erreur. Cette erreur, si elle était maintenue, profiterait non à la ville, mais à la Société concessionnaire... etc...	le simple aspe
		que la vermin
		tion, sans avo
		développer. L
uels le rende-		Les démons-
à 6 ou 6 ¹/₂ %		ent point de
Une affaire de		et des buveurs

(위 그림)

오스만 대로의 폐허

파리의 일부 업자들은 법원의 무시에 의해 피해를 입었다고 선언

오페라 파사쥬

평상시에는 참으로 조용한 대법원의 현관이 얼마 전에 추악한 소란의 복마전으로 변했다. 최악의 결과를 받아든 오스만 대로의 임차인들은 퇴거 명령에 대해 소란을 피운 것이다. "도둑놈들! 강도들! 배신자!" 격앙한 군중들이 배심원들을 향해 내뱉은 욕설에서도 이것은 가벼운 편에 속한다. 놀란 재판장은 경비원들을 불러들였다. 그리고 이날 이후 토의는 삼엄한 경비 체제 아래서 진행되었다.

하지만 이날 이후 동요는 파리 중심부에서 증대하고 있다. 어느 관계자의 증언에 의하면 이 구역은 "배심원이 무능한 탓에 건물철거업자가 하는 것 이상으로 파괴를 유발했다"는 것이다. 이것은 조사할 가치가 있는 것이었다. 실제로 퇴거를 명받는 업자들은 어떤 오류의 희생자인 것으로 보인다. 이 오류가 현재 그대로 방치되면 시가 아니라 공사의 인가를 받은 회사측에 이익을 가져다주게 될 것이다…

항의하는 사람들의 공식적인 대변인은 다음과 같은 이름을 가진 한 달에 두 번 발간되는 신문이다.

LA CHAUSSÉE D'ANTIN

Organe de Défense des Intérêts Politiques et Economiques du Quartier

Paraissant les 1 5 et 15 20 de chaque mois

Rédacteur en chef : JEAN-GEORGES BERRY

파리의 농부

(위 그림)

라 쇼세 당탱
이 구역의 정치와 경제의 이익을 지키기 위한 기관지
매월 1~5일, 15일~20일 발간
편집장: 장-조르쥬 베리

　편집장은 파리의 전직 국회의원의 아들로 아버지의 후광에 많이 빚지고 있다는 것은 틀림없는 것 같다. 방문객의 면회는 매주 월요일과 금요일의 5시에서 7시까지 빅토와르 거리 93번지의 자택에서 이루어졌다. 사실 이곳은 신문사의 본부이기도 하다. 그는 영세업자들에게 어필하기 위해 '공화국'의 이름을 들고 나왔다. 반대운동을 조직하기 위해 그가 지상에서 어떤 식으로 견해를 펼치고 있는가는 다음을 보면 된다. 3면에 이렇게 나와 있다.

> **영**세업자 여러분, 본지는 여러분의 기관지입니다. 본지는 여러분을 지지하고 있습니다. 주저하지 말고 이번에는 여러분이 본지에 광고를 게재하여 본지를 지원해주기를 바랍니다.
> 우리가 여러분들에게 특별 요금으로 편의를 봐줄 것이라는 걸 상기하기 바랍니다. 그리고 본지는 결코 백화점의 광고를 받지 않을 것이라는 점도 상기하기 바랍니다.

　그리고 4면에는 '지역 내의 추천 가옥'이라는 난 아래에 다음과 같이 나와 있다.

고지

애독자 여러분에게 더 늦기 전에 지역의 이익을 옹호하기 위한 공화위원회에의 가맹을 호소합니다. 우리들의 취지에 찬동하시는 분은 아래의 가맹 신청서에 빈칸을 채운 다음에 본지 사무실에 우송해주시면 됩니다.

《라 쇼세 당탱》지의 적은 시의회 의원인 우댕 씨였다. 무언가 잘못된 것이 있으면 그것은 전부 이 남자의 탓이었다. 그는 바우어르 은행과 마르샬 상회를 편들고 있으며, 자신의 직위를 걸고 지역의 이익을 옹호할 수 없는 사람으로 그 무능력으로 욕을 먹고 있었다. 어떤 기사는 이렇게 말하고 있다. "우리는 일할 사람과 옹호자가 필요하다. 언젠가는 이런 사람이 나타날 것이다." 우댕 씨는 지금은 이 지역에서 살고 있지 않다.

★ ★ ★

당분간은 현미경을 보지말자. 누가 무슨 말을 하든, 현미경으로 대물렌즈에 초점을 맞추고 글을 써야하는 것은, 카메라 루시다의 도움을 받았음에도 불구하고, 정말로 눈을 지치게 할 뿐이다. 조화롭게 물건을 바라보는 것에 익숙하지 않은 나의 두 눈이 다시 한 쌍이 될 수 있기 위해서는 시야를 희미하게 움직여야 한다. 내 이마 속에 있는 나사는 초점을 맞추기 위해 미세하게 풀린다. 내가 보는 가장 작은 물체는 엄청난 비율로 커져서 물병과 잉크병은 마치 노트르담 사원이나 시체안치소를 떠오르게 한다. 내가 쓰는 손은 과장되게 커지며 펜은 마치 안개로 뒤덮인 것을 보는 듯한 느낌을 준다. 마치 다음날 아침 사라진 꿈을 다시 잡으려고 하는 것처럼, 조금 전까지 반사 거울로 비추면서 나의 주의력을 집중하여 작은 렌즈로 포착했던 소우주를 다시 떠올리는 것이 아주 힘들어진다는 것을 알게 되었다. 도무지 알 수 없는 해석에 의해 우리 자신이 휩쓸릴 때, 그냥 우리 마음이 내키는 대로 내버려 두면, 우리는 실제 생활의 고통과 정확히 비슷한 열정적인 원인과 관련되어 있는, 대단한 박테리아의 드라마인 당신을 상상하는 데에 거의 성공할 수 있다. 사랑은 우리가 무한히 작은 것에도 그것을 귀착시킬 수 있는, 충분히 고귀하고 유일한 감정이다. 하지만 한 번만 여러분의 이해의 상충, 미생물, 그리고 집안의 분쟁에 대해 생각해 보도록 하자. 회계 상의 오류, 사기 행위, 시의 공금 횡령이 관찰 가능한 포식세포에서의 물리적 현상의 결과에 대해 어떤 것을 설명할 수 있을까? 생물학의 불변의 법칙에 만족하고 합리적인 역할만을 이해하는 관찰자는 복잡한 모험 속에 사로잡혀 있어 필사적으로 꿈틀거리는 비극적인 비브리오균들을 보는 것이다! 당신들은 이 수수께끼의 토네이도, 발광 장애의 신호를 가지고 있는 나의 광학 영역에, 작고 작은 영역에 대해 무엇을 말할 수 있을까? 이렇게 빠른 필체를 해독하려고 끊임없이 변하는 설형문자들 사이에서 내가 이해할 수 있는 단 하나의 말은 **정의**가 아니라 **죽음**이다. 오, 죽음, 조금 먼지로 얼룩진 매력적인 소녀, 여기는 당신이 뛰어놀기 좋은 작은 궁전이다. 하이힐을 신고 부드럽게 다가가서, 태피타 드레스를 부드럽게 펴고 춤을 추어라. 세상의 온갖 속임수, 나의 감각

오페라 파사쥬

능력을 넓히는 모든 기교 있는 방책들, 천체 망원경이나 다양한 렌즈들, 초원의 싱싱한 화초와 같은 마취제, 알코올과 초현실주의, 이런 것들이 모든 곳에서 너의 존재를 드러내준다. 내 눈알처럼 둥근 죽음이여! 나는 무심코 너에 대해 잊고 있었다. 집에 돌아와야 한다는 사실을 잊고 산책하고 있었다. 훌륭한 가정부인 너에게로, 수프가 식기 전에 집으로 돌아가야 한다는 사실을 말이다. 너는 앉아서 나를 기다리면서 무우를 우둑우둑 씹으면서, 차가운 손가락은 식탁보의 가장자리를 장난스럽게 만지고 있을 것이다. 이봐, 안절부절 하지 마. 내가 땅콩을 좀 더 줄 테니. 너의 그 귀여운 이를 날카롭게 하기 위해서라면, 대로의 한 구역도 몽땅 줄 수 있으니까. 날 괴롭히지 마. 지금 돌아갈 테니.

그런데 내가 깜박 말하는 걸 잊은 게 있는데 그것은 오페라 파사쥬가 유리로 된 거대한 관이란 것이다. 그리고 예전에 로마 근교에서 숭배하고 신격화한 하얀색은 아직도 사랑l'amour과 죽음la mort의 상호작용에 중요한 역할을 하고 있으며, 그것과 비슷하게, 리비도는 오늘날 의학서를 자신의 신전으로 삼았으며 그 주변을 지그문트 프로이트라는 강아지를 데리고 어슬렁거리며 산책한다. 밝고 아름답게 빛나던 무덤에서 관능의 어두운 쾌락에까지 이르는, 변하기 쉬운 갤러리의 불빛은 매혹적인 젊은 여자들이 허리를 도발적으로 흔들거나 몸을 젖히며 미소를 띨 때 그것을 비춰주는 역할을 한다. 무대에 올라가자, 아가씨들이여, 무대에 올라가라. 그리고 옷을 조금만 벗도록....

★

헤겔은 다음과 같이 말한다. "첫 번째 진화의 과정에서 살아있는 개인은 스스로를 주체 및 관념으로 생각해서 행동하며, 뒤이은 두 번째 진화의 과정에서는 외부적 객관성을 동화시켜 진정한 결단을 수행한다. 그러므로 그것은 이제 그 자체로 하나의 종genre이 되며, 상당한 보편성을 가지게 된다. 이 종을 특수화하는 것이 어떤 주체와 유사한 다른 주체와의 관계가 되며 판단은 이 종에 속한 개인들의 여러 종류의 관계를 결정한다. 이것이야말로 **양성의 차이**다."[옮긴이—헤겔의『철학강요』(엔치클로페디아)에서 인용한 것임]

    이 말은 나에게 파리스Pâris[옮긴이—그리스 신화에 나오는 트로이의 왕자. 아프로디테(비너스)의 도움으로 스파르타의 왕비인 헬레네를 납치함으로써 트로이 전쟁을 일으키게 됨] 이야기의 진정한 의미를 보여 주는 것이다. 의심할 여지없이, 그는 라이벌들 중 비너스만을 여성으로 보았기에 그녀에게만 사과를 던졌다. 그러나 그는 이곳이라면 무엇을 했을 것인가? 오페라 파사쥬에는 형형색색의 많은 방종한 여성들이 산책하고 있지만 모두 헤겔적 판단에 따르고 있다. 나이도 아름다움도 다양한 여자들— 흔히 속된 여자라 할 수 있다—이 있고 게다가 값도 이미 어느 정도 떨어지고 있지만 아무튼 그녀들은 여자다, 틀림없는 여자다. 감각적으로 딱 보아도 여자이다. 그 이외의 특질, 그녀들의 육체나 영혼이 가진 그 이외의 특질을 고려하지 않더라도 여자인 것이다. 여기 여러 파사쥬들을 이리저리 산책하는 많은 여자들과 그 공범자들은 그저 여자라는 것으로 만족하고 있다. 게다가 자신의 사랑의 관념에 있어 아직 마음을 정하지 못했으며 혼자 살고 있는 남자들, 여자들도 여러 다양한 유형들이 있다는 것을 아직도 믿지 않는 남자들, 밤 시간에 절대자의 이미지를 찾고 있는 소년들은 이 일대에서는 별로 할 일이 없을 것이다. 그러니까 고등학생들이 얼굴을 붉히고, 팔꿈치로 장난하면서 테아트르 모데른 방향으로 향하는 것을 보는 것도 안쓰럽다. 안에 들어가서 그들은 과연 어떻게 어떤 결정에 이를 수 있을 것인가?

변덕스러운 여자들이 저렇게 많이 산책하고 있지만, 애무하고 싶다는 것 이외의 관심이 그녀들을 이 왕국에 불러들인 것은 아니다. 그들은 그 왕래에 있어 관능적 쾌락에 영원한 권리를 부여하고 있다. 외모와 그 교태에 있어 매혹적인 다중성이 있다. 여기에선 여자들이 공기와 접촉하는 방식까지 다른 것 같다. 관능의 소용돌이가 아름답게 여자의 배후로 흐르는데 거기에 서린 미련과 향수의 물결은 결코 한결같지 않다. 하기야 개중에는 딱히 눈을 끄는 용모도 아니며 우스꽝스러운 얼굴인데도 기쁘게 해주려는 마음은 너무 큰 여자도 있고, 그래서 그 불균형이 부드러운 미소를 짓게 하기도 한다. 그러나 그런 여자들에게도 요염함의 분위기는 어느 정도 있어 마치 나뭇잎의 웅성거리는 소리 같다. 늙은 창녀, 특이한 설비, 기계 장치의 미라들. 나는 당신들이 항상 관습적인 무대 장치에서 등장하는 것이 기쁘다. 왜냐하면 나는 당신들이 우리가 공공의 산책길에서 마주치는 가정주부들에 비교하면 아직도 생명의 빛을 유지하고 있다고 생각하니까.

여자들은 이 근처를 근거지로 살아가고 있다. 이 거리에 남자가 있다든가, 일이 있다든가, 대로변과는 조금 다른 먹잇감을 찾겠다는 기대를 하든가, 어쨌든 뭔가 운명 같은 것 때문에 그녀들은 이곳에 정착했다. 또한 다른 여자들도 자주 이 골목으로 오게 되었는데 이는 순전히 게으름, 호기심 혹은 우연 같은 것이었다…. 아니면 동행한 청년이 수줍음이 많아 백주 대낮에 여자랑 있는 걸 다른 사람들이 보는 것을 두려워하거나, 남자가 바람둥이로 이곳에서 편안하게 느끼는 편이라 이 한적한 구석에서 사냥감을 음미하려 하는데 따라온 그런 여자들이다. 더구나 이곳에서 맞닥뜨리는 여자들은 이 편리한 은신처에 처음 온 경우가 종종 있다. 그렇다고 그녀들이 지방에서 온 사람이라는 것은 아니다. 최근까지는 근처 카페의 테라스에 매일 앉아 있었던 것이다. 그런데 유리문을 지나 여기에 발을 디디는 그 순간에 그들은 완전히 다른 생활의 개념을 파악하게 된다. 그리고 여기 분위기에 불편함을 느낀다. 이어서 속삭이는 소리로 말하고 약간 크게 웃기도 한다. 그리고 날카로운 눈매로 여기저기를 차례로 둘러본다. 그들은 어떻게 해서 자신들이 흥분하고 당황했는지 그 이유를 찾아내는 데 시간이 걸리지는 않는다. 일반적으로 그녀들은 둘에서 함께 움직인다. 그 편이 여러 가지로 안성맞춤이기 때문이다. 순진한 자들은 이 커플의 의미를 잘못 판단한다. 경험자는 제대로 알고 있어서 주저하지 않고 두 사람을 자신의 자리로 부른다. 미묘한 대화도 이제 다른 한 여자가 있는 덕분에 사교적인 것이 되며 예의 바르게 된다. 관심을 가진 여자는 흰 이를 가득 보이며 웃음을 터뜨리며 자신의 일정뿐만 아니라 보통 사람에게는 말하지 않는 극비의 기술까지 말하기 시작한다. 또 이들 가운데는 약속 장소로 세르타나 프티 그리용을 선택하는 동료도 있다. 이것은 극히 당연한 부분처럼 보인다. 여자가 먼저 와서 기다리고 있는데 그 모습은 항상 어딘지 모르게 조심스러운 것이다. 그리고 남자가 서둘러 나타난다. 아직 사회

생활의 틀에서 벗어나지 않은 채로 말이다. 제대로 된 지위가 있으며 서류가방을 들고 있고, 레종 도뇌르 훈장을 달고 있다. 손으로 수염을 만져 그 상태를 확인하다. 때론 여자가 아이를 데리고 있는 경우도 있다. 그럼에도 신비의 그림자는 여자에게서 한순간도 떠나지 않는다.

그러나 여자들 중에서도 여기 죽치고 있는 이들을 나는 특히 좋아한다. 그런 사람은 자주 보게 되고 일부러 찾을 필요도 없다. 별로 가까이 다가갈 필요도 없다. 때가 지나면 자연스럽게 어떤 이미지를 얻게 되기 때문이다. 해마다 그녀들도 변하는데 별로 두드러지지 않는다. 다만 그런 여자를 보고 있으면 계절의 변화나 유행을 알 수 있다. 그녀들은 기후 변화에 따라 미묘하게 변한다. 마치 비 오는 날에는 적자색의 의상을 입는 "검은 숲"의 날씨 인형처럼. 그녀들이 흥얼거리는 노래 또한 바뀐다. 모두 잘 알고 있는 곡이며 때로는 무슨 곡인지 바로 알 수 있다. 몇몇 여자는 어딘가로 사라진다. 나머지는 고참이 된다. 봄이 오면 새 얼굴들이 등장하기도 한다. 신참은 처음은 겁먹거나 시끄럽기도 하지만, 나중에는 환경에 적응한다. 움직이는 인간의 태피스트리라고 할 수 있어 끊임없이 새로 풀렸다가, 새로 수선을 하기도 한다. 그녀들은 모두 같은 모자를 쓰고 같은 생각을 가지고 있다. 그러나 태도를, 규정하기 어려운 육체의 의미를, 싸구려로 만드는 일은 결코 없다. 그래도 찌푸린 인상은 별개의 것이다. 이 신호는 가장 확실하게 동료 의식을 깨닫게 하며 서로의 속내를 털어놓는 것과 같은 의미를 가지는 것이다. 의도적으로 품위 없는 태도를 취한다. 이것을 보면 나는 바로 상상력을 발동해서 가슴이 뜨거워진다. 이런 천한 행동 중에는 뭔가 이상하게 관능을 은근히 자극하는 것이 있기 때문이다. 이런 여자들이 곁에 있다고 하면 문득 위험을 무릅쓰고 싶은 마음까지 든다. 화장을 통해 가린 거무스레한 흔적과 피로가 쌓인 눈. 보기에도 역겨울 정도로 전문가임을 나타내는 손. 질식할 듯한 만족에 넘친 태도. 잔인한 야유를 담은 말투. 자칫 음탕하게 들리는 목소리. 무모한 정사를 이야기할 때의 평범하면서 은어를 말하는 듯한 말씨. 이런 삶에서 응당 기대할 만한 일을 배신하는 듯한 태도. 이런 여자들을 실제로 보고 있으면 사랑에 잠재해 있는 굴욕적인 위험이라는 것이 두렵게 느껴진다. 동시에 나락에 떨어진 것 같고 현기증을 느낀다. 나는 그녀들을 용서할 것이다. 나중에 내 몸을 녹초로 고갈시키는 것도 용서할 것이다. 나는 『천일야화』에 나오는 포목상인 같은 존재이다. 이 남자는 왕궁의 딸과 결혼했다. 아내가 된 여자는 남자가 애무하기 전에 손을 안 씻었다고 채찍으로 친 뒤 남자의 손톱과 엄지손가락을 면도칼로 절단했다. 그러나 남자는 이 정도 일로 여자를 원망하지는 않았다. 그는 꼭 백20십번 씩 알칼리와 일종의 나뭇재와 비누로 손을 씻는 것을 맹세했다. 그리고 그는 집을 한 채 사서 거기에서 한 해 동안 아내와 살았다.

★

우표가게에 이어서 두 명의 이발사의 가게가 있다. 첫 번째는 부인들을 위한 미장원이고, 다음 것은 신사들을 위한 살롱이다. 이렇게 이발사의 전문이 부인 취향과 신사용으로 나뉘어 있다는 것은 제멋대로 결정된 것은 아니다. 이 세계의 규칙이 흰 글씨로 매장에 기록되어 있다. 처녀림 속의 짐승들, 이것이 당신의 고객이다. 그녀들은 쾌락과 종족 번식에 대비하기 위해서 가게의 뒤로 젖혀지는 의자에 몸을 기댄다. 그러면 당신은 머리와 뺨을 닦아주고 손톱을 가지런히 자른다. 위대한 자연 도태를 위해 얼굴에 물을 적셔준다. 가게의 눅눅한 흰 수의를 뒤집어쓴 쉰 목소리의 나이팅게일들. 자리에 앉기 전에 이들은 먼저 모래를 넣은 타구에 밤의 별로 장식된 시가를 집어던지고 철컥 거리는 가위와 마법의 분무기에 몸을 맡긴다. 지저귀는 새여, 누가 당신을 알아 보겠느냐?《파리 생활》의 가십을 대충 넘기면서 끈기 있게 기다리고 있는 것이 바로 당신이라는 것을 말이다.

    나는 가능하면 알고 싶다고 생각했다. 도대체 어떤 노스탤지어가, 어떤 시적인 결정結晶이, 어떤 공상의 성이, 어떤 권태와 희망의 건물이 이런 곳에서 처음으로 견습을 시작하는 인간의 뇌리에 완성되는 것인지. 그가 인생의 출발에서 미용사가 되는 것을 뜻하는, 그리고 자신의 손을 소중하게 하는 그 순간에 말이다. 부럽도록, 저속한 운명을 부여받은 견습은 이렇게 아침부터 밤까지 부인들의 무지개 같은 수줍음을, 묶여 있는 머리의 방을, 흐느끼는 듯한 머리의 냄새를, 그 매혹적인 침실의 커튼을 푸는 것이다. 이래서 그는 그렇게 피어오르는 사랑의 안개 속에서 생애를 살 것이다. 손끝을 여성의 가장 섬세한 부분에 감으면서, 여성 자신이 몸에 익히면서 그런 일은 전혀 모르는 듯한, 애무를 위한 가장 교묘한 기관에 손이 닿으면서. 도대체 석탄을 캐는 광부처럼 흑발의 여자가 아니면 싫다고 생각하는 미용사가 몇몇 있을 것인가? 혹은 금발에만 봉사하겠다고 생각한 미용사가 몇몇 있을 것인가? 그들은 얼마 전까지 자던 누군가의 잠결의 무질서가 남기는 그 엉클어진 그

물망의 의미를 해독할 수 있을 것인가? 나는 종종 이런 남자에게 금지된 곳의 입구에서 걸음을 멈추고 있다. 그리고 머리의 묶음이 풀리는 것을 살펴본다. 뱀이여, 너희들은 언제나 나를 매혹한다. 이렇게 어느 날, 나는 오페라 파사쥬에 선 채 맑디맑은 편안한 금발을 찬찬히 바라보고 있었다. 그러자 갑자기 난생 처음 이런 생각에 사로잡혔다. 인간은 금발을 비유할 말을 단 하나밖에 찾아내지 못했다. 즉, **밀 같다**는 비유 하나밖에. 게다가 사람은 그래서 모든 것을 다 말했다고 착각한다는 것이다. 밀이라고 가엾어라, 너희들이야말로 좋은 꼴이다. 양치류 식물이라는 것을 한번쯤은 본 적이 있는가? 나는 꼬박 몇 달을 양치류의 머리를 매만지고 있었다. 수지 같은 머리도 알았다. 황옥 같은 머리와 히스테리성의 머리도 알았다. 히스테리성의 금발, 하늘같은 금발, 피로 같은 금발, 키스 같은 금발. 나는 금발의 팔레트 위에 다음의 물감을 터뜨린다, 자동차의 우아함, 잠두의 향기, 아침의 침묵, 기다리는 것의 어리둥절함, 은밀한 애무의 장난. 빗소리, 거울의 노래 등은 얼마나 금발인 것인가! 장갑의 향수에서 올빼미의 울음소리에 이르기까지, 살인자의 심장 박동에서 나도싸리의 불꽃 같은 꽃에 이르기까지, 야금야금 갉아먹는 것에서 마지막 노래에 이르기까지, 한없이 금발의 바다이며 눈꺼풀의 울림이다. 금발의 지붕, 금발의 바람, 금발의 테이블과 종려나무. 날도 꼬박 하루 종일 금발의 것인 경우가 있다. 금발의 백화점이 있고 욕망을 위한 파사쥬가 있으며 오렌지 빛을 한 금색의 화약고가 있다. 그 어느 곳이나 금발이다. 그것은 바로 내가 이 비계 소나무 같은 감각에, 이 색깔 자체가 아니라, 금발의 개념 자체에 자기 몸을 맡기기 때문이다. 이것은 색이라기보다는, 사랑의 강조와 일체가 된 일종의 색의 정신이다. 흰색에서 황색을 거쳐서 빨강으로 옮겨도 금발은 그 신비를 드러내지는 않는다. 금발은 쾌락의 말더듬과 비슷하다. 해적처럼 입술을 훔치는 것과 비슷하다. 맑은 수면의 떨림과 비슷하다. 금발을 정의할 수는 없다. 잡으려하면 왠지 변덕스러운 길로 달아난다. 꽃이나 조개껍질을 우연히 보게 되는 그런 샛길로 도망친다. 즉 그것은 말하자면 돌 위에 비치는 여자의 반사광이다. 야외에서의 애무의 믿기 어려운 그림자, 이성의 패배가 내쉬는 한숨이다. 딱딱한 포옹을 참아 왔던 것 같은 금발 머리, 그래서 파사쥬의 미용실에서 조용하게 풀리고 있었다. 그래서 나는 십오 분 정도 전부터 숨이 끊어지는 것 같았다. 나 역시 말벌들이 무리를 짓고 있는 곳에서 일생을 보낼 수 있다는 생각이 들었다. 그래, 그렇게 영롱한 빛의 대하에서 멀지 않는 곳에서. 정말 이런 바다 밑에 있으면 영화의 여주인공들을 떠올리지 않을 수 있겠는가? 바다에 빠진 한 개의 반지를 찾아 잠수복을, 그녀들의 진주모빛의 미국으로 꼭 감싸고 있는 여자들을. 해저에 펼쳐진 머리는 번개 속에서 전기를 띤 듯이 파르스름하게 숨을 쉬는 금속 면의 우중충한 빛깔을 하고 있었다. 차 안에서 꾸벅꾸벅 졸고 있는 지친 짐승으로도 보였다. 그것이 융단 위를 맨발이 걷는 정도로도 소리를 내지 않아 신기할 지경이었다. 도대체 이끼보다 더 금발인 것이 무엇이 있을까? 나는 종종 숲 속 바닥에 틀림없이 샴페인이 떠내려간 줄 알았다. 아, 식용 버섯도 그렇다! 계란도! 그리고 뛰어가는 토끼! 손톱자국! 나무의 피! 장밋빛! 초목의 즙! 사슴의 눈! 기억, 기억은 정말 금발이다. 추억으로 착각이 합쳐지는 그 경계선에서 선명한 빛의 방, 죽어 있던 머리가 갑자기 포트 와인 색으로 아름답게 빛난다. 미용사가 마르셀 스타일의 웨이브를 하기 시작한 것이다.

미용실에는 제각각의 꼴을 한 현대의 야수들이 작은 헤어 드라이어의 먹이가 되고 있는 인간의 암컷을 노린다. 뱀 같은 목을 내놓은 헤어 드라이어, 요염한 눈초리로 보라색의 빛의 눈길을 보내는 파이프, 한여름의 입김을 내뿜는 증기 장치. 이 밖에 곧 이빨로 물어뜯을 자세를 취하는 온갖 기계들, 언젠가 날뛰기 시작할지 모르는 온갖 강철의 노예. 그러나 가게 앞에 진열된 망령들, 즉 지금의 유행에서 의상을 벗기고, 엄지로 범한 흔적이 피부에 남을 만한 납 인형에 대해서는 말하지 않겠다.[1]

그나저나 저렇게 묶고 있던 머리에 손질을 하고 있는 저 여자와 도대체 어디에서 만났을까? 그러나 바로 거미줄이 그녀를 가리기 전에 살짝 그녀의 어깨가 보였다. 다음은 큰 밤색의 곤충 아래로 그녀의 머리가 사라졌다. 잠자리 한마리가 벨트의 조금 아래에서 꿀을 뒤지고 있다. 여자의 손이 외국 함선의 모피 장갑, 운모를 박은 회색의 백과 장난을 친다. 그리고 그녀의 걸음은 마치 웃음과 같다. 문에 다가갔을 때, 잎장식의 덫에 걸린 다리가 보였다. 그리고 금색의 다리. 나는 또 자문했다, **"도대체 누구야, 이 스펀지 같은 여자는?"**

그때 신비로운 금발이 내게 기대며 말했다. "벌써 잊어 버렸어? 그

---

1. 『아니세Anicet ou le panorama』 2장을 볼 것—1966년의 노트

러니까 어제의 일이야. 싱싱한 풀도 나무도 시들지 않았어, 샹들리에도 잘 빛나고 있고, 무대도 그 어두운 붉은 색이었지. 내가 폭소의 한가운데에 등장했던 것은 바로 춘분이었어. 내가 좀 몸을 흔들면 굴곡된 그림자의 물결이 얼굴 표정 위에 포개졌어. 남자들의 팔의 바다는 나나를 목표로 하고 뻗쳤어." "나나!" 무심코 나는 외쳤다. "못 알아볼 뻔 했어. 오늘 정말 기가 막힌데."

그녀가 말했다. "그래, 나는 오늘 대단해. 모두 나를 통해서 살아 숨쉬고 있어. 지금 유행하는 노래를 알아? 그것은 나로 가득 차 있어 누구도 부를 수 없는 정도야. 그래서 모두들 노래하는 대신에 속삭이고 있어. 반영으로 사는 것, 모든 반짝이는 것, 모든 사라지는 것은 모두 내 발자국을 따를 뿐이야. 나는 나나, 현대의 이상이지. 저기, 당신, 눈사태를 좋아한다고 생각한 적 있어? 이걸 봐. 내 피부를. 나는 불멸이지만 그래도 겉보기에는 정오의 태양이지. 보릿짚 불이란 걸까, 모두 곧 손을 대고 싶어 하지. 하지만 사실 이런 미래영겁의 불에 타는 것은 불을 지른 당사자야. 태양은 나의 귀여운 강아지야. 잘 봐, 항상 나를 따라오거든." 여자는 쇼샤 거리 쪽으로 멀어졌다. 나는 어안이 벙벙한 상태로 있었다. 그림자 대신 여자는 빛의 스카프에 휩싸였고, 그것이 보도 위를 따라다녔다. 여자는 멀리 들리는 오텔 데 방트의 경매장의 동요 속에 사라졌다.

오텔 데 방트는 거기에 모이는 열정이 오페라 파사쥬를 통해 여과되도록 허용한다. 경매장의 홀에서 벗어난 사람들은 그 강박관념에서 어느 정도 멀어지게 된다. 이들의 도박사나 열에 들뜬 듯한 감시자가 경매장의 불타는 듯한 열기를 얼굴에 간직하고 있는 것은 그들이 이 깊은 동굴 속에 발을 딛고 있을 때뿐이다. 마법에 빠진 파사쥬로 들어오면서 그들은 이 장소 특유의 주문呪文을 받고 이제 그들은 인간으로 되돌아가는 것이다. 그러나 그 중 몇 명은 예의 두 번째의 이발소에서 발걸음을 멈춘다. 어떻게도 자신들의 직업을 눈치 채게 할 동요의 흔적을 여기서 산뜻하게 제거하는 것이다. 거꾸로 뒤집은 머리에 포르투갈 화장수를 뿌리고, 두 뺨을 셰필드의 칼날에 맡긴 채로 그들은 이런 시시한 목조의 살롱에서 무엇을 생각하고 있는 것일까? 점두의 젖빛 유리는 눈을 속이는 것이어서 이 시설의 훌륭함을 알 수가 없다. 천장도 매우 높은 것이어서 생각처럼 현대적인 것이 아니다. 무엇보다도 이 가게는 프랑스의 전통적인 이발소다운 장식적인 것이 많은 그것이 아니며 지난 세기의 유물 같은 그런 이발소가 아니다. 또 에로틱한 외과 수술처럼 온갖 야만적인 기계로 가득 찬 것으로 거의 십년 전부터 파리에서 유행하는 미국식의 이발소도 아니다. 그리고 간판에 뭐라고 써있던 간에 라 트리니테 가에서 지금도 볼 수 있는 이발소 같은, 우리 어린 시절의 문명의 유물도 아니다. 이것은 막시스[옮긴이--포르투갈의 댄스]와 탱고와 함께 프랑스에 들어 온 것이다. 이들과는 달리 오히려 이 집은 셔츠를 일부러 런던까지 세탁하려 내보내곤 하는 그 흘러간 영국 숭배의 잔재, 즉 18세기의 모종의 세브르 도기가 중국풍으로 느껴지지 않는 것처럼 오늘날에는 전혀 영국식으로 보이지 않는 신교도풍의 '라바토리'(이발소)이다. 이웃의 가게와는 얼마나 대조적인가! 이곳에는 푸른 벨벳의 커튼도 없으며 수수께끼 같은 계산대의 여자도 없다. 옆의 가게는 "노르마"라는 오페라의 이름을 과감하게 빌려와 마치 포도밭을 내려다보는 발코니를 연상하게 하지만 이 가게는 단지 산문적으로 일곱 명의 이발사의 성을 쓰고 있다.

뱅상
피에르
아멜
에르네스트
아드리앵
아메데
샤를르

이들 이발사들은 단정한 사람들로 육감적인 데는 전혀 없다. 시꺼먼 목조와 몇 개의 거울로 이루어진 그들의 가게와 닮은 데가 있다. 분명 수염은 잘 깎아주며, 이발도 제대로 해주지만 그것으로 끝이다. 이것만으로 충분하다고 본다. 그들은 이발사란 것을 한 개의 정밀 기계로 여겼던 일파에 속한다. 그래서 그들의 방식에서 인간적인 것은 전혀 필요로 하지 않는다. 예를 들어 독일에서 행해지고 있는 두 뺨에 손으로 비누칠을 해주는 방식이 있는데 손님 쪽에서 옛날부터 면도기 솔에 익숙해서 이것을 오싹하다는 둥 시끄럽게 굴었다. 관능의 영역으로 조금만 다가가도 이런 형편이니 청교도적인 이발사들이 전통의 앵글로 색슨적인 무뚝뚝함을 지속한다는 것은 지극히 당연한 일이었다. 내가 감정을 담은 서비스를 받은 것은 오히려 오퇴이유 또는 레 테르느 같은 변두리의 작은 이발소에서였다. 이때 깨달은 것은 그들이 수염과 머리 손질을 할 때 일종의 직업적이지 않은 열정을 가진다는 것이다. 또 갑자기 실로 미묘하고 뜻하지 않은 기술로 뭔가 본능적인 지혜라거나 직감 같은 것을 발휘한다. 이를 만나면 나는 이발사들의 경우에, 오늘날은 이제 비꼬는 의미로 밖에 쓰이지 않는, **모발의 예술가**라는 표현을 납득할 수 있는 것이다.

내가 항상 되풀이해서 놀라워하는 일은 남자들이 왜 자신들의 쾌감에 무관심하며 그 영역을 전혀 확대하려고 하지 않는가 하는 것이다. 그들은 쾌락의 지대를 손과 얼굴로만 제한하지 않으면 안 된다고 생각하고 손과 얼굴만 씻는 사람들이라는 인상을 내게 준다. 우연히 그 중 몇 사람이 그런 매력을 맛보는 일이 있어도 그것을 재생하려고 애쓰는 모습은 보이지 않는다. 쾌락의 통일 이론은 전혀 없으며 쾌감을 법칙화하려는 시도도 전혀 없다. 그래서 다음을 알 수 없게 된다. 도대체 그들은 어떻게 스스로 죄악이라고 이름 붙인 것을 때로는 몸으로 배울 수 있게 되는 것일까? 그것을 우선 죄악이라고 부르는 것이 대단히 우스운 이야기이다. 그들은 두피에 교육을 베푼다는 생각을 하지 않는다. 이발사 쪽에서도 하려고 하면 할 수 있지만 이런 무지한 고객에게 즐거움을 줄 기회를 전혀 무관심에서 놓치고 만다. 나는 과거 누군가가 인생의 권태에 대해서 독특한 청량제가 될 수 있는 쾌락의 지리학을 제기한 적이 있다고 생각하지 않는다. 누구 한 사람도 우리의 경계선은 전율이고, 우리의 영토는 애무이며, 우리의 조국은 육체의 쾌락이라고 말하려 하지 않는다. 관능의 조잡한 국부적 분포, 이것이 인간이 개별적 체험으로부터 뽑아낸 모든 것이다. 아마 언젠가는 학자들은 쾌락의 곡선을 연구하기 위해서 인체의 여러 부분을 공유하게 될 것이다. 왜냐하면 이 연구가 다른 연구와 마찬가지로 한 인간의 활동을 이해하기에는 충분히 중요한 일이기 때문이다. 그들은 그 도해집을 출판할 것이다. 즉시 이발소의 견습생에게 이 책은 필독서가 될 것이다. 그래서 소년들은 두 개 위에 손가락을 움직이는 법을 배우게 된다. 그들은 람다 기호의 수준까지 오면 손가락을 늦추는 것을 배운다. 이 부분에서 쾌감이 절정에 달할 것이기 때문이다. 게다가 그 지점에서 관자놀이를 목표로 하고 얼른 손가락을 멀리하는 것도 배운다. 관자놀이에서는 마사지에 감응한 새로운 신경의 왕국이 춤추기 시작하고, 귀와 목에 접한 지대를 목표로 해서 이상한 신호를 보낸다. 얼굴에 대해서는 여기서 말해도 소용없다. 그들은 단지 콧등의 근육을 들썩이게 하는 것만 알면 된다. 이 정도로도 이제 꽤 교묘한 안마사로서 평판을 얻을 수 있다.

    심리학은 엉큼한 소녀 같은 것이지만, 이발소의 경우에는 향수의 명칭이나 다양한 염모제나 헤어 스타일의 낭만주의(예를 들면 내가 아는 데바르카데르 가의 한 가게는 벨기에 국왕 알베르 1세 스타일이라는 것을 권장하고 있지만)가 전면에 나서기 때문에 이것이 드러나지 않는다. 그러나 신사복점의 경우에는 심리학은 이미 오래 전부터 비밀이라는 것 없이 노골적으로 자신을 드러낸다. 갤러리 테르모메트르의 끝에 있는 보다블이 자칭 **사교계 의상 전문**을 내세움으로써 고객을 끌어들인다는 것이 바로 그런 경우이다. 이 가게는 그밖에 영어로 "all traveling requisities"(여행용 휴대품 각종)라는 간판을 내건 것에서 볼 수 있다시피 여행 가방 등도 팔고 있다. 여기에 오면 언제나 나는 취미를 갖춘 실험가였던 랑드뤼[옮긴이 — 희대의 연애 도사이며 살인마. 수십 명의 여자들과 결혼을 약속해서는 살해하고 그 재산이나 가구를 빼앗았다. 1922년에 처형됨]가 옷을 여기서 샀으며 마치 그것들 하나하나가 운명의 신비로운 상징인 것처럼 진열되어 있는 여행 가방 사이에 서서 옷을 시작했을 것이라는 걸 떠올리게 된다. 결국 교수형을 당한 이 남자에 대해 내가 똑똑히 기억하는 것은 그의 집에 베토벤의 마스크와 알프레드 드 뮈세의 저작집이 있었다는 것, 우연히 만난 몇몇 여자 친구에게 그는 비스킷과 소량의 마데이라산 포도주를 대접했다는 것, 그리고 그가 교육 공로 훈장을 달고 있었다는 것이다. 어떤 세계 전체의 기묘한 결말. 이 파사쥬에서 바로 내가 지금 서 있는 이 지점은 이 남자 및 이 남자의 부속품과 정확하게 어울리는 것처럼 보인다. 실제로 나는 중죄재판소에서 이탤릭체로 다음과 같이 기입할 항목이 없다고 생각하면 정말 안타까울 것이다.

> 법정에서나 거리에서나
> 랑드뤼 씨는 '사교계 의상 전문'에서 한 옷을 입었다

하지만 나는 이미 죽은 한 명의 랑드뤼에 대해 아직 알려지지 않은 열 명의 랑드뤼가 있다고 맹세한다. 이들은 모두 이 양복점의 손님들이다. 이들이 일렬을 이루면서 지나가는 것이 눈에 보인다. 마치 식물이

천천히 성장하는 것을 보여주는 슬로모션의 카메라처럼 말이다. 이들 전부가 파리의 돈 주앙은 아니다. 하지만 옷으로 인한 어떤 연관이 이들에게 잠재해 있는 공통된 신비를 엿보게 한다. 감상적인 모험가, 몽상가적인 사기꾼, 적어도 꿈의 마술사라고 할 수 있는 이들은 자신들의 생래적인 환상의 감각의 씨앗을 찾아 여기에 온 것이다. 욕구에 의해서라기보다는 오히려 취미에서, 혹은 그 둘이 섞인 요구에서, 이들이 추구하는 이 역설적인 활동은 무엇에 의해서도 명백해지지는 않는다. 오래도록, 아마도 영원히, 이들은 세계와 이성의 변두리에서 특수하고 회화적인 사건에 즈음해서 오랜 경험에서 얻은 상상적인 재능을 발휘하게 될 것이다. 어느 날 사고가 일어나 이들이 배신을 당할 수도 있다. 하지만 일반적으로 나는 그들이 의무적인 기억으로 가득 찬 애매한 노년으로 떨어지는 것을 시각화한다. 신랄한 이야기들의 아주 사적인 창고를 안고 있는 특이하고 의심할 데가 없는 인생들. 오늘날 사람들은 손에 활을 들고 개를 동반한 채로 습지의 주변을 걷거나 하지는 않는다. 본능을 얼마든지 살릴 수 있는 대안적인 고독이 있기 때문이다. 개인이 사회적 구속에서 벗어날 수 있는 막연한 지적 영토. 거기에는 미지의 민족이 살고 있으며 이들은 자신들의 전설에 별로 개의하지 않는다. 그들이 사는 시골의 별장이 보인다. 쾌락의 실험실도 보인다. 그들의 수하물, 계략, 함정, 오락도 보인다.

명함을 즉석에서 인쇄해주는 인쇄소와 같은 높이에— 쇼샤 거리로 내려갈 수 있는 작은 계단의 바로 위에— 운송업자와 도매상의 잦은 왕래로 물결이 일고 있는 지역 안쪽의 동굴의 입구, 그러니까 북방의 신비스러운 지역으로 향하는 그 지점에— 외적인 현실과 파사쥬의 주관주의를 대립시키는 이 두 개의 햇빛의 극한에— 마치 사물의 빠른 흐름과 자신의 존재의 소용돌이에 빨려 들어가면서 밑을 알 수 없는 심연에 머무르고 하는 인간처럼— 모든 것이 산만함, 즉 주의력의 산만함이면서 동시에 부주의의 산만함이기도 한 지역에— 이 현기증을 제대로 경험하기 위해서 잠시 발을 멈추도록 하자. 여기서 우리들을 붙잡는 두 개의 환상은 절대적인 인식에 도달하려고 하는 욕망과 대면한다. 여기서 정신의 두 개의 운동은 등가물이 되고 세계에 대한 해석은 내게는 모든 권력을 상실한다. 두 개의 우주는 이 접촉점에서 색이 바랜다. 마치 모든 사랑의 마법으로 장식을 한 여성이 아침 햇살을 맞을 때와 같다. 살짝 들어 올려진 커튼 사이로 침실을 향해 들어오는 그 새벽 빛 말이다. 그 순간 천칭은 기괴한 외관을 드러내는 심연으로 기울어진다. 제멋대로의 배치가 갖는 이 기묘한 매력. 여기 누군가가 거리를 횡단하고 그 주변의 공간은 단단하다. 길 위에는 피아노가 한 대 있으며 운전자가 자리에 앉아 있는 차가 몇 대 있다. 통행인의 키는 다 제각각이며, 물질의 기질도 다 다르고, 모든 것은 분산의 법칙에 따라 변화한다. 그리하여 나는 신의 상상력에 경탄하지 않을 수 없다. 이것은 부조화를 이루며, 미세한 변화에만 집착하는 그런 상상력이다. 오렌지 한 개와 끈 하나를 연결하고 벽과 그에 달린 창을 연결하는 것 같은 것이 여기서는 마치 큰 사건이다. 신에게 있어 세계란 몇 개의 정물화를 그려보려는 시도인 것 같다. 신은 두세 개의 작은 소품을 가지고 있어 이것을 반드시 사용하려고 한다. 부조리한 것, 기괴한 것, 평범한 것 등... 그로

하여금 이런 시도를 막게 할 방법은 없다.

    이 감상적인 교차로에 서서 내 눈을 이 무질서의 나라와 나의 본능의 빛이 밝게 하는 파사쥬로 향하게 하더라도 이 두 개의 환상적인 풍경의 어느 것에서도 약간의 희망의 씨앗도 경험하지 못한다. 발 아래로 땅의 진동이 느껴지면 나는 자신이 폐허가 된 성안에 있는 선원처럼 느껴진다. 모든 것이 황폐함을 의미한다. 모든 것이 내 시선 아래에서 붕괴한다. 무용無用함의 감각이 내 곁에 자리를 잡고 첫 계단 위에 버티고 있다. 그는 나와 같은 옷을 입고 있지만 조금 더 기품이 있어 보인다. 그는 손수건을 가지고 다니지 않는다. 그의 얼굴에는 무한의 표정이 떠다니고 있다. 손에는 파란 아코디온을 펼친 상태로 놔두고 있지만 연주를 하고 있지는 않다. 그 위에는 이렇게 쓰여 있다, PESSIMISME. 내게 그 파란 것을 건네주시오, 무용함의 감각 씨여. 그것이 부르는 노래는 내 귀를 즐겁게 해줄 것이요. 내가 그것을 다시 수축시키자 자음만이 보였다.

PSSMSM

다시 펼치자 I가 나타났다.

PSSIMISM

이번에는 E가 나타났다.

PESSIMISME

그리고 이것은 왼쪽에서 오른쪽으로 움직이면서 슬픈 소리를 낸다.

ESSIMISME ― PSSIMISME ― PESIMISME
PESIMISME ― PESSIMISME ― PESSIMISME

파리의 농부

PESSIMSME — PESSIMIME — PESSIMISE
PESSIMISM — PESSIMISME

PESSIMISME

물결은 야만적으로 거칠게 모래사장에 도달한다. 그리고 다시 돌아간다.

PESSIMISME — PESSIMISM — PESSIMIS
PESSIMI — PESSIM — PESSI
PESS — PES — PE — P — p... 이제 아무것도 없다.

한쪽발로 선 채로, 다른 쪽 발은 손에 들고 있으며, 약간 연극적이면서 범속한 태도를 취하고, 파이프는 땅에 떨어뜨린 채로, 모자를 비스듬히 쓴 채로, 내 생각에 그는 노래를 부르는 것 같았다. "**아, 정말로 당신이 부르고뉴의 달팽이의 생활을 알고 있다면...**" 계단의 맨 끝에서, 담뱃재와 재떨이가 떨어져 나온 것들이 흐트러진 와중에서, 바로 이 청년, '무용한 감각'이라는 청년만이 있었다.

★

나는 되돌아가기로 한다. 빛은 새롭게 상상의 프리즘을 통해서 분해된다. 나는 이 무지갯빛의 우주를 기꺼이 받아들인다. 이봐, 당신, 이런 현실의 끝에서 당신은 무엇을 하려고 하는가? 여기는 암염으로 이루어진 당신의 세계, 별의 결정과 멋진 광맥이 있는 왕국이다. 그래, 그리

오페라 파사쥬

신통치 않은 말장난이지만 당신은 서방세계의 알라딘이다. 당신 망막의 안쪽에 붙어 있는 커다란 물감의 찌꺼기에서 당신은 절대로 벗어날 수 없다. 불속의 불꽃과 마찬가지로 몸부림을 쳐봐야 웃음거리가 될 뿐이다. 당신의 환상의 배에서, 예쁜 털로 된 지붕을 가진 멋진 별장에서 결코 떠나지 못할 것이다. 당신의 눈을 지키는 문지기는 이리저리 왕복하면서 반사광을 내보낸다. 당신은 파괴된 이성 한 조각을 가지고 벌써 26년이나 자신의 지푸라기 매트리스 아래를 파서 언제가는 바다에 도달할 수 있을 것이라고 생각하는 것 같지만 이것은 기만에 지나지 않는다. 당신의 기억은 어느 지하 감옥으로 통하고 있다. 거기서 당신은 같은 꽃들, 같은 머리의 숲, 같은 애무의 재난을 다시 발견하게 될 것이다. 당신의 테바이드 이야기에서 잠자지 않는 사자들은 기억상실의 작은 빛이며 환상에 지나지 않는다! 진주 빛의 환상은 기도하는 것 같지만 결국에는 사라지고 만다. 나는 몸을 떠는 노예로 화하고 속삭임에 매혹되며 이 관능성의 황혼 빛 속으로 떨어져 갈 뿐이다. 조금씩 감지하기 어렵고, 조금씩 파악하기 어려워지고... 매일 나는 더욱더 그 윤곽이 흐릿해진다. 결국에는 이해받고 싶다는 욕망도 점점 줄어든다. 나는 바람, 하늘, 평범한 노래, 선의, 시선도 이해할 수 없게 된다. 그리하여 밀랍기름과 키위새처럼 나는 부주의 덕택으로 구두닦이 가게의 전면을 따라 쇼샤 거리로 내려가는 계단의 반대쪽으로 순식간에 미끄러졌다. 이렇게 대로 방향으로 돌아가면서 오른쪽에 있는 처음의 통로의 입구를 가로지르게 된다. 이 통로는 파사쥬의 두 개의 갤러리와 안에서 연결되는 것이지만 테아트르 모데른으로 빠지는 어두운 길에는 통하지 않는다. 앞에서 말한 양복점과 이발소, 미장원의 정반대가 되는 것인데 지푸라기의 코르셋을 동체에 둘러맨 길쭉한 이탈리아의 와인 병이 늘어서 있고 정면에는 어떤 기념행사의 색채화를 건 레스토랑 아리고니의 제법 화려한 장식이 이 통로와 프티 스위스[옮긴이 — 크림이 들어간 치즈]의 색을 한 공중 목욕탕을 구분해주고 있다.

    사람들의 정신에서 목욕탕과 육체적 쾌락 사이에는 대단히 밀접한 관계가 있다. 옛날부터 있었던 이러한 관념은 많은 사람들이 위험을 무릅쓰면서까지 가려고 하지는 않았던 공중목욕탕이라는 것을 더욱 신비스러운 것으로 하는 데 일조했다. 그 정도로 전염병에 대한 미신은 컸으며 게다가 이 매춘부나 다름없는 욕조는 나병이 섞인 에나멜이나 때가 묻은 양철에 몸을 맡겨야 하는 손님에게 있어 대단히 위험한 마녀일지도 모른다는 신앙을 널리 확산시켰던 것이다. 그러므로 이 수상쩍은 종교의 신전은 매춘숙이나 마법의 장소처럼 보였던 것이다. 경험이 없는 통행인이 건물의 일부를 본 정도로는 이 불규칙한 건물에 대한 의문은 쉽게 풀리지 않는다. 건물의 정면에는 그저 '목욕탕'이라고 쓰여 있을 뿐이다. 하지만 이 문구는 무한의 음계에 걸치는 진정한 기호들, 모든 쾌락, 육체에 대한 모든 저주를 숨기고 있다. 하지만 그렇다는 것을 누가 알 것인가? 통행인은 위험에서 떨어진 곳에서 여기는 물이 많이 나오고, 물이 아주 투명하며, 듣기 좋은 소리를 낸다고만 생각할 것이다. 미지의 세계에는 커다란 유혹이 있고 위험에는 그보다 더 큰 유혹이 있다. 현대 사회는 그러한 개인의 본능을 거의 무시한다. 즉, 현대 사회는 이러한 미지와 위험에 대한 본능을 말살하려고 생각한다. 그러므로 아마도 우리들의 풍토에서는 미지라는 것은 별 생각 없이 잘 취하는 사람에게만 존재할 것이다. 위험에 대해서는 모든 것이 매일 얼마나 무해한 것으로 변하고 있는지를 잘 보기 바란다. 그런데 사랑에는, 모든 사랑에는, 가령 그것이 육체적인 열광이든, 요정의 그것이든, 살갗에 닭살이 돋게 하는 이름을 속삭이는 다이아몬드의 정령이든, 사랑에는 항상 법의 바깥에 있으려는 원리, 위법에의 억누를 수 없는 욕망, 금지에 대한 경멸, 규칙을 짓밟는 것에 대한 취향이 존재한다. 여러분은 언제나 이 마구잡이의 정열에 대해 여러분의 주거에 의해 제한을 가하거나 아니면 궁전을 지어주거나 할 수 있다. 어느 것도 이것이 다른 곳에서 분출하는 것을 막을 수는 없다. 전혀 예기치않은 장소에서 자신의 찬연한 광채를 발하면서 폭발하듯이 터지기 때문이다. 어느 누구도 그 씨앗을 뿌리지 않은 장소에서 정열은 놀라운 기세로 그 싹이 자라는 것이다! 이것이 속된 것과 결합되면 얼마나 대단한 경련을 일으키는가! 이것은 오욕 속에서 급격한 도약을 달성하는 것이다. 거리[街]의 기억에 대해 광적인 집착을 가진 사람들이 있다. 이들은 오직 거기에서 자신들의 본성이 가진 생명의 힘을 경험한다. 당신은 군중 속에서 이처럼 우울한 얼굴을 한 남자들을 만난 적이 있을 것이며 오후 5시경 남북선 지하철의 일등칸에 탄, 자신을 망각한 듯한 여자들을 본 적이 있을 것이다. 당신들은 여행 중인 여자의 손가락에 낀 약혼반지를 얼마나 자주 본 적이 있는가? 하지만 별다른 것은 없다, 그녀들이 찾는 것은 그저 지나가는 불장난 이외의 아무 것도 아니니까 말이다. 인간의 하늘에는 사람들이 결코 따라갈 수 없는 섬광이 있다. 보상 혹은 현기증. 관능적 쾌락을 노리는 이 기괴한 절도마竊盜魔들에게 이 두 가지는 어떻게 결합될 것인가? 이 부인네들은 **겉모습으로는** 행복한 것으로 간주되지만 아마도 고귀한 정신을 가지고 있어 자신의 운명에 결코 만족하지는 못할 것이다. 그러니, 무한을 향해서 출발하자! 그래서 영화관에 가서 그 어두움에 몸을 맡기기도 하고 유원지의 회전목마에서 치마의 옷깃이 올라가는 것도 신경 쓰지 않고 선회하는 햇빛을 맞는 것이다. 그녀들은 자기 자신을 정복하려고 하며 욕망의 십자군이라 해도 좋다. 과연 이 무덤을, 자신의 마음을 해방시킬 수 있을 것인가. 틀림없이 불안정 속에서 방황할 수밖에 없다. 불안정은 방황을 야기하기 때문이다. 무언가 사람들의 눈길을 끄는 행동을 하면 지나가는 사내는 바로 나를 부르는 것이라고 생각하거나 아니면 내가 너무 예민하게 반응했나 하고 생각할 수도 있다. 또 어떤 여자는 자신을 보지도 않는 남자에게 큰 기대를 걸면서 모자를 흔들거나 하지만 신 사과를 맛보면서 울게 된다. 또 다른 여자는 음험한 기대를 가지고 사냥을 주도하지만 그녀와 먹이 사이에는 엄청난 폭풍우가 몰아친다. 이 험난한 폭풍우는 어떻게 해도 진정시킬 수가 없다. 두 사람의 광란을 더욱 거세게 할 뿐이다. 바로 이때 거친 흥분의 한복판에서 상대방의 전신에 손이 닿을 때가 되면 여자는 무정하게 자신을 죽이고 몸을 **빼서** 자신을 거절하고 돌로 변한다. 돌 말이다. 이렇게 되면 어떠한 것에도 반응하지 않을 것이다. 무언가를 느낀다는 것을 전혀 보여주지 않을 것이다. 어디에서도. 떨리는 입술도 이것을 보여주지 않는다. 여자는 그 다음에 기계적인 동작을 보이며 사라진다. 이봐, 당신, 저 여자는 틀림없이 산송장이나 다름없는 것이야.

오페라 파사쥬

공중목욕탕에서 기분은 평소와는 다른 방향으로 나가면서 위험한 몽상을 추구하기 시작한다. 어떻게 해도 표현하기 힘든, 신화적이면서 이중적인 기분이지만 그것이 문득 표면으로 떠오른다. 우선은 공공장소의 한복판에서 일어나는 친밀감으로 이것을 한번이라도 경험하게 되면 효과도 좋을 뿐 아니라 격렬한 콘트라스트를 이루게 된다. 그리고 또 다른 것은 감각에 특유한 혼란된 기분이다. 이 덕택에 모든 것이 관습적인 용법에서 벗어나게 되거나 혹은 흔히 말하는 대로 타락하게 된다. 도대체 여기서 어떤 원동력이 작용하기 시작하는 것인가는 쉽게 간파할 수 있는 것이 아니다. 이 목욕요법을 위한 장소에 드나드는 손님들을 제일 먼저 사로잡는 욕망은 무엇인가. 옷을 벗는다는 것 자체가 어떤 구실을 대더라도 하나의 징후적인 행위일 수 있다. 아니면 그저 경솔한 짓이라고 할 수도 있을 것이다. 어쨌든 제대로 된 양복을 입은 자신에게 익숙한 사람이 백주 하에 자신의 벗은 몸을 음미하게 된다는 것, 즉 자신의 몸을 쾌락의 목적을 위해 사용한다는, 평소와는 다른 현저한 위험에 자신을 드러낸다는 것이다. 그리하여 목욕탕은 육체적인 거래를 위한 이상적인 장소처럼 보인다. 심지어 있을 것 같지 않은, 진정한 사랑을 향한 모험도 가능해보인다. 후자의 가정은 부조리해보이기도 하지만 그래도 얼마나 나를 매혹시키는 것인가! 욕조 안에서 한눈에 반한다는 것. 당신들은 웃을지도 모르지만 왜 웃는 것인지는 모를 것이다. 이 세상의 모든 외설적인 것들은 흔적도 없이 사라져버리고 만다. 욕망이란 것은 모두 비동기성非同期性을 가지고 있기 때문이다. 욕망을 제대로 만날 가능성은 아주 한정된 경우뿐이다. 내가 내 방에 혼자 있을 때, 내가 자고 있을 때, 내가 전속력으로 달리고 있을 때, 이 세 경우뿐으로 이것은 하나의 환상이 나의 모든 존재를 지배하는 경우이다. 나의 자유여, 나는 너의 이름으로 감방에 갇혀있는 것이나 다름없다. 어쨌든 여기는 참으로 조용하다. 마치 외국에 있는 것 같으며 어디 먼 곳에 있는 문명 같다. 아아, 더 이상 여행에 대해서 말하지 말라. 수수께끼에 쌓인 채로 있다고 믿지 않으면서 목욕한다고 하는 것은 그것이야말로 열광을 버리라고 말하는 것과 같은 것이 아닌가! 하지만 이 세상에는 인간적인 열망에의 신앙 같은 것은 거의 없다. 사람들은 타락의 한계, 몸의 위험에 대한 공통된 두려움, 행복에 대한 무의식적인 포기, 습관(습관은 지금도 코르셋을 착용하고 있는 한 여인이다)에 대해 잘 알고 있다. 유감스럽지만 그렇게 인정하지 않을 수 없다. 나는 지겨워져서 이런 곳보다는 움직이기 쉬운 자신의 기질에 잘 어울리는 지방으로 달아나는 것이 더 좋지 않을까 생각하기도 한다. 그리고 나는 정말로 꿈에서 그려본다, 부드러우면서도 잔인한 국민, 자신의 발톱을 좋아하면서도 눈을 여기저기 돌리면서 살펴보는 고양이 같은 국민을. 나는 꿈에서 그려본다, 물결 모양의 직물처럼 계속 변하면서도 언제나 사랑으로 고뇌하는 국민을. 그래서 우리들의 탐욕스러운 게으름에 대해 여흥을 제공해 주려고는 누구도 생각하지 않는 것이다. 우리들도 그렇게 해달라고 요구하지는 않는다. 그래서 스캔들이 태어나게 된다. 파리의 많은 목욕탕에서 완곡어법을 사용하는 경우는 거의 없다. 다른 곳에서 사람들이 밥을 먹는 것과 마찬가지로 여기서 사람들은 몸을 씻는다. 그처럼 이 도시의 풍기의 퇴폐는 심각하고 관능도 너무 노골적인 것이 되어버렸다. 여기라

오페라 파사쥬

면 마음대로 행동할 수 있다는 생각이 대부분의 인간에 기묘하게 전달된다. 그래서 오늘날에는 거의 남색가들만이, 우연히 만나게 된 새로운 관용성에 현혹이 되고 예전부터 내려온 책략과 압제를 사용하면서, 목욕탕의 이러한 애매함을 활용하는 것이다. 이런 남색가들이 절대 오지 않는 곳으로 비밀스러운 조우를 위한, 목욕이 가능한 '만남의 집'의 예를 들 수도 있을 것이다. 경영자들이 불평을 말하지만 손님들은 거의 오지 않는다. 하지만 어쩔 수 없는 것이 아닌가. 신사 숙녀 모두가 자신들의 욕망을 조금 등한시한 것이니까 말이다. 20세까지는 아주 좋다. 그 이후는 모든 것이 끝나버린다. 호기심, 신비, 유혹, 현기증, 모험 등 모든 것이 사라져버린다. 그들은 살찌지 않으려고 체조를 한다. 이렇게 되면 더 이상 인생에서 자신의 색色을 유지하라거나 두 뺨에 고민의 흔적을 남겨두라고 말할 수도 없다. 사랑의 훈련이라고 하는 것은 20세를 지나고 나면 더 이상 생각할 수도 없는 것이다. 그들은 자신의 기교를 결정적으로 배워버린 것이다. 그들은 테크닉을 하나만 확실히 익혀서 결코 그것을 포기하려 하지 않는다. 이런 식이다. 당신은 여자를 팔에 안고, 그리고 그녀에게 말을 건다... 그러면 그녀는 소파에 몸을 기대면서 **"오, 샤를르"**라고 말한다. 그럭저럭 만든 영화 한 편만 보면 이 정도는 알 수 있다. 설마하니 한 여자가 그녀를 향해 다가오는 한 남자에게 말도 없이, 도발하는 듯한 눈빛으로, 갑자기 남자의 바지에 손을 가져가는 그런 영화를 보게 될 것이라 생각하지는 않을 것이다. 그런 영화가 있다고 해도 성공할 리가 없다. 그것은 허구에 너무 많이 기대고 있기 때문이다. 단언하건대 우리가 요구하는 것은 현실[레알리테]이다. 그렇다, **현실** 말이다.

현실

우화

예전에 현실이란 것이 있었다
진짜 털로 뒤덮인 양을 끌고
왕자가 지나갔다
양들은 다음과 같이 소리를 내 울었다, 이것은 정말로 아름다워
라 레, 라 레, 라 레알리테

예전에 현실[레알리테 réalité]이란 것이 있었다
그는 밤에 잠을 잘 수가 없었다
그래서 어머니를 대신한 요정은
그의 손을 꼭 잡았다
라 레, 라 레, 라 레알리테

예전에 왕좌에 앉아 지루해하는
나이 많은 왕이 있었다
그의 망토는 밤이 되면 어두움 속으로 사라져버렸다
그래서 왕을 위해 왕비를 맞이했다
라 레, 라 레, 라 레알리테

오페라 파사쥬

코다: 이테 이테 라 레아
　　　　이테 이테 라 레알리테
　라 레아 라 레아
　테 테 라 레아
　리
　테 라 레알리테
예전에 레알리테[현실]가 있었다

　이제 보다 긍정적인 생각을 가지고 오페라 파사쥬에 있는 목욕탕에 들어가 보기로 하자. 소형의 코닥 카메라도 같이 가져가기로 한다. 이 장소가 위생적인 목적 이외의 것에 도움이 된다고 생각하는 것은 믿기지 않는다. 실제로 손님이 별로 없어 보이는데 이것은 경원의 결과인 것 같다. 가게는 지하로 내려가는 커다란 계단, 갈색의 손잡이가 있는 계단의 첫 번째 단에 의해 완전히 점령되어 있다. 파사쥬를 마주보는 계단의 위쪽에는 꽃을 그린 멋진 그림의 액자가 걸려 있다. 오른쪽에는 같은 화가가 그린 부인의 초상이 있으며 그 양쪽에는 낭만파의 판화가 두 장 있다. 안쪽에 있는 첫 번째 것은 세 마리의 말을 끌고 가는 사내를 그린 것이고 문 쪽에 있는 두 번째 것은 늑대에게 쫓기는 마제파[옮긴이 — 러시아 코작부대의 대장]를 그린 것이다. 우리끼리 이야기이지만 늑대들의 눈은 맹렬하게 빛나고 있어 거기에서 무언가의 상징을 읽어 내는 것도 불가능할 것 같지는 않다. 계단은 커다란 층계참을 지난 후에 두 개의 큰 방으로 이루어진 지하실에 도달한다. 첫 번째 방이 더 크며 정확히 레스토랑 솔니에의 바로 아래인 두 번째 방에서는 긴 복도가 대로 방향으로 이어져있다. 이 두 개의 방은 작은 탈의실로 연결된다. 이 여러 개의 탈의실들은 긴 의자와 화장대를 갖추고 있어 여기서 가장 사치스러운 데가 아닌가 생각된다. 쭉 늘어선 탈의실의 문들이 이곳의 장식을 완전한 것으로 만든다. 이곳은 문과 판자로 된 칸막이로 되어 있고 빛은 유리로 된 천정에서 들어오게 되어 있다. 먼지가 많은 편이지만 엄숙한 느낌을 준다. 그다지 밝은 편은 아니어서 현명한 결단을 한다고 생각하지 않으면 나 같은 경우에는 금방 공상에 빠지고 만다. 여기서 주석 없이 다음의 사항을 기록해두기로 한다. 복도의 오른쪽에 있는 탈의실들은 복도의 반대편에 안쪽에서 열쇠를 채울 수 있는 문이 하나씩 붙어있다. 그 문들은 단 하나의 넓은 욕실로 연결되는 것으로 그 욕실에는 다양한 샤워장치가 잠자고 있다. 이런 구조임으로 가령... 두 사람이 욕조에서 나와 휴식을 취하고 싶다고 한다면 예의 탈의실을 이용할 수가 있는 것이다. 그렇게 되면 두 사람은 어느 누구도 모른 채로 만날 수가 있다. 이런 점에서 파리의 많은 공중목욕탕(폰테느 거리, 카디네 거리, 캄바세레스 거리 등)에서 볼 수 있는 작은 문들, 욕조에서 나와 서로 연락을 취할 수 있는 이 작은 문들만큼 신비스러운 것은 없다고 할 수 있다. 물론 건축가가 미리 이렇게 사용될 것이라는 걸 예견하고 있었다고 볼 수는 없다. 솔페리노 다리를 설계한 기사가 언제인가 이 다리의 아치 아래가 방탕의 장소가 될 것이라고 상상하지는 않았을 것이다. 건축가들의 마음속에 퇴폐적인 취미가 있을 것 같지는 않다.

그런데 나는 이 지하실이 실제로는 무엇에 도움이 되는지 알고 있다. 실제로 이곳은 열량측정의 실험실인 것이다. 뛰어난 물리학자 부부가 웨이터와 하녀로 위장한 다음에 열량계 안에 어느 독지가의 연구 자료를 집어넣은 다음 에너지의 분산에 대한 연구를 은밀히 수행하고 있는 것이다. 이들은 언젠가는 카르노의 원리를 뒤집어버릴 만한 대단한 결과를 내놓기를 희망하고 있다. 이를 기다리면서 남자는 멍하니 시간을 보내고 있고 여자는 탐정소설을 읽고 있다.

루이!

그래 나간다구, 나간다니까. 누구야, 날 부른 사람은? 밖에서는 사람들의 왕래가 여전한데. 날 아는 사람은 없을 텐데... 결국 내 이름을 확인하고 싶은 것이야, 내가 속한 모임에서는 거의 사용하지 않으니까. 큰 활자로 인쇄된 이름을 보고 싶은 것이지. 내 앞에는 사막 같은 거대한 공간, 조용한 초원이 펼쳐지고 있어. 사실 그것은 레스토랑 솔니에를 말하는 것이야. 1층과 중2층이 있고 건물은 공중목욕탕에서 예의 숙박업소의 문 앞까지 뻗어있지. 이 레스토랑은 신의 선물이라고 해도 좋을 정도야. 전혀 흠잡을 데가 없지, 내가 여기 얼마나 많이 식사를 했는지 기억이 나지 않을 정도야. 당신들은 다다 운동이라는 것을 아나? 다다 운동의 대논쟁이 휴전에 들어가게 된 것은, 그러니까 두 시간 전만 해도 세르타에서 자신들의 평판을 옹호하면서 싸우던 사람들이 차가운 고기가 담긴 그릇을 앞에 두고 고급스러운 도덕성—이것은 그들

중 한 사람인 반反철학자에 따르자면 '**고급의 복장**' 정도 의미에 지나지 않는 것이지만— 의 증거를 찾아내고 논쟁을 중단하게 되는 것은 다름 아닌 이 레스토랑에서야. 당시 구세주 다다에 대한 재판이 있었지만 이 공포정치 이후에 집정관 정부가 그 시대의 유희, 멋쟁이들, 당시의 복장까지 갖추어서 등장하리라고는 아무도 생각하지 못했지. 이 가게에서 식사를 하는 사람들은 대개 서민들이지. 그들은 어디에서 와서, 어디로 가는 것일까. 화살표가, 어떤 지표가 각자의 운명을 가리키는 것 같아. 여러분들의 행운을 빌어.

이곳은 세 곳에서 빛이 들어온다. 갤러리 테르모메트르 방향, 앞에서 말한 작은 통로, 이탈리안 대로의 방향. 이곳 카페 비야르는 정확히 레이 서점의 맞은편에 있다. 카운터가 있는 큰 방과 안쪽의 작은 방, 여기에다가 여러 개의 문이 있다. 유리로 된 문, 여러 개의 기둥, 벽에 있는 거울 등은 지금은 사라진 2수의 커피와 4수의 '아메리칸' 등을 회상하게 하며 아름다운 반사광의 궁전을 만들어낸다. 우리들은 유럽의 몽상가로서 먼 곳에 있는 미국과 그 피로 범벅이 된 서사시를 몽상하는 것이다. 당신들은 숨겨진 범죄를 위한 장식이며 계획적인 시도와 추적과 함정의 무대장치인 것이다. 그리고 당신들의 부서진 전망 속에서 인생의 모든 우스꽝스러운 것들이 펼쳐지며 보통의 부르주아들로 하여금 어둠속에서 쓸쓸한 웃음을 짓게 하는 그 서정적인 괴짜들의 위대한 비밀도 펼쳐지는 것이다. 사랑도 마찬가지다. 이 카페에서는, 모든 것이 시선을 의식해서 배치되어 있는 이 카페에서는, 사랑이란 것이 얼마나 편안하게 연출되는 것인가! 가짜의 빛이 모든 흥분을 조작하는 공범

오페라 파사쥬

자가 된다. 이 모험에 찬 장소에서는 광선까지 서로 충돌하는 것이다. 오오, 지옥의 신이여. 왜 이 시간을 때우려는 매춘부들은 그처럼 작은 소리로 노래를 부르면서 테이블의 틈새가 벌어진 대리석을 애무하지 않을 수 없는 것인가?

★

갤러리 바로메트르는 마치 버린 부식토가 쌓인 흙무덤 같은 곳으로 이탈리안 대로에 통하고 있는데 정확히 말하면 플라마리옹 서점의 진열 케이스 앞 주변, 선술집 푸세의 테라스에서 조금 떨어진 곳에 통하고 있다. 호객하는 사람이 한 명 서 있으면서 테아트르 모데른의 포스터를 지팡이로 두들기고 있다. 이 사내가 손님을 부르는 소리와 섞여서 시미의 댄스곡이 들리며 그것이 악보전문의 살라베르 출판사의 포스터가 붙어 있는, 왼쪽에 보이는 악기점으로 사람들의 시선을 유도하고 있었다. 지나가는 사람들은 이 우아하면서도 지루함을 느끼는 듯한 사내의 말과 악기점 쪽에 동시에 흥미를 느끼면서 멈추어 서게 된다. 사내는 제2막이 얼마나 대단한가를 말하며 악기점에서는 금발의 여인이 유행에 어울리는 노래를 피아노를 연주하면서 부르고 있다.

인간은 상상의 문가에서 머무는 것을 얼마나 좋아하는 것일까? 이 갇힌 자는 여전히 도망치기를 바라지만 가능성을 눈앞에 두고 주저하고 있다. 결국에는 지하 감옥으로 되돌아가는 순환로를 일찍 알아버리는 것이 아닐까 두려워하는 것이다. 사람들은 그에게 관념들이 서로 연결되는 메커니즘을 가르쳐주었고 그는 불행하게도 자신의 관념이 서로 묶여져 있다고 믿었다. 그는 이성과 망상을 동시에 가지고 있어 결국엔 망상적인 이성에 자신을 맡기게 된다. 그리하여 그는 칸트의 궤변을 떠올렸다.

"만약 진사辰砂가 어떤 때는 빨갛고, 어떤 때는 검으며, 어떤 때는 가볍고, 어떤 때는 무겁다면, 만약 인간이 어떤 때는 어떤 동물에, 또 다른 때에는 다른 동물로 변화한다면, 만약 긴 하루에 걸쳐 땅이 어떤 때는 과일로, 또 어떤 때는 얼음과 눈으로 덮여 있다면 우리의 경험적 상상력이 빨간 색의 표상으로 무거운 진사를 받아들이는 경우는 결코 없을 것이다. 혹은 만약 어떤 말이 어떤 때는 이 물건을 말하다가, 또 다른 어떤 때에는 다른 물건을 말하는 것이라면, 만약 동일한 물건이 어떤 때는 이런 이름을 가지고 있다가, 다른 때에는 다른 이름을 갖게 된다면, 게다가 이런 것이 여러 현상이 이미 따르고 있는 법칙에 전혀 의거하는 것이 아니라면, 상상력의 경험적 종합이란 것도 결코 있을 수 없을 것이다."[옮긴이--칸트의 『순수이성비판』에서의 인용임]

여기서 인간은 의심하게 된다. 그는 이처럼 논점을 미리 전제하는 것도 좋아하지 않으며 엠마누엘 군이 이처럼 마술적인 말을 나열하면서 어디에 도달하려고 하는 것인지가 짐작이 가기 때문이다. 그는 이처럼 지적인 절차들의 약점을 본다. 그리고 자신에게 말한다. 호객하는 사람은 하렘의 벌거벗은 여자들을 말하면서 제2막을 강력하게 선전하며 그런 감상적이고 속된 음악을 연주해서 나를 속이려고 하는 것이다. 멋진 무희들이 등장한다고 말하지만 그녀들의 아름다운 머리는 염색된 것이다. 모기 같은 자들이여, 꺼져라! 당신들은 늪지대를 단단한 땅이라고 생각한다. 당신들은 절대 매몰되지 않을 것이라고 생각하는 것 같다. 그것은 당신이 비현실이란 것이 갖고 있는 무한한 힘을 모르기 때문이다. 이봐, 당신, 당신의 상상력은 당신이 상상하는 것보다 훨씬 더 가치가 있는 것이야.

인간이 자신의 세 개의 능력과 대화를 한다
촌극

감성(인간을 향해) — 오늘은 당신 안색이 별로 좋지 않군. 혹시 계곡에서 별로 안 좋은 만남을 한 것인가? 아니면 심술이 많은 새끼곰과 밤에 만날 약속이라도 한 게야?

의지(샴페인의 뚜껑을 따면서) — 설마 오늘밤에 산에 가지는 않을 테지. (단호한 어조로) 그가 간다면 나도 갈 거야.

지성(갑자기 몸을 일으키면서) — 그럼 나는 무얼 해야 하지? 나도 갈 생각이야. 당신도 잘 알겠지만 나는 인간이 영양이나 곰을 사냥하고 있을 때 언제나 양의 무리와 함께 남아있었으니까.

인간(씁쓸하게 웃으면서) — 그렇다면 이런 논쟁을 끝내기 위해 나는 오늘 하루는 밖에 나가지 않을 거야. 인식, 그것은 참으로 심각한 환자야! 그 녀석은 내가 그를 더 이상 사랑하지 않게 된 다음에는 누워서 일어나지 않고 있어. 그러기는커녕 그 떨어진 집에 살고 있는 사람 좋은 외국인 의사의 조치와 처방이 없었다면 이미 살아있지도 못할 거야.

파리의 농부

감성 ─ 그렇지, 그 높은 곳에 있는 집이지. 그건 처음 세워질 때부터 오래된 시에서 인용한 구절이 적혀있는데 너무 길어서 기억하지는 못해.

　지성 ─ "그대는 아는가, 사랑하는 사람들에게 일어나는 일을, 그 익숙해진 수금豎琴과 의복과 여러 물건들을 그들이 보았을 때 일어나는 일을? 수금을 알아본 그들은 그 소유자인 사람의 이미지를 떠올리지 않을 수 없다... 마치 시미아스[옮긴이 ─ 그리스의 시인]를 보면서 세베스[옮긴이 ─ 그리스의 철학자]를 떠올리는 것처럼."

　감성 ─ 그래, 바로 그거야.

　의지 ─ 당신이 말하는 그 의사를 나는 좋아하지 않아. 그가 올 때마다 나는 겁이 나더라구.

　지성 ─ 어떻게 그런 모습을 하고 있을까? 거대한 콧수염에다 깃이 없는 모자, 약한데다 친근감도 없는 얼굴, 거기에다 모피가 붙은 프록코트라니. 나는 그런 복장을 한 사람은 본 적이 없어.

　인간 ─ 외국인이니까.

　의지 ─ 나는 외국인에게는 주의를 하고 있어. 그들은 아이들을 먹기도 하고 아이들을 유괴하기도 한다고 하잖아.

　감성 ─ 바보 같은 소리! 폭포 아래, 빙판 위, 급류의 연변에 안내해주는 가이드로 사람들을 고용하는 자들. 요컨대 사랑, 거짓말, 꿈과 같은 가면을 쓴 사치스러운 복장의 외국인 중의 누군가가 자신의 가이드를 먹거나 유괴하거나 한단 말인가?

　의지 ─ 아니, 그것과는 다른 문제야. 그 사람들이라면 어느 나라 사람인지도 알아. 하지만 이 사람은 그 사람들과는 다른 외국인이야. 상상력이란 것이 이 사람의 세례명이 아닌가?

　　인간 — 당신들을 불안하게 하는 것은 그 이름이 아냐. 어쨌든 이 새로 입주하는 사람들은 우리에게 이익을 가져다주고 있어. 도대체 이 익을 앞에 두고 그 출처를 따지는 것이 무슨 의미가 있겠어?

　　감성 — 우리들은 그 사람의 직업을 몰라. 정말이야. 하지만 인식이 병에 걸리게 되자 간병을 해준 것도, 약을 조제해준 것도, 그 사람이야. 그런데도 그는 아직 무엇 하나 요구한 것이 없어.

　　지성 — 책략이야! 자신의 계산서를 작성하기 위해 인간이 선량한 곰을 죽이는 것을 기다리고 있는 것이야.

　　의지 — 그 계산이란 것은 참 대단한 것이군! 그 사람의 얼굴은 우리를 끔찍하게 할 것임에 틀림없어. 그리고 그는 말하는 것이야, 나는 어린 소년을 좋아하지 않아, 너무 많이 말을 하니까, 게다가 나는 혼자 있지 않으면 만족하지 않아, 라고 하니까.

　　인간 — 그건 비방이야, 비방이라고. 상상력은 아주 훌륭한 신사야. 친절하고 인간미도 있는 사람이야.

　　감성 — 확실한 것이야? 그 외국인은 어느 저녁 폭풍우가 칠 때에 계곡에서 왔는데 누구도 그 사람을 알아보지는 못했다고 하더군.

　　의지 — 그래, 그건 마치 실이 끊어진 연처럼 우리한테 굴러떨어진 거야.

　　인간 — 그건 쓸모없는 소리야.

　　지성 — 나는 다른 이야기를 듣기도 했는데 말이야.

인간 — 그래.

지성 — 그 신사는...

감성 — 범죄자이지. 몸을 잘 숨기려고 우리들의 계곡에 들어왔던 것이야.

인간 — 범죄자! 그래. 하지만 범죄자는 도대체 무엇이지? 감성, 당신은 번개에 대해 어떻게 생각하나? 산들이 자신의 머리에 심어놓는 그 야생의 꽃을 어떻게 생각하나? 번개는 범죄자일까 아니면 마음씨 좋은 신일까? 그리고 지성, 당신도 말해보게. 상상력에 대해 어떻게 생각하는가를.

지성 — 나는 불확실성이라는 것을 좋아 하지 않아.

이때 지성이 묘사해보였던 모습으로 상상력이 나타난다. 합스부르크식의 콧수염을 기르고 모피가 붙은 긴 프록코트, 거기에다가 챙 없는 모자를 쓴 마르고 키가 큰 노인이다. 그의 얼굴에는 신경질적인 경련이 간혹 일어난다. 그가 말을 할 때는 누군가 눈에 보이지 않는 대화상대자의 가상의 소매를 붙잡으려는 듯한 몸짓을 했다. 손에는 뱅자맹 페레가 쓴 『생 제르맹 대로 125번지에서』를 들고 있었다. 그에게서는 단 한 가지가 아주 기묘하다고 생각되는 것이 있었다. 그는 왼쪽 발에는 롤러 스케이터를 신고 있었지만 오른쪽 발은 아무것도 신지 않고 지면에 닿아 있었다. 그는 인간 쪽을 향해 다가오면서 이렇게 말했다.

상상력이 말한다

논쟁에 또 논쟁이 이어지는군. 당신들 모두는 역경을 이겨내는 자신만의 방식을 가지고 있지만 나는 전혀 고려에 넣지 않은 것 같군. 당신들은 현실[레알리테]이라는 환각에 이끌려 이 환각에서 저 환각으로 끊임없이 옮겨가면서 동요하고 있어. 하지만 나는 당신들에게 다 준 것으로 생각해. 하늘의 파란색, 피라미드, 자동차까지. 나의 환등기에 절망한다는 것은 도대체 무슨 이유인가? 나는 당신들을 위해 무한한 놀라움을 저장해놓고 있어. 정신의 힘에 대해, 나는 1819년에 독일의 학생들에게 말한 적이 있어. 그것에 모든 것을 기대할 수 있다고 말이야. 지금까지 순수한 공상의 창조력이 당신들을 어느 정도로 자신의 주인으로 만들었는지 보기 바래. 나는 기억법과 필기법과 미적분을 발명했어. 이밖에도 아무도 생각하지 못했던 중요한 발견이 더 있어. 이 발견들은 마치 인간이 아무리 취한 상태에도, 말이란 것에 의해 인간과 인간을 둘러싸는 말없는 피조물과 구별되는 것처럼, 인간을 그 이미지와는 다른 것으로 만드는 것이야. 그런데 무슨 말을 중얼거리고 있는 것인가? 문제는 진보라는 것이 아니야. 하지만 내가 내리게 하는 눈, 이것은 추억에서 실험적인 방법에 이르기까지 당신들의 먹이가 되고 있어. 이것에 포함된 신기루 같은 취기를 제대로 인정해주기 바래. 모든 것은 상상력에 의존하고 있으며 또한 상상력에 의해 모든 것이 드러나게 되는 법이지. 전화는 참으로 유익한 것이라 볼 수 있어. 하지만 믿어서는 안 돼. 오히려 보아야 할 것은 수화기 앞에서 소리를 내면서 "여보세요!"라고

파리의 농부

말하는 인간이야. 이때 인간은 무엇일까, 정복된 공간과 그것을 전해주는 소리에 완전히 취한 소리의 중독환자가 아니면 무엇일까. 나의 독毒이라는 것은 사실은 당신들의 것이야. 사랑도 그렇고 힘과 속력도 그래. 아니면 고통이나 죽음 혹은 뻔한 노래를 원하는 것인가?

 그런데 오늘은 의식의 한계, 요컨대 심연의 국경에서 산출된 마취제를 가지고 왔어. 당신들은 지금까지 약에서 정력이나 말도 안 되는 과대망상증이나 진공에서의 능력의 자유행사라는 것 이외에 무엇을 구한 적이 있었던가? 내가 여기서 소개하는 신약은 그런 것은 당연히 줄 뿐 아니라 예기하지 못한 거대한 이익도 가져다줄 것이야. 이 약은 당신들의 욕망을 더욱 자극시켜 계속 새로운, 미칠 듯한 욕망을 만들어낼 것이야. 정말로 그래. 이처럼 절대적으로 확실한 미약媚藥을 유통시키는 것은 질서에 어긋나는 것이지. 그래서 질서의 적대자들은 이 미약을 책이나 시집이라는 형식을 취하게 해서 당국의 눈에서 벗어나도록 하려하지. 거기에다 문학이라는 하찮은 구실을 붙이기 때문에 그들 적대자들은 이 극약을 다른 장사꾼들이 도저히 감당하기 힘든 가격으로 제공할 수 있는 것이야. 그리고 약의 사용을 조금이라도 빨리 일반화하지 않으면 안 된다는 이유도 있어. 이 약은 통조림의 천재라거나 몽둥이 모양의 시가 될 거야. 이걸 사. 당신들 영혼의 저주를 사란 말이야. 즉 파멸하라는 말이지. 이것은 정신의 교란기攪亂機야. 나는 최신의 톱뉴스를 전하고 있어. 요컨대 새로운 악덕이 태어난 것이야. 최고도의 현기증이 인간에게 주어진 것이야. 광란과 어둠의 자식, **초현실주의**가 바로 그것이지. 어서들 들어오게. 바로 여기에서 순간의 왕국이 시작되는 것이야.

오페라 파사쥬

천일야千一夜의 잠에서 깨어난 사람들, 기적을 받은 사람들, 열광적인 경련을 일으킨 사람들 등 여러 사람들이 있지만 현대의 하시시 사용자인 당신들은 도대체 이 사람들의 어떤 점이 부러운 것인가? 게다가 그들의 돌발적인 쾌락의 음계는 지금까지 불완전한 것이었던 반면 이제 당신들은 그 전 음계를 악기를 사용하지 않고도 환기시킬 수 있는데도 말이야. 당신들은 세계에 대해 그 정도의 환상의 힘을, 즉 눈뜸과 동시에 스며들어 오는 빛의 묶음을 바다와 같은 녹색으로 구상화할 수 있는 창의를 확실히 보유하고 있지 않은가? 이성이나 생존의 본능이 아무리 하얗고 아름다운 손을 내밀어도 한없이 작동하는 당신들의 환상의 힘을 제어할 수는 없는 것인데 말이야. 당신들은 심장의 치명적인 십자가에 아름다운 이미지를 핀 대신에 꽂고 결국에는 한 여자의 고착의 대상이 되어 코르크판위에 못 박힌 한 마리의 나비에 지나지 않는 사내, 당신들은 그런 남자와 꼭 닮을 정도로 그 몸은 저주를 받은 것이니까. **초현실주의**라고 불리는 악덕은 이미지라는 마취제를 욕정을 위해 사용하는 것, 혹은 오히려 이미지 그 자체를 위해 예견하기 어려운 착란과 여러 변모가 표상되는 영역 속에 이미지를 도입하기 위하여, 이미지에 어떠한 제어도 가하지 않고 이것을 빌리는 것이야. 지금 착란과 변모를 이야기했지만 이렇게 말하는 이유는 각각의 이미지는 그것이 작용할 때마다 당신들에게 전 우주를 수정하도록 강요하기 때문이야. 그러나 이 세상에는 전 우주를 멸망시킬 수 있는 이미지라는 것이 있고 각 개인은 각자 그것을 발견해야만 해. 당신들이 그 심연의 오렌지색의 빛을 보게 되면 급히 서둘러서 그 불타는 듯한 잔에 입술을 갖다 대기를. 바로 내일에도 인간들을 서로 묶어주는 안전에 대한 어두운 욕망이 인간에게 야만적인 금지령을 부과하려고 올 것이야. 쉬르레알리즘의 선전자들은 책형이나 교수형에 처해지고 이미지의 술을 마신 자들은 거울로 둘러싸인 방에 감금될 거야. 그렇게 되면 박해를 받은 초현실주의자들은 노래를 부를 수 있는 카페의 어두운 구석에서 이미지의 전염병을 비밀스럽게 거래하게 되지. 경찰은 몸짓이나 반사적인 행동이나 신경질적인 태도를 보고서 이 인간은 쉬르레알리즘임에 틀림없다고 혐의를 걸 것이야. 나에게는 벌써 경찰이 사용할 함정이나 모략 같은 것들이 보여. 이렇게 되어서 자신의 일은 마음대로 할 수 있다는 개인의 권리가 제한을 받거나 부인을 당하게 되는 것이야. 일반 대중에게 위험하다고 하거나 공공의 이익, 인류의 보존 같은 것들이 그 명분으로 제시될 것이야. 정직한 사람들은 이 옹호하기 힘든 활동에 심하게 분개할 것이야. 개인 안에 개별적인 낙원을 만들기 위해 사회적인 공통의 운명에서 개인을 분리시키려는 이 유행성의 무질서, 어쨌든 지성의 맬더스주의라고 이름 붙일 수 있는 이 사상의 사적인 남용에 대해서 심하게 분개할 것이야. 참으로 끔찍한 황폐가 아닐 수 없지. 공리성의 원리 같은 것은 이 악덕의 실천가들과는 전혀 연이 없는 것이야. 요컨대 이 사람들에게 있어서는 정신을 집중한다는 문제는 없는 것이나 다름없어. 그들은 정신의 경계가 후퇴하는 것을 볼 거야. 이 도취를 그들은 욕정에 불타고 채워지지 않는 욕구에 쏟아 붓게 될 거야. 젊은이들은 이 불모의 유희에 미친 듯이 매달리게 될 테지. 이 유희는 그들의 생활을 사악한 길로 이끌게 될 거야. 의과대학은 황량한 사막으로 변해버리고 실험실은 폐쇄될 거야. 이제 군대 같은 것은 있을 수 없으며 가족도 직업도 없어. 바로 그때야말로, 이러한 사회생활에 대한 날로 쌓여가는 불만을 앞에 둔 채로, 악마를 쫓아내려는 일대 음모가 이 환각의 망령을 일소시키기 위해 세상의 도그마와 리얼리즘의 모든 권위를 내세우면서 시도될 거야. 그리고 그들―'못할 게 뭐냐'와 '그래도 살아야지'의 연합군―이 개가를 올리게 될 거야. 이들은 정신의 마지막 십자군이 되는 것이야. 처음부터 지는 전쟁이라고 알고는 있지만 이 전투를 위해 나는 지금 당신들을 응원할 것이야. 모험을 좋아하면서 진지한 마음을 가지고 있는 당신, 승패에 개의치 않는 당신, 어둠 속에서 몸을 던져야 할 심연을 찾는 당신들을 응원한다는 말이야. 이제 막이 오르고 있어. 저쪽의 티켓 판매소를 지나가도록 하게.

 이렇게 말하면서 반투명의 인지손가락으로 상상력이 지시한 곳은 작은 목조의 바라크였다. 이 건물은 테아트르 모데른의 매표실 역할을 한다. 건물은 회색의 울타리에 둘러싸여 있고 일몰시가 되면 개똥지바퀴의 색조를 띤다. 건물 안쪽에는 플라마리용 서점의 문쪽으로 문이 하나 있었다. 여직원이 한 명이 있어 사람들이 그녀의 시야를 지나갈 때마다 티켓 판매소의 어둠속에서 좌석의 요금과 공연의 종류를 단조로운 어조로 말하고 있다. 판매소 앞에 부착된 두세 개의 사진이 공연물에 대해 단순하면서도 충분한 관념을 제공해주고 있다. 그 가슴, 흐트러진 팔 같은 것이 작가의 의도를 명확해 전달해주며 이것은 마치 영화관 문에 붙은 무언가를 겨냥하는 권총, 급류에 휩쓸려가는 뗏목, 발굽에 밧줄을 묶은 카우보이의 스틸 사진 같은 것들이 하는 역할과 같다. 게다가 이것은 공짜이다.

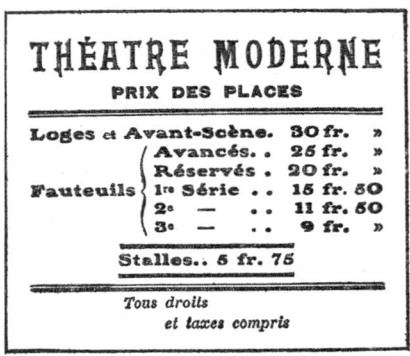

(위 그림) 테아트르 모데른 좌석 요금
박스석 및 무대 전면
객석 우등석, 예약석, 전열, 중열, 후열
임시석
(모든 요금에는 세금 포함)

울타리 건너편에는, 횡단하는 복도까지, 호텔 몬테카를로가 펼쳐져 있다. 이 호텔은 이 부근의 2,3층 짜리 건물의 한계를 넘어서고 있을 뿐 아니라 파사쥬의 입구에 있는 갤러리를 가로지고 있다. 나는 아무래도 그림엽서에서 자주 보는 탄식의 다리Pont des Soupirs[옮긴이 — 베니스에 있는 유명한 다리]의 모습을 떠올리게 된다. 호텔 몬테카를로의 1

층은, 하얀 격자가 들어간 루이 16세식의 작은 유리창이 이어지는 건물의 정면을 통해, 천정이 낮고 널찍해서 멜랑콜릭한 기분을 자아내는 홀이 보인다. 아래쪽에 장식이 달린 샹델리에 아래에는 녹색의 식물과 여행객이 기다림에 지친 모습으로 있다. 이들 여행객들은 밀짚으로 만든 팔걸이의자에 몸을 앉히고 파리에서도 대로가 아니면 볼 수 없는 외국신문을 읽고 있다. 제법 특수하고, 조용하면서도, 간혹 회화적이고, 거의 항상 피로에 지친 듯한 세계, 즉 코즈모폴리턴의 세계이다. 노는 것에 지친 관광객들은 멋진 체험을 거듭한 후에 여기에 좌초하게 된 것이다. 도대체 이들은 그 느린 발걸음으로 얼마나 이 지구를 아프게 했던 것인가! 혹은 카페의 테라스자리라고 생각해서 갤러리에 앉기도 한다. 그들은 무언가를 기다리는 듯하다. 무엇을? 하지만 그들이 바라는 행복은 결코 오지 않을 것이다. 출발하는 것이 나을 것이다.

    호텔의 반대편에는 파사쥬의 경비원의 별채[가건물]이 있고 중정으로 통하는 작은 경비용 길이 있다. 갈고리로 잠글 수 있게 되어 있는 커튼이 내려져 있는 별채 옆에서 우리들은 잠깐 다리를 쉬게 할 수도 있다. 구두닦이의 가게가 있기 때문이다. 요금은 단 12수로 끝나면 우리들은 다리에 햇빛을 담은 채로 그곳을 나올 수 있다. 사람들이 말하는 대로 구두닦이라는 것은 현대적이고 대단히 아름다운 일이다. 이 광택이 있는 박스 안에는 얼마나 대단한 장식적인 정신이 있는 것인가. 비록 이 박스가 미국풍의 것이고 진열에 있어서는 아무런 노력을 하지 않았다고 하더라도 말이다. 다음에는 구두를 닦는 사람을 보아라, 얼마나 섬세한 사람인가! 예의를 다해서 당신들을 언제까지나 기다리게 하는 그 솜씨. 그런데도 그들은 반사광으로 인해 눈이 멀 것처럼 반짝이는 구두를 여전히 닦고 있는 것이다. 틀림없이 자신의 솜씨에 대한 열정으로 흥분한 것일 게다. 대단치 않은 기술이라는 것은 나도 인정한다, 하지만 기술은 여전히 기술이다. 구두닦이의 기술에 기묘하게도 형이상학이 전혀 없다는 것은 참으로 유감스러운 일이다. 구두닦이도 최근의 지식을 더 고려했더라면 그 정도로 하찮게 여겨지는 않았을 터인데 말이다. 마찬가지로 우리나라와 같은 문명국에 있으면서 구두닦이가 낭만주의 시대의 선구자들과 비교해 거의 기술면에서밖에 진보하지 않았다는 점도 유감스럽다고 할 수 있다. 오늘날까지 구두닦이가 그들의 창의적인 면을 드러낸 것은 오히려 가게의 장식적인 면에 있어서이다. 이 분야에서의 최대의 발견은 팔걸이의자를 높이 올린 것이었다. 사람들의 말에 따르면 이처럼 의자를 올리는 것을 생각해낸 것은 뉴욕의 어느 구두닦이라고 한다. 또 다른 사람에 의하면 어느 이탈리아 구두닦이의 아이디어라고도 한다. 어쨌든 이 구두닦이는 젊은 시절에 처음 바에 갔다가 카운터에 있는 발받침이 달린 높은 의자가 자신의 직업에 대단히 편리하다는 것을 알게 되었다. 구두닦이의 예술가가 자발적으로 무릎을 꿇게 되는 이 높은 의자는 몽상을 계속 이어가는 데에 아주 적합하다. 만약 현자가 구두를 닦는다고 한다면 이 팔걸이의자의 두 팔에서 얼마나 멋진 기계가 등장할 것인가! 그리고 얼마나 웅대한 우주의 관념이 태어날 것인가! 하지만 바로 여기에 불행이 있다. 공교롭게도 현자들은 대개 더러운 신발을 계속 신고 있으며 발톱도 빛을 잃어버린 상태이다. 그러므로 여기에 구두의 때를 지우려고 와서 생각에 빠지는 것은 현자가 아니라 아마도 거대한 사랑으로 가슴을 채우고 있는 정박 중인 배의 승객이거나 산책자일 것이다. 시인은 어떤가? 미심쩍다. 퇴역장교, 사기꾼, 주식거래인, 브로커, 접대원, 가수, 무용가, 조숙한 정신착란자, 피해망상증 환자. 신부는 절대 오지 않을 것이며 상중인 사람들, 막대한 부를 축적한 행상인, 스파이, 음모가, 이사회에 매수된 정치꾼, 평상복의 경찰관, 외출하게 된 카페의 종업원, 저널리스트와 신교도, 외국인, 살인청부업자, 식민통치 부서의 직원, 매춘녀의 기둥서방, 경매의 북메이커와 유령들. 내가 유령이라면 이곳에 돌아와 구두를 닦을 것이다. 그리고 유령처럼, 귀신 든 조각상처럼, 이 우연의 왕좌에 앉게 될 것이다. 내가 상상하는 어떤 지휘관이 어느 구두닦이의 자리에 앉자 곁에는 돈 주앙이 있었다. 그는 이미 공상에 빠져 멍한 표정을 짓고 있다. 그는 담배를 피우고 있다. 오늘날은 돈 주앙도 담배를 핀다. 그는 새로운 모험을 준비하고 있는 것이다. 그에게는 깨끗한 신발이 필요했다. 구멍이 뚫려 있는 멋진 구두인데 하얀 가죽으로 안을 대었으며 바깥쪽에는 검은색과 갈색의 가죽을 사용했다. 간통 및 해수욕장에 어울릴 구두로 다리에 안전장치의 열쇠를 채운 것이라고 해도 좋다. 돈 주앙은 할리우드 영화를 보고 이 카라멜색의 구두에 대한 취향을 얻었다. 그는 이 구두를 찾아 파리를 다 뒤졌고 드디어 생 조르쥬 거리의 재고품 가게에서 한 짝을 구할 수 있었다. 이것은 어느 흑인이 집달리와 코카인과 무관심으로 자신이 가진 것을 내던지기 전, 그러니까 그의 황금시대가 끝나기 전에 주문했던 것이다. 돈 주앙은 이런 것에는 관심이 없다. 게다가 이 흑인은 여기에서 백 마일은 떨어진 곳에 있으면서 지방의 댄스홀과 토미세트의 광고용 흡수지 사이에 있다. 돈 주앙은 졸기 시작했고 구두닦이가 하는 것에 따라 그의 몸도 조금씩 흔들렸다. 돈 주앙은 완전히 망아忘我상태가 되었고 그의 투명한 핑크빛 셔츠에 완전히 자신을 잃어버렸다. 그는 구두닦이와 그의 이웃이 나누는 대화를 멍하니 듣고 있었다. 이 손님이 여기 온 것은 오늘만 네 번째이지만 전부 다 하면 다섯 번째라고 했다. 그는 그랑쥬 바텔리에르 거리는 참으로 먼지가 많으며 레아뮈르 거리를 걸으면 금방 신발이 더러워진다고 했다. 또 미친 사람이 있군, 하지만 난 이 목소리를 알아. 돈 주앙은 머리를 들었고 아까부터 와 있던 지휘관을 알아보았다. 이건 운명이야, 집요한 운명이군. 아니면 당신은 이미 내 곁에 있었던 것인지도 몰라. 지휘관은 포르투갈제의 십자가상을 매달고 있었다. 그것은 마치 레종 도뇌르 훈장의 복제품처럼 보였다. 친애하는 나의 주님, 그래서 나는 같은 거리(쇼사 거리) 12번지의 구두닦이와 베르도 거리의 구두닦이 중에 어느 쪽을 택할 것인가로 헤맸습니다. 사실 이 둘 다 같은 회사인 브론텍스의 지점입니다. 결국 나는 이곳에 왔어요. 그랬더니 당신이 와 있군요. 정말 잘 선택을 한 것이죠. 내 신발도 닦아주실 수 있나요? 사실 여자를 만날 약속이 있어서요. 게다가 침대커버는 사계절과 헤라클레스의 업적을 드러내는 모티브를 영국식 자수로 새겨 넣은 것입니다. 아무리 급하다고 해도 더러운 신발을 그대로 내버려둘 수는 없는 것이죠. 지휘관이 말을 걸었다. "이것 보세요. 담배가 다 꺼져가는군요. 여기 내 시가를 드릴 테니 태우시오."

귀중한 순간. 돈 주앙은 유령이 내민 시가를 받아든다. 이것은 도저희 보고 있기가 힘든 광경이다. 나는 구두닦이의 가게를 떠나 우표가게로 향한다.

아, 우표수집, 우표수집. 너는 참으로 이상한 여신, 약간 미친 데가 있는 요정이다. 마법의 숲에서 '엄지대왕'도, '파란 새'도, '빨간 두건'도, '늑대'도 모두 잠들어버렸기 때문에 아이들이 어쩔 수 없이 숲에서 나오면 네가 그 손을 잡게 되어 있다. 그리고 너는 줄 베르느를 스스로 예증하는 것처럼 색이 든 종이 날개를 바람에 휘날리게 하면서 아직 항해를 할 준비가 안 된 마음을 바다 너머 저 멀리로 데리고 가는 것이다. 두건이 붙은 하얀 아라비아 외투가 단봉 낙타 위에 올라타고 세피아색의 땅위를 앞으로 나아가는, 빨간색의 테두리가 있는 작은 장방형의 우표를 앞에 두고 나처럼 회교국 군주를 떠올린 적이 있는 사람이라면 그 암시만으로도 내가 말하는 것을 알 것이다. 타원형의 틀 안에서 붙잡힌 몸이 된 브라질 황제라던가 니아살랜드의 얼룩말이나 오스트레일리아의 백조나 보랏빛의 미국대륙을 발견하는 크리스토프 콜럼버스에 익숙한 사람들이라면 내가 말하는 것을 바로 이해할 것이다! 하지만 지금 우리가 있는 가게의 진열대를 눈이 깜빡거리게 하는 반사광으로 장식하고 있는 것은 이미 우리가 흔히 알고 있는 보통의 가격의 컬렉션이 아니다. 에두아르 7세는 벌써 과거의 위대한 군주의 광휘를 보여준다. 많은 큰 사건들이 무수한 신비의 선에 의해 세계사와 연결시키는 우표를, 우리의 유년기의 이 동반자를 흔적도 없이 뒤집어버렸다. 여기에는 최근의 지구의 분할을 고려에 넣은 새로운 제품이 있다. 저쪽에는 패배의 우표, 혁명의 우표가 있다. 소인이 찍힌 것이든, 신품이든 내게 무슨 상관이랴! 이러한 역사나 지리는 내게는 무엇 하나 이해할 수 없는 것이다. 거기에다 가격수정표나 부가세도 있다. 당신들의 어두운 수수께끼는 나를 경악하게 한다. 이 어두운 수수께끼는 미지의 주권자와 대량학살과 왕궁의 화재를, 또 손에 플래카드와 요구사항을 들고 왕좌를 향해 행진하는 군중들의 함성을 내 눈으로부터 가리고 있기 때문이다.

이 가게에서 특별히 놀랄 일은 없다. 가격표는 문에 딱 붙어 있으며 저녁이 되면 파란색과 하얀색의 등이 켜진다. 나는 세르타와 이 우표가게 사이에 있는 작은 화장실에 대해 내 멋대로 말하고 싶다. 왜 그런 것인지는 모르지만 이 건물은 유치한 불만의 대상이 되고 있다. 그 책임은 인간에게 있는 것으로 저질스러운 낙서가 있다거나 옛날의 자취가 전혀 없다거나 하는 것일 게다. 아주 매력적인 숙녀가 화장을 고치고 있는 것을 반쯤 열린 문을 통해 보고 있다고 생각해보라. 그리고 이 장소가 어떤 장소인가를 생각해보라. 이 아름다운 부인은 자연의 요구에 의해 해야 할 행동을 한 이후에 몸을 단장하고 있는 것이다. 화장이라는 이 한 없이 미세한 동작. 나는 이 광경을 항상 귀중한 것으로 생각해왔다. 예전에 나는 어느 커다란 카페에 매일 갔던 적이 있다. 당시 아직 어린아이나 마찬가지였지만 막연히 의학 공부를 계속하던 나는 이것을 구실로 여성용 화장실에 오래 머물 수 있는 특권이 주어졌다. 나는 그곳에서 아무 것도 하지 않고 가만히 있는 것을 좋아했다. 나는 그녀들이 생리적인 법칙에 의해 찡그린 얼굴이 되었다가 나중에 거의 묘기처럼 다시 상큼한 얼굴로 되돌아오는, 그 변모의 과정을 보는 것에 깊은 쾌감을 느꼈던 것이다. 그녀들의 태도의 무한한 변화, 태연히 자신을 바꾸는 그 매너, 그녀들의 수치심과 후안무치함, 이런 것들은 거의 그로테스크할 정도이지만 그녀들은 여기서는 이런 것들이 허용된다고 생각한다. 그리고 때때로 보여주는 그 위엄과 품위. 나는 이 육욕의 정신이 작동하기 시작하는 변신의 장소에 머물면서 전혀 지루함을 느끼지 않았던 것이다. 여기에는 다양한 태도에서 생기는 일종의 기묘한 열기가 담겨져 있었다. 자주 보는 것이지만 그처럼 소심한 걸음걸이로 들어온 여행하는 여자들이, 일단 여기에 들어오면, 공통의 취미에 사로잡히는 것이다. 그것이 손이나 입술을 서로 닮은 것으로 만들어버린다. 립스틱을 향하고 있는 입의 움직임, 파우더가 만들어내는 구름, 내 눈앞에서 꽃을 피우는 라일락, 인공의 라일락.

나는 세르타의 입구에까지 왔다. 이 유명한 카페에 대해 나는 아직 모든 것을 말한 것이 아니다. 문에 붙어 있는 거대한 깃봉이 여러 깃발들을 모아놓고 있는데 그 깃봉 위에 적혀 있는 이 가게의 표어가 나를 맞이한다.

"우리의 손님을 사랑하자 AMON NOS AUTES"

1919년이 끝나려고 하는 어느 오후, 이 가게에서, 앙드레 브르통과 나는 앞으로 우리들 동료들이 여기에서 모이는 것으로 하자고 결정했던 것이다. 우리가 몽파르나스와 몽마르트르를 싫어했기 때문이고 파사쥬의 모호한 매력을 좋아했기 때문이다. 거기에다 아마도 낯선 장식에 끌렸기 때문이기도 할 것이다. 이후 이 장식은 우리에게 아주 친숙한 것이 된다. 이 가게는 다다의 근원지이기도 했는데 이 놀라운 모임은 자신의 위대함과 부패를 만들게 되는, 그 사람들을 조롱하는 듯한 전설적인 시위의 하나를 여기서 비밀리에 기획했던 것이다. 동료들은 권태와 무위를 느낄 때 여기에 모이기도 했다. 또 때로는 온건파의 비난이 그들 멤버의 한 사람에게 쏟아질 때 경련을 일으키게 하는 강력한 발작과 함께 여기에 모이기도 했다. 나로서는 이 가게에 대해 말하게 되면 아무래도 막연한 감상을 떨치기가 어렵다.

그 밖의 점에서는 참으로 마음편한 장소였다. 부드러운 광선과 조용함과 한적함이, 차광막이 되는 노란색의 이동식 커튼 아래에서, 넘치고 있다. 이 커튼은 지면에까지 닿아있는 거대한 유리창 옆에 손님이 앉으면 그 시야를 막거나 혹은 열기도 한다. 기다림에 지친 손이 주름이 잡힌 비단을 잡아당기거나 혹은 풀어주느냐에 따라 거리의 풍경을 보이게 하거나 보이지 않게 하는 것이다. 장식은 목재처럼 갈색이다. 사실 목재는 도처에 아낌없이 사용되고 있다. 커다란 카운터가 카페 안쪽의 큰 부분을 점하고 있다. 거기에는 수도꼭지가 달린 꽤 큰 통이 과시하듯이 놓여져 있다. 오른쪽 안쪽에는 전화실과 화장실의 문이 있다. 왼쪽에는 나중에 이야기하게 될 별실이 이 방의 중앙에 통하고 있다. 이 방은 가게의 중심부이지만 여기의 테이블은 테이블이 아니라 통이다. 거실에는 크고 작은 두 개의 테이블과 12개의 통이 있다. 통 주변에는 등나무로 된 의자와 맥고의자가 놓여져 있다. 두 종류 모두 대략 24개의 다리가 있다. 여기에 하나 더 주의할 것이 있다. 즉 맥고의자는 거의 어느 것이나 주위의 것과 다르다는 것이다. 제각각이라고 하지만 앉으면 편안하게 느낄 수 있다는 것에는 변함이 없다. 나는 가장 낮은 것을 좋아한다. 이것은 등받침에 격자형 무늬를 넣은 것으로 세르타에서 특히 제일 앉으면 기분이 좋아지는 의자다. 이것은 특별히 강조해둘 필요가 있다. 이곳에 들어가면 왼쪽에 목제로 된 막이 있고 오른쪽에는 외투걸개가 보인다. 외투걸개의 뒤쪽에는 통 하나와 좌석이 있다. 오른쪽의 벽을 마주본 채로 네 개의 통과 좌석들이 있다. 그리고 화장실 앞에 다시 목재의 막이 있다. 이 막과 카운터 사이에는 라디에이터와 명부, 전화전호부 등을 놓는 가구와 커다란 테이블과 좌석이 있다. 카운터 전면에는 아까 말한 왼쪽 벽 중앙에 보이는 별실의 입구까지 3개의 통과 그 좌석이 있다. 방 가운데에는 두 개의 통과 그 좌석이 있다. 별실의 입구에는 작은 테이블과 팔걸이 의자가 하나 있다. 마지막으로 별실과 파사쥬 쪽으로 통하는 문 사이에는 이 문을 피해 막 뒤에 숨겨진 마지막 통과 좌석이 있다. 별실에 대해 말하면 거기에는 일렬로 배치된 3개의 테이블과 안쪽에 방의 폭을 따라 모조 가죽을 댄 긴 의자가 하나 있고 반대쪽에 의자가 있으며 오른쪽 끝에는 이동이 가능한 소형 라디에이터가 있다. 이것은 겨울이 되면 아주 유용한 것이었다. 여기에 덧붙이면 카운터 옆에 화분에 담긴 식물, 카운터 위쪽으로는 병이 늘어선 선반, 왼쪽에는 계산대가 있다. 이 옆에는 평소에는 커튼으로 내려놓고 있지만 작은 문이 보인다. 마지막으로는 계산대에는, 안쪽에 앉아 시간 때우기를 하는 경우가 많지만, 친절하고 매력적인 여자가 한 사람 앉아 있다. 아주 부드러운 목소리를 가지고 있어, 솔직히 고백하자면, 나는 그녀의 목소리를 들을 목적으로 자주 루브르 54-49에 전화를 걸기도 했던 것이다. "아뇨, 무슈. 아무도 방문하지 않으셨어요." 혹은 "다다의 관계자분들은 아무도 오지 않으셨어요." 여기서는 다다라는 말이 다른 곳과 다른 의미를 가지고 있어서, 보다 단순하게 이해되는 쪽이었다. 이 말이 무정부상태나 반反예술을 가르키는 것이 아니며 저널리스트들을 겁먹게 했던 그런 의미가 전혀 아니었다. 저널리스트들은 이 '운동'을 오히려 '아이들의 장난'으로 부르기를 더 좋아했다.[1] 다다라는 것은 전혀 부끄러워해야 할 일은 아니다. 이것은 자주 오는 손님의 한 집단, 때로 작은 소란을 피우기도 하지만 그래도 호감이 가는 젊은이들의 모임

---

1. 어느 여름밤 하늘에 당신이 보았을 수도 있는 그 절대적인 순수성을 가진 몇몇 사람들(예를 들면 앙드레 브르통)과 함께 나는 이 세계를 여행했다. 하지만 그것은 경멸과 모욕과 침뱉기를 당하는 과정이기도 했다. 하지만 나의 말이 신성해진다면 — 그것은 이미 그렇게 되었지만 — 나의 웃음소리가 저 멀리서 들릴것이다. 나의 말은 결코 당신들의 한심한 목적에 봉사하지 않을 것이다. 우리를 조롱했던 이 더럽고 한심한 종자들아. 내가 저널리스트라고 말할 때 그것은 항상 '쓰레기'를 의미한다. 당신들의 등급에 따라서 《앵트랑 Intran》, 《코메디아》, 《작품》, 《문학신보》 등등 바보, 사기꾼, 병신들이라고 해도 좋을 것이다. 예외 없이 다 바보들, 돼지들, 쓰레기들이라고 해도 좋을 것이다. 당신들이 그 수상쩍은 잡지나 출판물에 숨어서 안전하게 살 수 있을 것이라고 생각하지 말기 바란다. 어디서나 더러운 냄새가 난다. 잉크의 냄새. 바퀴벌레들의 냄새. 당신들은 타인의 인생에 기대어, 타인이 사랑하는 것과 지루해하는 것에 기대어 살고 있는 것이다. 죽어라, 이 펜에 의해 관통당한 인생들아. 죽어라, 나의 말을 곡해하는 자들아.

오페라 파사쥬

을 가리키는 것에 지나지 않는다. 여기서는 금발의 손님이라고 하는 것과 같은 의미로 '다다의 손님'이라고 할 뿐이다. 그냥 특정한 그룹을 지칭하는 것에 지나지 않는다. 확실히 다다란 말은 여기서 당연시되는 것이어서 칵테일 중에 '다다 칵테일'이란 것이 있을 정도이다.

 이 카페의 마실 것에 대해 나는 긴 감사의 문장을 바치고 싶다. 특히 여기의 포트 와인에 대해서 말이다. 여기의 포트 와인은, 데워서 마실 수도 있고 차게 해서 마실 수도 있지만, 종류도 여러 가지여서 애호가가 맛을 보고 선택할 수 있다. 보통의 레드 와인은 가격이 2프랑50으로 이것만으로도 추천할 만한 것이어서 다른 이야기를 이것저것 하는 것이 오히려 그 가치를 떨어뜨리지 않을까 하는 생각이다. 이런 말을 하는 것이 유감스럽지만 파리에서 좋은 포트 와인을 마시는 것은 점점 드문 일이 되었다. 하지만 다행히도 여기 세르타가 있다. 가게의 주인은 자신도 상당히 힘들여서 이 와인을 내놓는 것이라고 단언한다. 맛은 나쁘지 않지만 안정성이 부족한 포트 와인도 있다. 이런 것들은 마셔도 그 맛이 남지 않고 바로 사라져버린다. 그 맛을 떠올리려고 해도 되지 않는다.

 세르타의 포트 와인은 그렇지 않다. 그것은 톡 쏘는 맛이 있으면서도 안정감이 있다. 전체적인 것을 파악할 수 있으면서 그 고유의 색조가 있다. 포트 와인만이 이 집의 장점은 아니다. 프랑스에서 이 집만큼 여러 종류의 영국 맥주, 스타우트나 에일 등을 가지고 있는 가게도 없을 것이다. 이것들은 검은색에서 마호가니 브라운을 거쳐 블론드까지 있으며 그 쓴맛과 강도에 있어 여러 종류가 있다. 내 친구들 (막스 모리즈를 제외하면) 대부분은 나의 취향에 별로 동의하지 않지만 나는 당신들에게 2

프랑50 짜리 스트롱 에일을 권하고 싶다. 이것은 어딘가 조화롭지 않은 음료다. 또 추천하고 싶은 것으로는 경쾌한 맛에 잘 배합이 된 무스 모카가 있고 다양한 목적에 잘 들어맞는 것으로는 테아트라 플립과 테아트라 칵테일이 있는데 이 두 개는 이상하게 아래의 음료 메뉴에는 빠져 있다.

"CERTA"
TARIF
DES CONSOMMATIONS

Martini Cocktail		Porto Flipp	
Perfect »		Brandy	3ᶠ50
Rose »		Sherry	
Brandy »		Egg Nogs	
Champagne »	3ᶠ	Fizzes	4ᶠ
Gin »		Sours	
Grillon »		Sangarees	
Stˑ James »		Pick me Hup	3ᶠ50
Derby »		Kiss me Quick	
Omnium »		Pousse Café	5ᶠ
Max »		Pêle-Mêle Mixture	2ᶠ50
Waller's »		Grillon Cup	3ᶠ50
Manhattan »		John Collins Gin	
Oscar »		Brom	3ᶠ50
Dada »	4ᶠ	Clover Club	
Sherry Cobler		Mousse Moka	2ᶠ50
Champagne »		Florio	
Porto »			
Café Glacé 1ᶠ50			

Whisky
Soda
— 5ᶠ —

오페라 파사쥬

이 리스트는 작은 방 쪽에 걸려있다. 그 위에는 이름이 기억나지 않지만 어떤 음료를 위해 예전에 일하던 웨이터가 프란시스 피카비아 스타일의 기계적인 도안으로 만든 광고판이 붙어있었다. 이 광고판은 얼마전부터 보이지 않는다. 카페의 매력 중의 하나는 이처럼 장소를 가리지 않고 붙어있는 작은 광고판이나 표찰 등에 있는데 세르타에도 그런 것이 많았다. 세르타도 마티니, 보브릴, 수르스 카롤라, W. M. 영거스 스카치 에일 등을 크게 내세우곤 했다. 때로는 광고판이 폭포수처럼 쏟아지기도 한다.

```
FLIPS. .  3 F. 50

ROYAL FLIP 4 f.

IMPERIAL FLIP 4 f.

Liqueurs . . . . . 3 f.
Grandes Marques . 4 f.

PORTO CERTA .  2 F. 50
ROYAL . . . .  3 F. 50
IMPERIAL. . .  5 F.
```

파리의 농부

이 모든 음료는 품질이 좋아서 불평할 여지가 없다. 여러분이 콩소메를 원하다면 보브릴을 택하면 되다. 이건 셀러리 소금을 덧붙여서 나오는 것이라 당신은 자기도 모르는 새에 손이 가게 될 것이다. 하지만 내가 세르타를 너무 편든다고 비판해서는 곤란하다. 이 가게에 대해 느끼는 불만 하나를 원래 말할 생각이었다. 나는 이 가게가 필터 커피를 내놓는 방식이 마음에 들지 않는다. 금속제의 작은 필터를 손가락에 화상을 입지 않고 빼내기 위해서 두 개의 작은 스푼을 교묘하게 사용해야 가능하다. 이 두 개를 교차시켜 손잡이를 만들어야 한다. 손님이 없는 카페에서는 여분의 스푼을 구하는 것이 힘들 수도 있다. 다음의 문제는 물방울이 떨어지는 필터를 어디에 둘 것이냐 하는 것이다. 사실 각설탕이 들어 있는 작은 유리잔밖에 없다. 커피를 달게 해서 먹는 사람이 아니라면 설탕이 남아 있을 것이고 그렇게 되면 설탕을 버리게 된다. 결국 테이블을 더럽히거나 설탕을 버리거나 둘 중의 하나이다. 바로 이것이 나로 하여금 세르타를 비난하게 하는 유일한 것이다. 이것을 빼면 모든 것이 완벽하다. 이곳은 겨울에도 아주 춥지는 않다. 제대로 난방이 되기 때문이다. 여름에도 아주 덥지는 않다. 환기장치가 잘 되어 있어 시원한 동굴 같다. 토요일 밤을 제외하면 손님으로 꽉 차는 경우도 없다. 스태프들은 아주 친절하며 심지어 관대하기까지 하다. 지난 5년간 많은 웨이터들이 이곳을 거쳐 갔지만 거의 대부분이 정중하고 사려 깊은 사람들로, 칵테일을 잘 만들었고, 얼마씩은 예술가적인 데가 있었다. 간단한 심부름도 효율적으로 해주었다. 현재의 웨이터인 르네도 이 전통을 이어받고 있다. 그는 강제퇴거에 반대하는 우스꽝스러운 포스터를 만들었는데 집정관 시대에 영국인들이 자주 입던 그 품이 큰 바지를 조롱하는, 반영적反英的인 캐리커처의 스타일을 따른 것이었다. 바로 여기에서 나는 이 가게의 주인이 얼마나 조심스러우면서도 요령이 좋은 사람인가를 언급해야 할 것 같다. 나는 이 주인이 쉽게 화를 내는 손님이나 이상한 행동을 하는 손님들을 잘 다루어서 큰 문제없이 마무리하는 것을 본 적이 있다. 그는 생각 없는 시의 정책이 그에게 배당한 운명보다 훨씬 나은 운명을 배당받을 자격이 있다. 하지만 시는 이제 날로 보기 힘들어지는 도회적 우아함과 공적 장소에서 점차 사라지는 섬세한 예의를 보존하고 격려하기 보다는 도로의 확장에 더 골몰한다. 나는 세르타의 주인이 철거인에 의해 쫓겨난 다음에 어딘가 다른 곳에서 카페나 바를 열기를 바란다. 나는 기꺼이 그의 단골손님이 될 것이다.[1] 이런 사람들의 점잖은 지성 탓에 세르타에서 잘 지켜졌던 분위기와 같은, 진심과 호의가 담긴 분위기를 주변에서 느낄 수 있다는 것은 참으로 기분 좋은 일이면서 마음의 위안도 된다.

나는 사람들이 예를 들면, '바텔'이나 '몽타네'와 같은 카페 이름을 잘 기억해두기를 바란다. 사람들이 바나 카페의 주인이 하는 역할에 대해 비평적 정신을 가지고 접근하는 경우는 거의 없다. 하지만 이 사람들이야말로 참된 문명을 유지하는 데 있어 중요한 위치에 있는 사람들이다.

---

1. 세르타는 현재 이슬리 거리의, 예전에 런던 바가 있던 장소에 있다. 그리고 나는 어디에 있는가? 내 몸은 어디에 있는가? 벌써 밤이다.

게다가 이 선망할 만한 편안함 안에 있으면 몽상을 쫓는 것이 얼마나 쉬운 일인지. 몽상은 자신을 확산시킨다. 초현실주의가가 자신의 권리를 제대로 회복하는 것은 바로 이런 장소에서이다. 가게에서는 샴페인용의 코르코로 마개를 한 잉크의 병을 빌려준다. 그러면 당신은 출발하게 된다. 이미지는 형형색색으로 내려앉는다. 이미지, 이미지, 온통 이미지들이다. 천정에도 있고, 팔걸이의자의 그물망에도 있으며, 음료수를 마시는 스트로에도 있다. 내선전화의 교환대에도 있고, 빛이 나는 공기 안에 있으며, 방을 비추어주는 쇠로 된 랜턴에도 있다. 눈처럼 내려다오, 이미지여, 크리스마스니까. 눈을 내려다오, 술통 위에, 믿기 쉬운 마음 위에. 눈을 내려다오, 사람들의 머리 위에, 사람들의 손 위에. 그런데 내가 아주 미세한 기대감에 사로잡혀, 누군가 올 것이라고 생각하면서 벌써 세 번이나 머리 손질을 했고, 유리창의 커튼을 조금 올리면 나는 이미 파사쥬를 지나가는 사람들에게 주의가 집중되고 만다. 사람들이 교차하는 모습이 만들어내는 기묘한 사고思考의 흐름에는 내가 전혀 짐작할 수 없는 어떤 목적이 있을 것 같다. 도대체 무엇을 하려는 것일까, 저렇게 길을 되돌아오는 사람들은? 찌푸린 표정들, 진지한 표정들. 하늘에 있는 구름만큼이나 많은 수의 걷는 방법이 있다. 하지만 여전히 나를 헷갈리게 하는 것이 있다. 저 중년신사들이 하고 있는 판토마임은 도대체 무슨 의미가 있는 것일까. 그들은 되돌아갔다가 사라지고 그러다가 다시 나타난다. 갑자기 내게도 의심이 든다. 그러면서 나의 시선도 돌연히 손수건 가게의 정면을 살피게 된다.

    이 손수건 가게의 입구는 문을 사이에 끼고 두 개의 쇼윈도가 갤러리 바로메트르에 면하고 있다. 그리고 옆문과 또 하나의 윈도가 호텔 몬테카를로의 뒤쪽으로 들어가는 좁은 통로에 면하고 있다. 이 문과 레스토랑 솔니에의 경계선 사이에는 위층으로 올라가는 검은 계단이 있다. 이 계단 위에는 이미 잊혀진 격동기의 잔재인 《정치적 문학적 사건 L'Événement politique et littéraire》의 사무실이 있다. 통로는 완전히 어둠에 갇혀 있다. 다만 카페 비야르에서 흘러나오는 희미한 빛이 여기에 약간의 밝음을 주고 있을 뿐이다. 주변 호텔의 웨이터들이 이 공간을 몇 개의 보조의자를 쌓아놓는 곳으로 사용하고 있다. 이 좁고 별다른 특징이 없는 좁은 길이 왜 이처럼 움직이지 않는 산책자들을 끌어들이는 것일까? 마치 이 사람들은 여기에서 몽상가가 되고, 고립되고 만 것 같다. 어쨌든 겉으로 드러난 것으로는 이들이 여기에 있는 것은 완전히 우연이며 순수한 우연처럼 보인다. 리넨의 커튼이 내려져 있는 어두운 유리문의 끝에 있는 문은 닫힌 상태이다. 아주 바쁜 것처럼 보이는 신사들은 세 번 혹은 네 번씩 이곳을 지키는 사람과 어긋난다. 여기에 경찰관이 다가온다. 그러면 지키는 사람은 자신을 숨긴다. 그는 친구가 프티 그리용에서 가져온 반 리터짜리 황금색 맥주를 한꺼번에 마셔버릴 것이다. 불쌍한 경관들이여, 당신들은 이 금단의 낙원인 카페를 어떤 눈으로 지켜보고 있는 것인가. 경관은 사라졌다. 신사들이 다시 통행을 재개한다. 지팡이를 가지고 있는 사람들이 있는가 하면 가지고 있지 않은 사람도 있다. 콧수염을 기르고 있는 사람들이 있는가 하면 그렇지 않은 사람들도 있다. 회랑의 윈도에는 대칭적으로 진열된 손수건이 거무티티한 페티코트의 위쪽에 몇 개의 삼각형을 이루고 있다. 진열된 페티코트는 시선이 마음대로 가게 안쪽을 살펴보는 것을 방해하고 있다. 그런데 손수건들은 참으로 이상한 것들이다. 유행과는 전혀 맞지 않는 것으로 빨간색이나 녹색 혹은 파란색의 고급 마포麻布로 만든 것이다. 가는 그림이 들어있거나 싸구려 자수를 해 넣기도 했고 검은색의 감칠짓을 해놓은 것도 있어서 기묘한 취향이라고 하지 않을 수 없다. 이런 손수건이 누군가의 마음을 사로잡는 일은 있을 것 같지 않다. 그리고 이 페티코트에 대해서는... 이처럼 색조가 제멋대로인 커다란 줄무늬가 있는 자두색의 페티코트를 입는 여성이 실제로 있을 것인가? 윈도 글라스에 이마를 붙이고 들여다보지 않는 한 가게의 내부를 들여다보기는 힘들었다. 안쪽에는 재봉용의 바스켓 하나와 빈 의자 옆에 작업 중인 물건이 하나 있을 뿐이다. 마침 가게의 여주인이 안쪽에서 나타나 돌아가는 손님을 배웅하고 있었다. 그는 잘 보이지는 않았지만 상당히 나이가 많은 양반으로 위엄도 있어서, 여러분들처럼 교양이 있는 사람들이라면, 지하철에서 좌석을 양보해주게 될 것 같은 그런 사람이다. 그는 통로 쪽으로 나왔다. 문은 열린 채로 있었다. 이 양반은 아주 급한 듯이 내 앞을 지나쳤다. 그는 빨간 장식이 든 손수건을 산 것이다, 아니, 레종 도뇌르 훈장의 리본이었다.[옮긴이 — 레종 도뇌르의 장식은 빨간색이다] 여주인은 다시 재봉일을 시작했다. 살이 찐 중년여자로 태도에서 장사꾼으로서의 관록이 잘 나타나고 있었다. 누군가가 그녀를 다시 귀찮게 한다. 이번에는 예의 통로에 있는 작은 가게가 아닌가 생각된다. 두 사람이 잠깐 이야기를 나누었고 그녀는 가게 뒤쪽의 방을 가리켰으며 통로의 문을 열어 그를 보냈다. 문에는 손잡이가 없다. 그

때 지나가던 산책자 한 사람이 무언가 불편한 듯한 자세로 멈추어섰다. 그러다가 다시 걷기 시작했다. 나는 세르타에서 자주 관찰을 했지만 그녀는 항상 이런 식으로 손님을 대한다. 그녀는 혼자 안쪽으로 들어가서 10분 혹은 15분 정도 머문다. 문에는 빗장을 채워놓았다. 그러다가 다시 나왔고 새로운 방문객이 올 때까지 문을 열어 놓는다. 일부러 그렇게 한 것일까, 아니면 몸이 약한 탓일까? 그녀는 이미 그리 젊다고 할 수는 없으므로 자주 코를 풀어야 한다. 문이 오랫동안 열려있는 적은 별로 없으므로 들어오고 싶은 사람은 기회를 엿보아야 한다. 나는 간혹 그녀가 자신의 친구로 보이는 사람과 이야기하는 것을 본 적이 있다. 방에서 가장 눈에 안 띠는 곳에서 선 채로 이야기를 하고 있어서 이쪽에서 얼굴을 알아볼 수는 없다. 하지만 그저 흔한 여자 친구로 보일 뿐이며 거기에다 가게의 여주인은 자신의 가게에서 혼자 일을 처리하기를 원한다. 입구가 다시 통하게 되어 나도 문가에 섰다. 나는 모자를 들고 여주인을 쳐다보았다.

여기서 멈추자! 당신은 정말로 불행한 사람이야! 당신의 머리위에는 이제 곧 커다란 번개가 떨어질 것이다, 그랑 오페라의 무대 뒤편의 음향효과처럼 말이다. 당신의 쓸모없는 수다와 잡담이 벌써 갤러리 테르모메트르의 업자들의 기분을 망쳐놓았고 갤러리 바로메트르의 업자들도 크게 다르지 않다. 당신이 아직 언급하지 않은 사람들도 이제 당신의 글쓰는 버릇을 두려워해서 벌써 당신을 적으로 생각하고 있다. 이 선량한 사람들이 다 깊은 우려를 표하고 있는 것이다. 이 사람들은 당신이 이상한 것을 써서 검게 한 그 페이지를 잘 이해하지도 못한 채로 읽었던 것이다. 당신은 우스꽝스럽다고 생각해서 썼던 그것들을 말이다. 이 사람들은 어디까지가 당신이 지어낸 것이고 어디까지가 실제의 이야기인지를 전혀 구분을 하지 못한다. 이들은 마치 모든 것들을 왜곡시키는 거울 앞에 서있는 아이들처럼 불쾌한 기분에 빠진 것이다. 당신은 이제 주의하지 않으면 안 된다. 이 사람들은 이제 어린아이처럼 울음을 터뜨리거나 아니면 당신을 걷어차려고 할 것이다. 이 문명화된 세계에서 무언가를 호명할 때 일일이 그 이름을 말할 권리가 우리에게 있다고 이 사람들은 전혀 생각해본 적이 없다. 예를 들면 어떤 장소들을 '가구가 있는 호텔'이라고 부르는 것의 핵심은 (그것이 도덕적으로 문제가 있는) **임시 숙소**라는 함의를 담고 있다는 것이다. 그래서 이 사람들은 혹시라도 평판이 나쁘게 되지 않을까 걱정을 해서 머리가 하얗게 되어버렸던 것이다. 당신은 이 사람들에게 손해를 끼치고 있다. 도대체 '오스만 대로 부동산회사'와의 투쟁에서 이 사람들의 권리는 어떻게 된다고 생각하는가? 마침 운이 없게도 변호사들이 이처럼 지어낸 이야기와 실제 이야기가 제멋대로 뒤섞인 것을 읽는다면 어떻게 될 것이라고 생각하는가? '이런 사람들이라면 특별히 신경을 써줄 필요도 없어'라고 이들은 생각할 것이다. 그리고 당신이 사용하는 형용사 하나하나가 보상금을 점차 감소시키는 데 기여하게 될 것이다. 갤러리 테르모메트르에서 지팡이를 파는 노처녀도 당신이 진열품에 대해 묘사한 것을 읽고는 너무도 창피해서 거의 죽을 지경이었다. 거기에서 파는 해포석 파이프에 독일 여자가 있다는 등 말을 하다니! 이건 군법회의에 회부될 만한 일이다. 얼마 전 여기 파사쥬의 유력자들이 모이는 모임에서 한 사람이 《유럽 평론》의[1] 16호, 17호를 가지고 와서 이 잡지에 대한 논평이 벌어진 적이 있었다. 당신이 쓴 그런 정보를 당신에게 준 것은 도대체 누구란 말인가? 이로 인해 아무 죄도 없는 한 사업가에게 혐의가 주어졌는데 그는 지금까지 이 지역의 이익을 위해 진력했음에도 미심쩍은 음모를 꾸민 사람으로 간주되게 된 것이다. 이 불쌍한 사람은 자신의 결백을 주장하려고 당신을 찾았다. 세르타에 있지 않을까 해서 여기 오기도 했다. 당신의 희생물이 되었던 다른 사람들도 정의를 외치면서 이곳을 찾아왔다. 이 사람들은 자신들이 공언한 이 적, 이 책략가를 제대로 알려고 온 것이다. 이 꿀벌들이 벌집의 안내서를 향해 무엇이라고 말할 것인가? 《라 쇼세 당탱》지는 최근호에서 당신의 문장을 길게 인용했지만 거기에는 씁쓸함이 가득 담겨 있었다. 이 지역의 이익을 옹호한다는 잡지를 소재로 삼아 당신만의 아이러니를 발휘했으니 말이다. 이 잡지는 거물들에게 거역하면서 소인배들의 편을 들어주고 있는 것이다. 당신이 미망인이나 고아들을 별로 좋아하지 않는다는 것은 한탄스러운 일이다. 하지만 당신이 드러낸 사실들은, 물론 이것에 당신은 책임을 져야할 것이지만, 이 신사양반들을 깜짝 놀라게 하는 것이었다. 당신은 도대체 이 숫자들을 어디서 알게 된 것인가? 그리고 다른 말로 하자면 도대체 **이런 일이 가능하기나 한 것인가?**

---

[1] 『파리의 농부』는 이 잡지의 문예란에 연재된 바 있다. 이처럼 1920년대에 프랑스의 풍속과 소설의 수준은 내리막길을 걷고 있었다.

내 얘기에 귀를 기울여주는 선량한 양반들이여, 내가 가진 정보는 모두 하늘에서 받은 것이다. 각자의 비밀은, 언어의 비밀이나 사랑의 비밀이 그러한 것처럼, 매일 밤 내게 계시처럼 주어진다. 대낮에도 가끔 밤이 찾아오기도 한다. 내 곁에 다가오면 당신의 옷은 날아가 버린다. 당신의 현금출납부에서 허위와 부정기재의 페이지가 열리게 된다. 당신 침실의 반합도 열리게 되고 당신의 마음도 열린다! 당신의 마음은 마치 태양에 비치는 박각시나방 같으며, 마치 환초 위에 올라탄 배 같으며, 마치 작은 납조각으로 인해 방향을 놓쳐버린 나침반 같으며, 바람을 받으며 말라가는 세탁물 같으며, 말을 부르는 휘파람 소리 같으며, 새들을 향해 던지는 먹이 같으며, 다 읽어버린 석간신문 같다! 당신의 마음은 누구나 알고 있는 수수께끼 같다. 그러므로 겁낼 필요는 없다. 내 자신을 위해서도, 그리고 당신의 평판을 위해서도 말이다. 내가 손수건 가게에 들어가더라도 말이다.

  이 부인은 위엄이 전혀 없다고는 할 수 없는 얼굴을 내게 향했다. 선이 굵은 얼굴을 하고 있으며, 코는 부르봉 식이고, 젊은 사람들 특유의 그 탄력성은 이미 없는 그 피부에다, 얼굴은 마른 편이지만 대조적으로 목은 아주 굵은 편이다. 드물게도 금발의 눈썹을 하고 있으며 전체로서는 밤의 분위기를 풍기는 약간 충혈된 눈을 하고 있다. 화장은 안 한 상태이며 가정부나 혹은 가정교사를 떠올리게 하는 식으로 파우더를 사용하고 있다. 그녀의 머리는... 특별히 더 언급할 가치가 있는 것 같다. 유행에 따르지 않고 엷게 염색을 했으며 카운터에 있는 여자들처럼 높게 머리를 묶지 않았고 간호원들에게서 보듯이 낮게 머리를 묶은 것도 아니었다. 그녀는 손에 들고 있던 재봉하던 것을 내려놓고 내게 다가왔다. 이때 나는 그녀의 복장을 즐겼다. 스커트는 풍성한 편이었지만, 요즘 기준인 1917년 식으로 하자면, 짧은 편이었고 허리께가 둥글게 되도록 했다. 옷 전체는 약간 바랜 느낌이 드는 색조로서(이건 당신의 상상에 맡기겠다) 그럼에도 강력한 색감을 부여한다. 마치 순회 공연하는 배우들 의상의 금박이 다이아몬드를 연상케하는것처럼말이다. 이것은 다 죽어가는 까치밥나무 열매의 색깔을 하고 있고, 새들에게 먹힌 체리의 색깔을 하고 있으며, 햇빛을 받아 색이 변해가는 교육공로훈장의 리본을 닮은 데가 있다... 이제 알겠다. 이 옷은 오줌의 색깔을 한 해바라기 꽃이다. 코르사주의 초승달처럼 잘린 부분은 목덜미를 드러나게 하며 솜털도 다 보인다. 앞부분의 목언저리도 살짝 쇄골이 드러나게 하며 그 옆으로는 목의 수축근이 떠오른다. 하지만 정말 대단하다고 할 수 있는 것은 코르사주로서 이것은 이미 소멸한 것을 되살린 걸작이다. 최근의 여성들은 볼레로를 입지 않는데 이것은 나로서는 안타까운 일이다. 내가 말하는 것은 적당히 바느질한 것이나, 디자인상으로만 볼레로를 연상케 하는 그 가짜 볼레로를 말하는 것이 아니다. 이 옷이 대단한 것은 코르사주 전체가 아몬드보다 강렬하고 양배추보다 엷은 녹색 리본의 끈으로 장식되었다는 점이다. 이 리본은 작고 평탄한 주름을 만들고 있는데 이 배열의 모티브는 아무래도 달팽이와 교외의 동사무소의 장식을 떠올리게 한다. 하지만 덧붙이자면 이 의상은 게인스보로나 윈터할트의 초상화에 등장할 만한 것이긴 하지만 관능성이나 쾌락을 내세우는 것이 아니라는 점이다. 그녀의 육체의 변형은 자연스러운 것이며, 거의 올빼미와 같은 불안, 탐색하는 듯한 시선을 제외하면, 그녀는 당신의 어머니나 혹은 가정부라고 해도 좋을 것이다.

    나는 알고 있다. 사람들이 나에 대해 이런저런 비난을 하고 있는 것 같은데 그 주요한 것 중 하나는 나에게 그 관찰의 재능이 있는가 아닌가 하는 점이다. 그것을 확인하기 위해서는, 그리고 일의 진행에 따라 나를 엄격하게 다루기 위해서는, 사람들은 나를 관찰하지 않으면 안 된다. 실제로 나는 자신을 관찰자라고 생각해 본 적은 없다. 나는 바람이 불든, 비가 오든 마음대로 길을 가는 것을 좋아한다. 우연, 이것이야말로 내가 했던 경험의 모든 것이다. 세계가 내게 주어졌다고 생각한 적은 없다. 그 손수건을 파는 여자와 여러분이 분별없이 행동한다면 머릿속으로 그려보아도 좋을 그 작은 설탕 그릇은 나 자신의 내면의 극한이고 삶의 법칙과 사고방식을 위해 내가 가지고 있는 이상적인 렌즈인 것이다. 만약 이 파사쥬가 어떤 종류의 속박에서 자신을 해방하기 위한 방법이 아니라면, 나의 힘을 넘어서는 금지된 영역에 도달하기 위한 단서와는 별개의 것이라면, 나는 차라리 교수형에 처해지는 것이 나을 것이다. 어쨌든 이 파사쥬에 진정한 이름을 붙이는 것, 그리고 우댕 씨가 다음과 같은 표지판을 가져오도록 하는 것이 바람직하다.

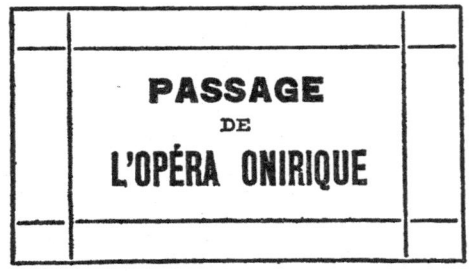

오페라 파사쥬

(위 그림) "몽환적인 오페라 파사쥬"

　나의 작은 안내서를 읽은 외국인은 얼굴을 들고 마음속으로 '여기구나'라고 말할 것이다. 그런 다음 천천히 기계적으로 움직이면서 표지판이 맘에 들어 내가 방금 그를 떠났던 지점을 향한다. 그리고 라스베리와 피스타키오의 열매의 색을 한 예의 여주인에게 정중하게 말을 걸면서 대단한 노력으로 상상력을 작동시킨 다음 정확하게 요금은 어느 정도인지를 묻는다. 그에게는 요금이 너무 싸게 느껴진다. 사진가가 기계의 조작에 까다로운 것처럼 부인은 장사의 미묘한 거래를 타인에게 맡기지 않는다. 하지만 손님을 추측의 절벽으로 떨어뜨리는 것은 가격이 균일한 것이 아니라 기차와 비슷하게 3개의 등급이 있기 때문이다. 거기에서 그는 이발소에서 하는 것처럼 전부 다 하면 얼마냐고 물으려고 했다가 동시에 깜짝 놀란다. 그는 지금까지 자신이 사랑이라는 것에 대해 품고 있던 관념을 떠올렸다. 한숨에 자신의 생애가 그의 마음의 눈에 떠오른다. 순진한 유년 시대, 난로 곁에서의 양친과 여동생, 가슴에 화살을 맞은 채로 폭풍우 속을 벗어나려고 하는 폴과 비르지니를 그린 비단의 그림, 거기에다 가구가 늘어선 두세 개의 방이 떠오른다. 거기에서 그는 가장 가격이 덜 나가는 모조품으로 만족하려고 한다. 그런데 나는 그의 눈을 제대로 읽은 것일까? 그가 그처럼 강렬하게 느꼈던 정열로 인해 어지러워진 감정, 지속의 착각을 주지 않는 덧없는 것들에 대한 저속한 탐구심, 구실의 결여, 정체를 알 수 없는 쾌락의 고립상태, 이런 것들 모두가 그를 극도로 자극한다. 그는 그것들에 의해 재촉당한 것처럼 급히 어둠속으로 사라진다. 그곳에서 움직이는 지친 두 손이 내게는 이미 보인다. 이국의 인간이여, 과감하게 자신이 원하는 대로 하기 바란다. 나는 당신을 승인할 것이다. 나를 믿으라, 그것만으로도 이미 대단한 것이다. 그는 몸을 단단히 굳힌다. 몸을 비틀기도 한다. 아니! 이 사내는 그리 오래 걸린 편은 아니었다.

용솟음치는 이 감상적인 속삭임은 도대체 무엇인가? 오케스트라의 의자들은 자신들이 음악가라고 생각하는 것일까? 나는 인간의 모든 성향을 옹호하며 특히 일시적인 것에 대한 그 취미를 옹호한다. éphémère(덧없는 것)는 그 이름 그대로 다형적인 신이다. 내 친구인 로베르 데스노스[옮긴이 — 프랑스의 초현실주의자 문학자]는 뇌의 주름 사이에 몇 개의 이상한 선박을 집어넣은 듯한 특이한 현대의 현자인데, 그는 마치 녹색의 눈이나 요정들로 가득 찬 전설처럼 울려퍼지는 이 3음절 위에서, 오랫동안 몸을 기울이고 문헌학의 비단으로 된 계단을 통해 신기루와 같이 풍요한 말의 의미를 탐구했다.

```
        ÉPHÉMÈRE
          F. M. R.
       (folie-mort-rêverie)
        Les faits m'errent
        LES FAIX, MÈRES
      Fernande aime Robert
           pour la vie!
     O    ÉPHéMÈRe    o
          ÉPHÉMÈRES
```

오페라 파사쥬

(위 그림) '에페메르'

두 손으로 만져보아도 공허함을 느끼게 되는 호수 혹은 거울에 지나지 않는 말들이 있다. 예언자적인 음절syllabe. 친애하는 데스노스여, 파엔제트Faenzette나 프랑수아즈Françoise 같은 이름의 여자를 조심하도록 하게나. 화형을 당할지도 모르는 것이니 짚의 불에는 조심하는 게 좋을 것이야. 일시적으로 좋아하게 된 여자들, 플로랑스Florence나 페르미나Fermina 같은 여자들도 조심하도록. 전혀 쓸모없는 것들이 그녀들을 불타게 해서 결과적으로 '어머니로 만들어 버리니ET FAIT MÈRES' 말일세. 데스노스여, 판쉐트Fanchette에게도 조심하기를 바라네.

당신들 왼쪽에는 대형트렁크, 소형트렁크, 소형케이스, 대형케이스, 모자용 케이스, 그릇을 담는 케이스, 병을 담는 케이스, 수트케이스, 여행가방, 회계가방, 백, 배스킷 등등 모든 여행용의 마술이 늘어서 있다. 우리들이 건너편 회랑에서 이미 본 적이 있는 보다블이라는 가게로 이것은 세르타 곁에 있으면서 17번지의 일층을 점하고 있다. 오른쪽의 16번지와 14번지는 손수건 가게 앞에서 바로 둘로 나뉜다. 하나는 《상공회의소 신문》의 본사의 검은 건물이고 다른 하나는 색이 붙은 건물로 유행복의 상점인 앙리에트이다. 진열된 모자가 그것들을 감추고 있는 모던한 커튼의 높이까지 도달해있다. 젊은 친구들에게는 주의하지 않으면 안 된다. 이런 친구들이 내부의 비밀을 냄새 맡게 되면 무언가 취하게 하는 새로운 것, 무언가 특이한 것은 없을까 하고 기대하면서 그 손톱을 앞세워 다가올 것이 틀림없다. 얼마 안 있으면 건실한 모자공인 여자아이들이 나올 것이다. 그녀들은 의심쩍은 듯한 표정을 지으면서 청신하고 맑은 하늘을 자신들의 마음의 증거로 내세우고 서정적인 모습으로 근처의 수치스러운 장사를 비난할 것이다. 그들에게는 이러한 장사 탓에 자신들이 직업과 성실성을 조화시키는 태도를 취해도 신화적인 의심을 받게 되는 것이기 때문이다. 마치 모든 것이 머리 위에 《정치적 문학적 사건》지의 첫 페이지를 뒤집어쓴 형국이 되는 것이다. 나아가자, 앞으로 나아가자. 이 일대의 수수께끼를 제거하거나 혹은 이것들이 우리에게 노래를 해주거나 우리를 끌고 갈 때 수수께끼가 솟아오르도록 하면서 말이다. 왼쪽에는 17번지의 문과 어두운 계단이 있는데 거기에는 몇 개의 표찰이 붙어있다. 나는 그 표찰들 사이에서 길을 잃었다.

오페라 파사쥬

추측의 악마여, 환영fantasmagorie의 열병이여. 너의 삼 부스러기 같은 머릿속에 진주색을 하고 유황 냄새가 나는 손가락을 넣어 대답해 보라. 프라토Prato는 도대체 누구이며 게다가 2층에 가는 엘리베이터라는 것은 역설적인 것이 아닌가. 통신사라고 하는 것은 무엇인가. 내 생각대로 하자면 이건 백인 여자를 비밀리에 매매하는 거대한 조직이라고밖에 생각할 수가 없다. 당신들은 뒤를 돌아본 다음에 정면을 보기 바란다. 여기야말로 상상력의 심층으로 나아갈 때 내가 그 '다다 운동'의 마지막 흔적을 발견하게 되는 작은 식당이다. 솔니에가 너무 비싸다고 생각될 때 우리는 여기에서, 숨을 막힐 듯 하고 저급한 분위기가 감도는 이곳에서, 돼지비계와 코코넛 버터로 이루어진 요리와 신 맛에다 환멸에 찬 포도주로 우리의 식욕을 적당히 해결했던 것이다. 무언가를 먹기에는 조금 한심해 보이는 장소가 있는데 여기가 바로 그런 장소 중의 하나로 몽상과 맛없는 음식을 항상 끌고 다닌다. 여기서 사람들은 자신들이 씹는 고기 속에 테이블의 냄새가 섞이는 것을 느끼게 되며 전혀 품격이라고는 없는 회식자들, 못생긴데다가 배려라고는 전혀 없는 젊은 여자들, 자신의 평범함을 전혀 의식하지 못하면서 한탄할 만한 생활의 고충을 그대로 드러내는 사내들에게 짜증을 느끼게 되는 것이다. 여기서는 인간은 잘 맞지 않는 의자의 다리를 간신히 움직인다. 그리고 자신의 짜증과 불만을 잘 맞지 않은 벽시계 탓으로 돌린다. 방은 크게 두 개로 나뉘어져 있다. 한쪽은 바를 차지하고 있는 거실로 카운터와 천정이 낮고, 그을린 주방으로 통하는 문이 있다. 다른 한쪽은 식당으로 이것은 회식용의 별석을 통해 안쪽까지 이어지고 있다. 별석이란 것은 지붕이 붙어 있는 작은 중정으로 테이블 하나에다 긴 의자 하나, 작은 의자 세 개 정도의 공간이다. 이곳은 손님이 6인 이상인 경우 사용한다. 테아트르 모데른의 단역배우, 그녀의 애인, 개와 아이가 이 자리의 단골인 2, 3명의 영업사원과 함께 앉는 경우가 많다. 기름때 묻은 벽이나 인간이나 요리 등에서 가게 전체는 어딘가 양초를 닮은 데가 있다.

하지만 총기상과 이발소 사이에서 후프를 돌리는 놀이를 하는 지방질이 많으며 약간 불쾌한 인상을 주는 노인은 도대체 누구인가. 그에게 놀라는 사람은 나 혼자이지만 말이다. 잡색의 기묘한 후프로 몇 개의 장면을 만들어보였지만 이들 장면 하나 하나가 마치 십자가로 가는 고행의 길의 장소처럼 연결되는 것이다.

제1처 바다, 세 개의 조개껍질, 숲과 퓌 드 돔 산괴.
제2처 한 알의 씨앗.
제3처 물결, 불, 녹색의 풀. 호반이 붙어 있는 나신과 같은 에고이즘의 상이 전신용지를 휘두르면서 조개껍질에서 나온다. 전신용지에는 이렇게 쓰여 있다. "나다, 나야!" 발신인의 이름과 주소는 기입되지 않은 상태이다.
제4처 하나씩 꽃을 내뱉는 한 여자. 산자나무의 잎으로 머리를 한 사랑의 신이 멀리 조용한 연못 위에서 몸을 웅크리고 있다. 제목은 "나는 잊어먹었다."
제5처 씨앗.
제6처 침묵의 문에 불어오는 바람은 돌아오지 않는 노예를 기다리고 있다.
제7처 베일이 찢어지며 홍학紅鶴의 모습을 한 욕망이 모습을 드러낸다.
제8처 홍학이 날아간다.
제9처 홍학은 불어오는 바람 때문에 그 날개의 털을 잃어버린다.
제10처 바람.
제11처 바람 속의 씨앗.
제12처 공상의 나라의 군대를 구원하는 에고이즘과 사랑은 마치 퓌 드 돔의 상공에서 태양이 정오의 종을 울리는 것처럼 그 머리를 흐트러지게 한다.

    이 기묘한 노인은 마법의 지팡이로 현란한 색의 후프를 두들기면서 대로 쪽으로 멀어져갔다. 나는 문가에 서있는 이발사에게 이 끔찍한 유령을 아느냐고 물었더니 그는 말했다. "저 사람은 우리 손님이에요, 슈...뭐라고 하는 사람인데요. 방금 전 그것은 '변전의 바퀴'라고 부르는 것인데 저걸로 먹고살아요. 어쨌든 들어오세요."
    젤리스 고베르라는 것이 이 이발사의 이름인데 가게는 이 거리의 19번지와 21번지를 점하고 있다. 그에 대해서는 앞에서 이미 쓴 바 있다. 그런데 저널리스트에게 있어 회화적인 취미나 감상적인 취향의 르포르타쥬를 쓸 때 이 이상 재미있고 소재를 모으기 쉬운 가게는 이 파사쥬뿐 아니라, 파리 전체를 찾아도 그리 쉽게 찾지는 못할 것이다. **위인들의 이발사**. 세 달마다 누군가가 그를 발견해서 사진에 담는다. 모래와 후추와 면화약에 닮은 멋진 콧수염의 초상. 누구나 이 멋부림을 한 번 보면 바로 놀랜다. 이 이발사는 새로운 유파에는 전혀 속하지 않는다. 새로운 유파라는 것은 자신들의 이익을 위해 여러 방편을 마련하면서 반면 손님에게는 희생을 강요해왔다. 하지만 그의 경우는 아직도 면도가 5수를 내면 되는 시대에 속하는 것이다. 당시 그 정도의 금액으로 그렇게 공을 들이고 비누나 그밖에 이발소에서 사용할 수 있는 모든 것을 사용해 사람들에게 젊음과 상쾌함을 되찾게 해주었다는 것은 실제로 놀랄만한 이야기이다. 결빙한 호수를 생각나게 하는 숫돌도 결국에는 소모되게 마련이고 파우더류도 그렇게 된다. 그렇게 해주고 기껏 1수나 2수 정도의 팁을 받는 것이다. 이 정도라면 차라리 구걸을 하는 것이 나을 것이라고 생각이 들 정도이다. 적어도 도둑이나 거리의 청소부가 더 나을 것 같다. 그래서 동업조합의 사람들은 점점 싫증이 난 것이다. 그리하여 어느 날 이후 새로운 서비스를 추가하기로 했다. 즉 보다 비싼 헤어 로션을 쓴다거나 마사지, 헤어 아이언, 더운 물로 데운 타올 등등을 사용하게 된 것이다. 요금은 올라가고 팁은 3프랑이 되었다. 그래서 가령 늙은 이발사가 새로운 방법을 사용하고 있는 동료들의 가게에 와서 수염을 정리해달라고 하면, 사실 그는 이제 가게에서 손을 뗀 상태로서, 이럴 때 린넨의 이발용 헝겊에서 해방되고 비단처럼 빛나는 말의 털로 만든 브러쉬로 서비스를 받은 후에 그가 넘겨준 금액을 점원이 카운터를 향해 알리는 것을 들으면 그의 마음은 더 없이 즐거워지는 것이다. 하지만 젤리스 고베르의 가게에서는 무엇이든 옛날 방식대로 하고 있다. 가게 앞에는 금세기 초까지 손님들의 구매 욕구를 교묘하게 자극해서 사도록 유도했던 많은 물품들이 늘어서 있다. 이런 기술에 대한 애정과 억제하기 힘든 사명을 가졌을 때, 그리고 자신의 광기를 이해하기에는 아직 너무 젊을 때, 면도와 조발만으로 생계를 꾸려가기 위해서는 아무래도 이러한 것들을 팔지 않으면 안 되는 것이다. 화장 상자와 향수병, 여행용 향수병과 가정용 향수병, 목제의 커버 안에 있는 것들, 감상적인 노끈을 꼰 모양의 문양을 해넣은 것들, 참된 애호가들만이 그 가치를 아는 바다에 별 모양을 새긴 통, 린넨의 장갑, 접이식 혹은 보통 모양의 빗, 셀룰로이드나 금속으로 된 것들. 손톱을 다듬는 도구들, 손을 다듬는 것을 백마술白魔術처럼 보이게 하는 여러 도구들, 미안료, 사람을 놀라게 하는 미약. 그리고 여러 가지 비누가 있다. 그린이나 로즈 혹은 노란색의 비누, 검은 당밀이 들어간 반투명 비누가 있는데 이것은 8월 중순의 관능을 연상케 한다. 그리고 칫솔과 치약, 편두통과 숙취에 잘 듣는 약, 눈약, 기적의 연고 등. 문의 양쪽에는 한 단 높은 곳에 대칭적으로 두 개의 장이 서있다. 첫 번째 장에는 '내츄럴 비로드'의 통이 있고 두 번째 장에는 '글리키스'의 통이 늘어서있다. 두 번째 것은 이 가게 특선의 로션이다. 멋진 에메랄드의 색을 하고 있어 이러한 바다의 요정의 이름이 붙은 것이지만 내가 이 로션을 써본 적은 없다. 하지만 앞의 것은 면도를 한 후에 바르는 유액으로 이 가게에서 사용해본 적이 있다. 정말로 기가 막힌 물건이었다. 백리향과 라벤더를 섞은 것으로 마치 산속에 있는 것 같았는데 빙하나 독초밖에 없는 그런 오만한 산이 아니라 수지와 이끼가 있는 산으로 블루 치즈로 장식된 작은 치즈 만드는 집이 보이는 그런 산이다. '내츄럴 비로드' 안에 있는 모든 것은 아직 나무들이 주위의 깊은 밤을 깨우기 전, 아침의 풍경을 빼다 박은 것 같다. 촉각적인 프레스코 아래에서 숲을 자동차로 산보하면서 현기증을 일으킬 것 같은 감각에 온 몸을 맡길 때에 두 **뺨**에 닿는 아침의 풍경을 그대로 닮은 것 같다. 뿔피리의 경적을 잊어서는 안 될 것이다, 위험한 커브길이 있으니 말이다. 이 가게는 낭만주의가 끝날 무렵, 마침 《뷔르그라브》가 무너지고 유령이 출몰한다는 성이 낡은 것이 되는 시대에 만들어진 것인데 이 가게를 최종적으로 완성하고 있다고 할 수 있는 스펀지류의 진열에 대해서는 무슨 말을 해야 할 것인가? 구형의 스펀지, 유연한 스펀지, 바람보다도 잘 변화하는 작은 입자들, 여자의 피부의 입자보다 더 변화무쌍한 입자들, 벌집 모양의 타월처럼 미묘하고 정교한 것들 혹은 바다의 신 트리톤이 끊임없이 하품을 하는 그 동굴처럼 작은 구멍이 무수히 나있는 스펀지, 물의 슬픔을 가슴 가득히 안고 있어 부풀어 오른 스펀지. 나는 스펀지를 사랑하는 남자를 안다. 나는 '사랑하다'라는 동사를 약한 의미로 사용하는 습관은 없다. 정말로 이 사내는 스펀지를 사랑하는 사람이었다. 그는 여러 다양한 크기, 여러 다양한 종류의 스펀지를 가지고 있었다. 장밋빛깔의 스펀지, 사프란색의 스펀지, 자주빛의 스펀지 등. 그는 스펀지를 여러 색으로 물들였다. 그가 가지고 있는 스펀지는 너무도 부드러운 것이어서 그는 아무래도 그것을 깨물어보지 않을 수 없었다. 그 중에서도 특히 아름다운 것을 보면 참지 못하고 깨물어서 여러 조각을 내는데 조각난 스펀지가 보여주는 빛에 매혹되어 그것을 **뺨**에 댄 채 거의 울기도 했다. 어떤 경우에는 그것을 핥기도 했다. 또 어떤 경우에는 손에 닿는 것은 거의 생각할 수도 없을 정도였다. 그것들은 여왕이라고 해도 좋을 정도로 고귀한 것들로 생각되었다. 그밖의 다른 것들은 그저

실로 묶어 몇 개를 이어붙이기도 했다. 또 꿈속에서 스펀지와 섹스를 한 친구도 있었다. 하지만 그는 열정을 충족시키려 손바닥에 스펀지를 올려놓고 꽉 쥐는 것으로 만족했다. 하긴 이런 것이라면 얼마나 쉬운 일인지 쉽게 이해할 수 있을 것이다.

　이 가게의 내부는 향수를 팔기도 하고 카운터가 있는 첫 번째 방과 조발용 의자로 2분되는 두 번째 방으로 구성되어 있다. 이 두 번째 방에는 유리창을 통해 광선이 잘 들어와 공간적인 여유를 느끼게 한다. 즉 지대나 임대료의 상승에 따라 우리들이 아무래도 잃어버리게 된 '광대한 감각'이 여기에는 아직 넘치고 있어서 마치 지금도 궁전 안에서 생활하는 것 같은 기분이 들게 한다. 이 넓은 방의 일부는 완전히 손님들의 휴게 공간으로 사용되고 있었다. 그래봐야 이곳에서 기다리는 것은 한두 사람에 지나지 않는다. 이들은 면도를 하고 있는 손님 곁에 있어도 좋고, 떨어져 있어도 좋으며, 마음에 드는 쪽을 선택해서 무언가를 읽거나 그냥 멍하니 있어도 좋은 것이다. 또 내가 하는 것처럼 여기저기 걸어 다녀도 좋다. 계단이 하나 있지만 이건 손님들의 기분전환을 위해 사용된다. 끝으로 여기의 벽은 여러 추억을 담은 물건으로 장식되어 있다. 이것은 허세의 영광 혹은 진정한 영예에 의해 이 반세기 사이에 여기의 대로를 위세 좋게 다녔던 사람들, 그러니까 그 평판이 작은 트럼펫의 소리와 함께 높아졌다가 사라졌던 사람들 모두가 여기에 들른 적이 있었기 때문이다. 그레뱅, 메이약, 그랑발, 모르니 본인, 공쿠르 형제 등. 뻔뻔한 백 개의 얼굴, 그로테스크한 백 개의 얼굴, 백 명의 샹송 가수, 백 명의 댄서, 백 명의 작가, 세상을 바보 취급하는 백 명, 그들의 턱수염과 콧수염, 그들의 뺨에 난 털과 머리. 이들 모두가 자신들의 사진과 자신들의 사인을 남발했던 것이다. 그런데 이 가게의 벽에서만 영원한 존재가 되는 사람들도 많다. 게다가 몇몇 사람들은 너무 가난했기 때문에 자기만의 방식으로 이발대금을 지불하기도 했다. 그래서 그들 중의 한 명은 오라스 베르네의 그림을 넘겨준 것으로 보인다. 또 구스타브 쿠르베라는 사내는 아나키스트적인 언사를 자주 했던 사람인데 어느 날 카이로로 떠나면서 그는 자신이 그린 그림 하나로 계산을 마쳤던 것이다. 오른쪽에 있는 것이 바로 그 그림이다.

이탈리아 식당 아리고니는 젤리스 고베르에 이어 23, 25, 27, 29번지를 점유하고 있다. 이 구역에서 이탈리아 식당이 어떤 식인가는 잘 알려져 있다. 상당히 맛이 좋아 많이 먹게 되지만 가격도 그만큼 비싸다. 여기의 요리는 영양보급이란 관점에서 보자면 지나치게 꾸민 느낌이 들기도 한다. 이 식당의 맞은편에 서면 경박하고 우아한 세계를 생각하면서 파리에 온 외국인, 몽마르트르를 뒤져 물랭 드 라 갈레트의 한 장의 사진 앞에서 만족하는 외국인이라면 여기서 참으로 기이한 음식을 발견하게 될 것이다. 라비올리나 미네스트로네보다 더 마음에 드는 음식, 그들의 탐욕적이고 지칠 줄 모르는 상상력으로도 전혀 예상치 못했던 음식을 발견하게 될 것이다. 총기류와 총미銃尾가 바로 그런 것이다. 여기에서 생각지도 못한 것을 보고 그가 놀라는 것을 상상해보기 바란다. 놀랍게도 고래잡이용의 작살을 발사하는 회전식 카빈총이다! 그리고 그는 참새잡이용의 거울에 놀라고 늑대를 잡는 함정에도 놀라게 될 것이다. 그는 나와 같이 질문을 던지고는 역시 대답을 찾지 못할 것이다. 고무로 된

원반 위에 올려져 있는 이 이상한 기구는 도대체 무엇이란 말인가? 그는 작은 번호에서 큰 번호로 순서대로 늘어서 있는 탄환을 만져보려고 할 것이다. 그는 두꺼운데다가 낡은 상공연감의 등에 핀으로 고정되어 있는 표적에 경탄을 금하지 못할 것이다. 한쪽에 있는 새 탄환과 다른 쪽에 있는 변형된 탄환, 그리고 탄환이 만들어낸 구멍을 보게 된다. 그리고 다음의 해설을 읽고는 그는 더욱 경탄하게 될 것이다.

이 탄환은 상공연감에 발사하면 천 페이지 이상을 관통한다. 이 탄환을 맞은 동물이 그 자리에서 움직이지 못할 정도의 크기로 이 탄환은 변형된다.

이것은 2연발로 발사할 수 있다. 어떤 화약이나 사용할 수 있으며 화약 T도 사용할 수 있다.

상공연감을 향해 발사된 탄환의 변형상태

마지막으로 그는 다른 개에게 인사를 하는 개를 그린 이 귀여운 광고를 어떻게 생각할 것인가?

```
BONJOUR, CHER AMI!
Avez-vous pris
vos biscuits
MOLASSINE?
```

파리의 농부

(위 그림) 안녕 친구! 너는 너의 비스켓인 몰라시느를 먹었니?

여기에는 다음과 같은 주석이 붙어있다.

MOLASSINE { dogs & puppy } biscuits

(위 그림) 몰라시느, 개와 강아지에게 최고의 비스켓

이 총포상 다음에는 오를레앙 대공이 단골로 이용하는 술가게가 나온다. 이 가게는 네 개의 쇼윈도를 가지고 있으며 큰 길에서 파사쥬의 안쪽까지 이어진다. 첫 번째 윈도에는 키안티, 라크리마 크리스티, 말부아지에 등이 있다. 두 번째에는 키안티, 라크리마 크리스티, 아스티 등이 있다. 세 번째에는 붉은 구리로 만든 전기 라디에이터가 있다. 문의 반대편에 있는 네 번째 윈도에는 프랑스의 역대 왕들의 문장이 들어간 샴페인만이 진열되어 있다. 라디에이터가 있는 윈도에는 파리에서 르망으로 가는 간선에 있는 돔프롱 앙 샹파뉴(사르트 지방)에 있는 별장 ─ 역에서 3분 정도의 거리에 있다 ─ 의 도면과 조감도가 붙어 있다. 마지막으로 한 장의 포스터가 애주가들에게 다음의 사실을 알리고 **있다.**

UNE RARETÉ : **CALVADOS 1893**
Mis en bouteille
·APRÈS DIX-HUIT ANNÉES DE FÛT !

오페라 파사쥬

(위 그림) 희귀품 칼바도스 1893년
병에 담기 전에 18년간 통에서 보존한 것임!

그리하여 우리는 두 번째 회랑의 맨 끝에 와있다. 이 회랑은 갤러리 테르모메트르의 끝에까지 뻗어져간다.

이 모퉁이와 그 맞은편은, 파사쥬가 거의 끝나는 부분인데, 정형외과기구 및 탈장대를 전문으로 파는 가게이다. 가게가 두 칸이나 되지만 이 기괴한 비즈니스에게 있어 많다고 할 수는 없을 것이다. 옆의 샴페인 가게에 맞서서 목제로 만든 아름다운 손이나 다른 상품들이 있었다. 거기에다 지팡이, 목발, 습기 제거용 구슬, 편두통을 억제하는 약봉 등이 있었다. 그리고 누군가, 이 열정의 범죄를 설명해주면 좋겠지만, 두 개의 잘린 손이 비데 안에 놓여져 있었다.

여러 종류의 헤르니아에 사용하는 탈장대도 있었다. 싱글과 더블이 있었고 금속제의 밴드로 고정시키도록 되어 있었으며, 성인용이 있는가 하면 아동용도 있었다. 통로 안쪽의 가게에는 이것에다 다른 물건도 있었다. 신축성이 높은 스타킹, 정맥류에 사용하는 양말, 슬립, 여성용 거들(핑크색, 빨간색, 하얀색 등), 여러 종류의 관주기, 세정기, 관장기, 관장용 주사기, 훈증 소독기, 노즐, 주사기, 더운 물을 넣은 쿠션, 실험용 관 등이 있었고 거기에다 르네 모베르 음악원의 광고가 붙어 있다. 3개국어로 된 표찰이 다음과 같이 알리고 있다.

파리의 농부

```
PRÉSERVATIFS
Contre diverses maladies

HIGIENIC PRESERVATIVE
Against various MALADIES

PRESERVATIVOS
para varias ENFERMEDADOS
```

(위 그림) 여러 질병에 대한 각종 예방기구 (불어, 영어, 라틴어)

기이한 자만심, 황당한 사치가 갑자기 우리에게 드러난다. 여기 외출 시에 착용하는 헤르니아용 붕대가 있다! 압축용의 원반에는 기교를 집어넣었다. 이것은 장식용으로 넣은 것으로 빨간 가죽의 배경에 금은으로 검투사의 두상을 집어넣기조차 했다. 헤르니아 환자는 이 친밀하고 야만적인 보석을 사람들에게 보여주고 싶은 생각에 저항하기 힘들 것임에 틀림없다. 인간의 부지런함이 신이 만든 것의 조직을 전혀 파괴하지 않으면서 그것을 대체할 수 있는 부분, 그런 부분만을 모아서 만든 작은 금의 해골이 이 기묘한 물건들을 모아놓은 진열장의 한 곳에 있다. 이것은 거의 완전하다. 이 번쩍번쩍 빛나는 금속제의 작은 신은 우리들 인간의 축도라고 할 수 있다. 그리고 이 해골의 양측에 있는 것은 고대의 신들을 현대화해서 우리에게 보여주는 것 같았다. 채색된 이 두 개의 작은 입상은 '아폴론'과 '발칸'(불의 신)의 모양을 본 뜻 것인데 장미색에다가 검은 머리와 체모까지 있었다.

    그들은 각각 팔과 다리에, 한쪽은 머리에, 다른 쪽은 배에, 벨베디어와 에트나 산의 무훈의 표시로 붕대를 말고 있었으며 사지는 관절로 연결되어 있었다. 이리하여 우리는 극단적인 지점까지 온 것이다. 석류석의 젖가슴을 가진 인간은 자신의 환상을 자랑하고 자신의 웃음에 도취된 나머지 자신의 감각과 정신의 한계를 넘어선 것이다. 그는 신들을 수정하고 신들을 대체한다. 그는 수상쩍은 골목의 끝의 기류가 교차하는 지점에서, 건물의 그늘 덕에 쉽게 도주할 수 있는 지점에서, 자신의 오류와 수수께끼를 제사지내는 신전을 세우는 것이다. 여기서 인간은 지적인 교조증咬爪症의 공간에 만족하고 있다. 그는 자신의 실체이고 자신의 독이기도 한 비소로 된 요리를 먹으면서 살고 있는 것이다. 그는 마지막 눈길을 탈장대 판매상과 구두닦이 사이의 더러운 창에서 새어나오는 흐릿한 빛이 비추는 통로를 향해 던진다. 한쪽이 테아트르 모데른의 바로 통하는 그 두 개의 계단의 정가운데이다. 그는 마지막 눈길을 거리의 모퉁이에서 빛을 받아들이는 아리고니의 주방을 향해 던진다. 이제 자신의 현기증의 주인이자 노예인 그는 이 현기증을 29번지 3호의 지점으로 가져간다. 주방과 테아트르의 입구 사이에는 문이 있고 거기에는 다음과 같은 간결한 안내판이 있다.

MASSAGE

au 2ème

파리의 농부

(위 그림) 마사지 3층

어두운 계단. 세계를 꽃피우게 하는 것은 바로 당신이다. 3층의 왼쪽은 다음과 같이 되어 있다.

(위 그림) 마담 쥬아느, 마사지

초인종을 누르면 문이 열린다. 단정치 못한 금발의 여성이 나타나 안으로 들어오라고 재촉한다. 10프랑을 내야하고 바로 이 금액이 당신이 이 작은 여인의 도움을 받는 대가다. 두 사람이 작은 대기실을 통과하면 오른쪽에서 이야기하는 소리가 들린다. 하지만 당신이 안내를 받아 가는 곳은 양쪽이 좁아지는, 왼쪽의 작은 통로이다. 조심하세요, 여기 단이 있으니까요. 바로 이 문, 이 방이에요. 왔습니다, 마담. 옷을 입은 두 여인이 나오고 당신은 그 중 작은 쪽을 선택한다. 곱슬머리를 짧게 자른 금발의 여인으로 금이빨 하나가 옆으로 보인다. 다른 사람들은 사라진다. 그녀는 당신에게 짧게 입맞춤을 하고 말한다. 기다리세요,

내가 창기병모를 벗어놓은 다음 올 테니까요. 그녀도 사라진다. 방은 더럽지만 그게 큰 문제는 아니다. 당신을 붙잡고 있는 것은 아주 일반적인 욕망이다. 폭이 넓고 바닥이 낮은 침대가 거의 방 전체를 차지하고 있다. 옆에는 낡은 장식에다 그다지 편할 것 같지 않은 먼지투성이 의자가 두세 개 있다. 논쟁의 소도구로서 보조적으로 사용하는 것 같다. 위에 비로드를 덮은 평범한 난로가 있다. 창과 난로 사이에 있는 소파의 뒤에는 막이 걸쳐져 있다. 창과 침대 사이에는 닫힌 문이 하나 있는데 제대로 닫히지 않은 것인지 빛이 새어나온다. 낡고 작은 입상과 그림이 몇 매 있는데 그 중에 특히 두 매는 방의 안쪽, 정확히 침대 위에서 위엄을 뽐내고 있다. 둘 다 판화로 아주 청결한 그림이다. 아마도 두 개 다 예전의 《일요일의 태양》지의 부록이 아니었을까 생각되는 것으로 같은 작가의 것으로 보인다. 첫째 것은 들판에 있는 한 쌍의 커플을 그린 것이다. 두 사람은 화면의 오른쪽을 향해 로맨틱한 옷을 입고 로미오와 줄리엣처럼 서 있는데 아주 자연스럽게 나른함을 느끼고 있는 것처럼 보인다. 이것이 자연스러운 이유는 들판에서 나비들이 여러 색깔의 활강을 펼치고 있지만 오늘날 어디를 가더라도 날개가 달린 귀여운 큐피드들이 비행을 하고 있기 때문이다. 어떤 것들은 공중을 날며, 어떤 것들은 풀 사이에서 뒹굴고, 또 장난이 심한 어떤 것들은 조심스러워 하는 젊은이들의 반바지에 들어가거나 그 상대인 아름다운 여인의 귀에 속삭이기도 한다. 두 번째 것은, 앞의 것과 마찬가지로 검은색을 기조로 한 것으로, 이불이 엉망으로 접혀져 있는 침대를 보여준다. 침대에는 한 소녀가 자고 있지만 더운 날씨 탓인지 시트는 상당히 아래로 내려가 있다. 그녀의 가슴이 살짝 드러났고 곧 다 드러날 것 같지만 그녀는 전혀 신경 쓰지 않는다. 그녀는 꿈을 꾸고 있다. 사랑의 정령들이 항상 찾아오는 꽃가루처럼 그녀를 방문한 것이다. 이들은 커튼 속에서, 방의 바닥에서 장난을 치며 심지어는 그녀의 흐트러진 머리가 만들어낸 예쁜 그늘에서도 장난을 친다. 이 판화에 감추어져 있는 비밀이란 것은, 논리가 아니라 본능에 의해, 이런 장소의 장식으로서 상류가정의 벽에서 볼 수 있는 상당히 음란한 그림보다도 더 바람직한 것으로 여겨진다. 일종의 **시적인** 정신. 그런데 나는 어디에서 이것을 만났을까? 이 시를? 이 하늘이 준 관능을? 이런 기능을? 그 이름이 내 입에 오르자마자 나는 하나의 근본적인 진실을 깨닫게 된다. 오늘날 파리에서 가장 급이 낮은 매음굴을 지배하고 있는 것은 바로 테오도르 드 방빌[옮긴이--19세기 프랑스의 시인]의 망령이다. 자신의 영혼을 이처럼 작고 은밀한 매음굴에 전달할 수 있다는 것은 시인에게는 선망할 만한 운명이 아닐까? 이것은 월계수가 일인칭으로 말하고 있는 시 한 편을 중학생들에게 가르치는 데 성공한 것만큼의 가치가 있다. 문이 열리고 내가 선택한 여자가, 스타킹만을 입은 채로, 미소를 지으며 내가 다가온다. 나는 벌거벗은 상태이며 그녀는 웃는다, 자신이 나를 기쁘게 해주고 있다는 것을 알고는. 어서 와요, 씻어줄 테니. 찬물이어서 미안해요. 여긴 원래 이런 식이거든요. 나의 섹스를 정화하는 불순한 손가락의 매혹. 그녀의 젖가슴은 작고 경쾌하다. 그녀의 입은 벌써 자신을 친근한 존재로 만들고 있다. 기분 좋은 범속함, 당신의 섹스의 포피包皮가 쭉 뻗어나간다. 이런 사전적인 절차는 당신에게 어린아이 같은 만족을 준다.

오페라 파사쥬

사람들은 내가 매춘을 상찬한다고 비난하고— 나아가서는 이것은 내가 세상에 대해 기묘한 영향력을 가지고 있다는 것을 인정하는 것이기도 한데— 심지어 내가 매춘이라는 절차를 장려하고 있다고까지 말한다. 이 사람들은 **정말로** 내가 사랑이라는 것을 마음에 품는 것이 가능할 것인가 하는 의문을 갖기도 한다. 그런데 이것은 도대체 내가 사랑이라는 정열에 대해 정당한 취향과 존경을 충분히 갖고 있지 않다고 하는 것인가. 아무리 저급한 것일망정 이 취향과 존경은 내게는 독자적인 것이고 대체할 수 없는 것으로 생각되지만, 아무리 혐오감을 주더라도 사랑의 열정의 가장 추하고 품위가 없는 제단에서 내가 떠날 수 없기 때문에, 내게는 그런 자격이 없다고 말하는 것인가. 모험을 격하시키거나 절대적으로 부정하는 것도 역시 내게는 모험이다. 나는 진정으로 사랑하는 사람에 대해 거의 도취할 정도의 취향을 가지고 있으며 모든 가면을 벗고 그를 위해서는 물에라도 뛰어들 수 있는 사람이다. 나는 여기서 거짓이나 위선을 규탄한다. 어떤 여자에게 한번이라도 완전히 사로잡힌 적이 있는 사람이라면 아마도 거짓이나 위선으로 덧칠을 하지는 않을 것이다. 당신들이 갖는 관계는, 대단히 평범하고 진부한 것이지만, 당신이 가령 보다 큰 현기증에 사로잡히고 마음이 어지러워졌을 때조차, 전부터 해오던 것과 단절한다는 것은 꿈에서도 생각하지 않을 것이다. 고결한 척하고 영원한 척하며 적당히 편법을 사용하는 것이 내가 매음굴에서 발견하게 되는 것과 얼마나 다르다고 주장할 수 있을 것인가? 하루의 상당 부분을 거리에서 헤맨 후에 결국 내가 자유의 문을 열 때 거기서 발견하게 되는 것과 얼마나 다르다고 주장할 수 있다는 것인가?

이 행복한 사람들이 내게 처음으로 돌을 던지게 되기를. 그들은 나를 둘러싸고 있는 이 분위기를 전혀 필요로 하지 않는다. 격정의 한복판에서 나는 자신의 존재를 끊임없이 텅 빈 것으로 만들고, 여전히 마음 깊이 새겨진 예전의 추억과 자취를 떠올리며, 점차 젊어지는 것 같은 이 분위기를. 단 하나의 육체에 익숙하게 된 것을 자랑스럽게 여기는 인간이, 내가 여기서 발견하게 되는 이 쾌락을, 가령 며칠간 돈이 없는 날을 보내다가 월급날 다음에 일종의 통속적 감정에 지배되어 창녀를 향해 달려갈 때 내가 발견하는 쾌락을, 그가 일종의 마스터베이션이라고 간주한다고 해도 그것이 내게 무슨 상관이 있을 것인가. 나의 마스터베이션은 그들의 마스터베이션만큼 가치가 있다. 게다가 여기에는 정의하기 어려운, 생생한 매력이 있다. 당신이 경험이 전혀 없는 데 내가 왜 여기에 오는지를 설명해야 한다면, 혹은 당신들이 여기를 술을 마신 다음에 친구들과 함께 몰려와서 팔레 르와얄의 전설에 따라 흥을 내는 특수한 뮤직홀이라고 생각한다면, 나는 이상한 언어를 말하는 사람이라는 생각이 든다. 나는 오늘날에도 중학생 같은 감동 없이는 이 특별한 흥분을 불러일으키는 장소에 들어설 수는 없다. 외설적인 농담을 늘어놓을 기분은 전혀 아니어서, 혼자 엄숙한 기분으로 오는 것 외에 다른 방식으로 여기에 오는 방법은 없다고 본다. 나는 여기에 오면 예전에 사랑한 적이 있던 몇 개의 얼굴에서 떠오르는, 그 추상적이고 거대한 욕망을 추구한다. 뜨거운 기운이 퍼진다. 단 한순간도 나는 이런 장소의 사회적인 측면 같은 것에 대해서는 생각하지 않는다. '**관용의 집**'[옮긴이 — 창녀의 집을 완곡하게 말한 것]이란 표현은 한 번도 진지하게 언급된 적이 없기 때문이다. 반대로 나는 이러한 은신처에 와서야 자신이 인습적인 것에서 해방된 느낌을 가진다. 태양빛의 한복판에 있는 것처럼, 나는 무질서의 한복판에 있는 것이다. 여기는 오아시스다. 좋은 사회인으로서 자신을 단련하도록 내게 가르쳐준 그 언어, 그 지식, 그 교육은 여기서는 아무런 도움도 되지 않는다. 신기루 혹은 거울처럼 거대한 환희의 마법이 어둠속에서 빛을 발하고, 그 마법은 수의를 벗은 죽음의 고전적인 포즈를 취하면서 격정의 문턱에 다가선다. 오오, 나의 뼈의 이미지여, 나는 여기에 있다. 이제 모든 것이 환영과 침묵의 궁전에서 해체된다. 여자는 나의 의지와 순종적으로 결혼할 뿐 아니라 그것을 기대하기까지 하며, 나의 본능을 비개성화하고, 단순히 나의 성기를 가리키면서, 그녀가 원하는 것을 단순히 내게 요구한다.

초인종이 울린다. 다른 손님이 안내를 받는다. 옆방에까지 안내될 때까지 나는 아무 말도 듣지 않는다. 외설적인 농담, 그가 하려는 것에 대한 묘한 암시. 틀림없이 단골손님일 것이다. 왔습니다, 마담, 하고서 반복하는 바로 그 목소리. 문 아래로 빛이 새어나오는 것처럼 신음소리가 두꺼운 벽을 뚫고 새어나온다. 내가 옷을 입고 있을 때 나의 파트너는 소파 위의 막을 가볍고 들어올린 다음 그 사이의 틈새를 들여다보고 있다. 그녀는 짜증난 듯이 말한다. 어머! 고작 마분지 하나야. 이 말이 갑자기 나의 의혹을 불러일으킨다. 좋아, 어쩌면 누군가가 나를 염탐했을지도 몰라. 옆방을 염탐한다는 옛날이야기가 떠올랐다. 이걸 더 자세히 확인해볼 필요는 없을 것 같다.

29번지의 2는 테아트르 모데른이 차지하고 있다. 유리로 된 티켓

매장을 둘러싸고 있는 좁은 계단을 내려가면 이 2층에서 아래로 내려갈 수 있다. 내려가면 바로 그곳이 앞에서 본 그 낭하의 정면출구이다. 일층에는 개인소지품 예치소의 오른쪽에 지배인 사무실이 있고 그 반대편에 응접실 같은 것이 있으며 그 안쪽에 빈약하고 지저분한 변소가 있다. 테아트르 모데른의 바는 거기서 무언가를 마셔야 할 것 같은 기분이 들게 하지만 대부분의 관객들은 그 추레한 입구를 그저 쳐다볼 뿐이다. 오렌지색으로 이루어져 있으며 피아노에 맞추어 춤도 출 수 있고 구석에서는 음료를 마실 수 있다. 여기에 있으면 무대의 그 부인네들과 그 정부들을 다시 보게 된다. 주위의 모든 것들은 쉽게 봉이 될 것 같은 미국인이나 노인들을 만날 것 같은 그런 분위기, 즉 이상한 희망으로 물들어 있다. 마치 독일의 어느 시골에라도 온 것 같은 기분이다. 베를린의 스칼라 극장을 흉내 내고 있지만 표현주의의 장식은 없으므로 모방에는 큰 의미가 없다. 몇 개의 계단을 올라가면 극장에 들어갈 수 있다.

테아트르 모데른은 과거에 한번이라도 영화를 누렸던 시기가 있었던 것일까? 제법 잘 되는 날도 관객이 30명 정도인 것을 보면 이런 소극장의 운명에 대해 생각하게 되는데, 그래서 사람들은 흔히 이런 곳을 '보석 상자'라고 부르는 것이다. 15세 정도의 소년, 한 살찐 사내, 야바위꾼처럼 보이는 사내 등이 무대에서 가장 먼 쪽의 가장 싼 좌석에 들어온다. 한편 장밋빛의 화사한 여자들, 직업여성들, 여배우 등이 막간에 25프랑 짜리 좌석의 여기저기에 앉는다. 간혹 정육점의 아저씨나 뇌일혈의 위험이 있는 포르투갈인 등이 맨살을 보려는 생각으로 일등석의 비싼 가격을 지불하기도 한다. 여기서 무대에 오르는 것들은 대단히 편

차가 심한 편이다. "독신녀의 학교", "봄의 탕녀", 일종의 걸작이라고 할 수 있는 "죄의 꽃" 등을 했는데 특히 마지막 작품은 에로물의 모델이라 할 수 있고 자연스러운 서정성이 있는 작품이어서 우리는 아방가르드의 병에 사로잡힌 탐미 취미의 인간들이 이 작품에 어떤 반응을 보이는지 보고 싶을 지경이다. 그야말로 연애만을 목적과 수단으로 삼는 이 극장은 어떠한 사술도 없으면서 진정으로 현대적인 극작술을 보여주는 거의 유일한 극장이다. 그러므로 다음과 같은 예상을 해볼 수도 있다, 이윽고 뮤직홀이나 서커스에 신물이 난 속물들이 물밀 듯이 이 경멸의 대상이었던 극장에 몰려올 수도 있다고 말이다. 실제로 이런 극장이기 때문에, 몇몇 젊은 여자들과 그 정부들이나 두세 명의 비쩍 마른 남색가들을 먹여 살릴 필요성에서, 마치 기독교의 역사극이 그랬던 것처럼 아주 우수한 예술을 태어나도록 할 수 있었던 것이다. 관습과 대담함을 갖는 예술, 그러면서 규율과 대비를 가지고 있는 예술. 가장 자주 사용되는 주제는 대략 다음과 같은 내용을 가지고 있었다. 어느 술탄에게 붙잡힌 프랑스 처녀가 궁전에서 지쳐가고 있다. 불시착한 비행사나 대사가 그녀를 위로하기 위해 올 때까지 말이다. 비행사나 대사는 요리사나 술탄의 모친에게 우스꽝스럽게 사랑의 대상이 되지만 그 사랑이 제대로 진행되지는 않는다. 하지만 결국에는 모든 것이 잘 해결된다. 어떤 구실, 하렘의 축제, 노래가 들어간 사진 앨범 같은 것들은 세계 각국 또는 오스만 제국의 여러 민족을 대표해서 대여섯 명의 여자를 나체로 행진시키는 것으로 충분할 것이다. 여기서 고대의 희극의 특징들은―착각, 한 사람이 여러 배역을 맡는 것, 사랑의 탄식, 똑같이 닮은 두 사람이 등장하는 것까지— 절대 빠져서는 안 될 것이다. 여기에서는 원시적인 극의 정신이 관객과 무대의 자연스러운 일치에 의해 지켜지고 있다. 이 일치는 욕망, 여자들의 도발행위, 관객들의 저급한 웃음소리, 매너 없는 관객을 향한 춤추는 여자들의 질책, 데이트 약속 등이 빈번히 이루어지는 특수한 대화 등에 의해 이루어지는 것이다. 게다가 이러한 소리는 단조롭게 거의 폭발하듯이 말해지는 대사, 남의 말을 전하는 듯한 혹은 반복하는 듯한 대사에 자발성의 매력을 덧붙이게 된다. 항상 일정한 성격이 극중 인물의 상당히 한정된 기조를 이루게 된다. 쉽게 화를 내는 여성, 저능하지만 완고한 데가 있는 아첨꾼, 연약한 데가 있는 왕자, 《파리 생활》지에서 나온 것 같은 주인공, 사랑에 대해 비극적인 감각을 가지고 있는 엑조틱한 목신, 자신의 사랑의 실천과 철학에 있어 불바르(대로大路)의 취향에 맞추려고 하는 파리의 여성, 몇 사람의 나체로 등장하는 여성들, 한두 명의 하녀나 혹은 메신저들, 대략 이런 사람들이다. 모랄은 사랑의 모랄이며 오직 사랑만이 유일한 관심사이다. 여기서는 사회문제는 공연의 구실로서 잠깐 등장하는 것에 지나지 않는다. 극단 사람들에게 공연의 수입에서 일부가 주어지지는 않으므로 자신들의 역을 마음대로 연기할 자유가 주어지며 때로는 거의 모험에 이르기도 한다. 그리하여 이들은 진정한 예술가의 집단과 마찬가지로 대단히 진지한 자세를 가지고 있다. 쓸데없는 농담이나 소란에는 절대 참지 않는다. 막간에는 나쁜 농담을 한 사람들은 연기자들 편에 있는 사람들로부터 질책의 대상이 된다. '당신이 무슨 말을 한 건지 알고는 있는 거야?'. '열심히 하는 사람한테 도대체 무슨 소리를 하는 거야?'

오페라 파사쥬

나의 산책은 창녀들이 살고 있는 이 알함브라의 궁전에서, 이 샘의 주변부에서, 이들 모랄의 혼란의 주변부에서 드디어 막을 내린다. 여기에는 사자의 손톱자국과 기둥서방의 이빨자국이 찍혀져 있다. 오브리르 부세 거리를 잊지 못하는 노예여자의 고대풍의 몸짓, 그 사이에도 그녀의 역할은 여전히 연기된다. "안녕히 가세요, 마님!" 그리고 코러스는 노래한다.

"그것은 비너스의 달이다.
가장 아름다운 달이다."

(모조진주의 모독과 금박을 입힌 버터플라이의 모독) 그녀의 몸짓에 핑크빛 보석이 빛나는 아라비아풍의 레이스가 붙어 있지만 거기에서는 인간의 얼굴도, 한숨도, 그럴싸한 거울도, 메아리도 만날 수가 없다. 정신은 레이스의 망으로 된 함정에 빠져 되돌이킬 수 없는 자신의 운명의 종결에, 미노타우르스가 없는 미궁에 끌려들어가게 된다. 거기에서는 성모처럼 모양을 바꾸어 라디움의 손가락을 가진 '오류', 노래를 부르는 나의 연인, 나의 비참한 망령이 등장한다. 그녀의 머리를 감싸고 있는 그물망은 거대한 날개장식과 별들을 잡으려는 거창한 낚시를 한다. 미신들은 제비처럼 날아오르며 투석기에서 빠져나온 자갈처럼 낙하하는데 이것은 밤의 어두침침한 거리에 불확실한 일격을 가한다. 나의 불쌍한 확실성은 어떻게 되었는가? 내가 그처럼 아꼈던 그것은 이 거대한 현기증에서, 의식이 그 깊이를 알 수 없는 흐름에 지나지 않는다는 것을 아는 그 현기증에서, 어떻게 된 것일까? 나는 그저 영원

한 낙하의 한 순간에 지나지 않는다. 잃어버린 발판을 다시는 찾을 수 없을 것이다.

 현대의 세계는 나의 존재의 방식과 완전히 결합한 그런 세계가 된다. 거대한 위기가 태어나고 있으며 엄청난 골칫거리가 자신을 점점 명확히 하고 있다. 미, 선, 진실, 현실... 이밖의 수많은 추상적인 단어들이 바로 이 순간에 점차 흐려지고 있다. 이들의 반대어들도 일단 사람들에게 받아들여지면 이제는 그 의미가 혼란을 불러일으킬 뿐이다. 오직 이상적인 사실들만 살아남으며 단 하나의 정신적인 소재만이 마침내 우주적인 혼합으로 환원되고 만다. 나를 가로지르는 것은 나 자신이 발하는 빛이다. 그것은 곧 사라진다. 어느 것도 내 주의에서 벗어나는 것이 없다. 왜냐하면 나는 어둠에서 빛으로의 이동passage이며, 나는 서쪽이면서 동시에 새벽이기 때문이다. 나는 하나의 한계이며 하나의 흔적이다. 모든 것이 바람 속에서 섞이도록 하라. 이것이 내 입에서 나오는 유일한 말이다. 나를 둘러싸는 것은 하나의 잔물결이며 이것은 겉으로는 어떤 전율의 명확한 흐름으로 나타난다.

오페라 파사쥬

뷔트 쇼몽에서의 자연의 감정
LE SENTIMENT DE LA NATURE
AUX BUTTES-CHAUMONT

관망하고 있는 관념 Ausschauende Idee

1.

이 현란하고 음울한 시대에서 나는 거의 언제나 내 마음을 점하고 있는 것보다는 시대가 마음을 뺏긴 것을 더 좋아했고 내 몸을 우연에 맡기고 우연을 추구하면서 살았다. 여러 신성神性 중에서도 오직 우연만이 이상한 매력을 가지고 있었기 때문이다. 어느 누구도 우연을 탓하거나 하지는 않았다. 어떤 사람들은 아주 하찮은 일을 결정하는 데 있어서도 우연에 모든 것을 맡겼다. 이리하여 우연은 기묘한 매력을 끊임없이 갱신할 수가 있었다. 그렇게 나는 모든 것을 맡겼다. 매일이 새로운 카드가 펼쳐지는 트럼프 놀이처럼 지나간 것이다. 자신이라는 관념이 내 머리 속에 있는 모든 것이었다. 부드럽게 태어나 부드럽게 작은 가지를 펼치는 관념. 잊고 있었던 말 한 마디, 잊고 있었던 노래 한 소절. 사람들은 그것이 자신의 존재와 연결되고 있다는 것을 느낀다. 그리고 마치 밤에 등불을 들고 다른 형식을 찾으려고 애쓰는 형식처럼, 그것이 왔다 갔다 하는 것을 당신들을 보게 될 것이지만, 사람들은 대지의 아주 작은 주름을 인간으로 혹은 관목으로 혹은 무언가 빛을 발하는 벌레로 착각하기도 한다. 내 위에 있는 유일한 하늘을 형성하면서, 계속 교차하면서 바뀌는 정적과 불안의 한복판에 있으면서 나는 수면의 경우와 마찬가지로 종교는 인격의 위기이며 신화는 진정한 꿈이라고 생각했다. 나는 예전에 두꺼운 독일 책에서 이러한 몽상의 역사, 이러한 매혹적인 오류의 역사를 읽은 적이 있다. 나는 이러한 몽상과 오류가 효력을 잃어버렸다고 생각했다. 나는 이러한 것들이 나를 둘러싸고 있는 이 세계 속에서— 완전히 새롭고, 게다가 완전히 다른, 집념의 먹이로 화한 이 세계 속에서— 그 효력을 잃어버렸다고 믿었다. 내가 거리에서 신들을 보는 일은 없었다. 진리라고 하는 것은 내가 오류를 범하고 있는 경우에만 나를 덮친다는 것을 모른 채로 나는 나의 불안정한 진리를 짊어지고 있었던 것이다. 신화라는 것은 무엇보다 현실이며 정신의 필연이라는 것, 신화는 의식이 거치는 길이며 의식의 콘베이어 벨트라는 것을 나는 몰랐다. 나는 무비판적으로 신화는 일시적으로나마 하나의 언어적 형상이며 표현의 수단이라는 일반적인 믿음을 받아들였다. 나는 신화보다는 추상적인 사고를 열광적으로 선호했으며 이것을 하나의 축복으로 받아들였다. 논리라는 병에 걸린 인간인 나는 신과 그것이 배어있는 환각을 불신했던 것이다.

하지만 나를 추동했던 이 욕구는 무엇이었으며 내가 이끌려간 그 비탈길, 나를 열광으로 몰고간 그 우회하는 길은 무엇이었던가? 어떤 장소, 어떤 광경이 가진 힘이 내게 다가오는 것을 느꼈지만 그러한 마력의 원인을 발견하지는 못한 채로 있었다. 내게 어떤 신비로운 성질을 띠며 다가오는 일상적인 대상, 나를 신비 속에 잠기게 하는 일상적인 대상이란 것이 있었다. 나는, 비록 그 원인은 알 수 없지만, 나를 도취에 빠지게 하는 이 매력을 사랑했다. 자주 실망하긴 하지만 다시 한 번 이러한 도취를 맛보려고 나는 이것을 경험적으로 찾았던 것이다. 아주 천천히 나는 여러 익명적인 쾌락들의 관계를 알려는 마음이 생겼다. 이들 쾌락의 본질은 내게는 완전히 형이상학적인 것으로 생각되었고 쾌락의 한복판에 있으면서 계시라는 것에 대한 열정을 갖고 있는 것으로 생각되었다. 내 눈에는 대상들이 변모하는 것이 보였다. 대상들은 우의적인 모습을 전혀 갖고 있지 않으며 상징적인 성격도 갖고 있지 않았다. 대상들은 하나의 관념을 표명하는 것이라기보다는 그 관념 자체였다. 대상들은 이러한 방대한 세계의 질량에까지 뻗어가고 있었다. 나는 우주의 열쇠 중 하나에 닿고 싶다는 희망에 열을 올렸다. 자물쇠가 갑자기 빠지면 좋을 것이라고 생각했다. 또 이러한 마법의 한복판에 있으면서 시간이라는 것도 큰 역할을 한다고 생각했다. 시간이란 내가 나아가는 방향으로 뻗어나가면서 나의 상상력에 대해 아직 애매한 지배력을 가지고 있지만 나날이 이것을 확장시키고 있었다. 나는 이 지배력의 본성은 소재 자체의 새로움에서 온다는 것, 그리고 이 지배력의 장래에는 죽음의 별이 빛나고 있다는 것을 이해하기 시작했다. 그러므로 이들 소재는 내게는 일시적인 폭군처럼 보였고 나의 감성의 곁에서는 우연의 한 요소처럼 보였다. 마침내 명석함이 찾아와 나는 현대적인 것의 현기증을 느끼게 된다.

 이 마지막 말은 말을 꺼내자마자 입안에서 녹아버린다. 세상의 모든 말들이 그러한 것처럼 언어는 상태가 아니라 변화를 표현하는 것이다. 나는 나를 사로잡은 것을 설명하는 데 있어 순수한 사유라는 것이 무능하다는 것을 인정하지 않을 수 없었다. 논리적인 가능성을 근거로 한 의미에서 어떻게 신비의 의미를 끄집어낼 수가 있을 것인가? 내가 지금까지 따라온 길은 그런 길이어서 나는 이제 이 영역의 지도를 무시할 수가 없게 되었다. 그 구불구불한 길을 따라오는 사이에 몇 번이나 놀랐던 나는 어떤 존재감을, 모든 것이 그것에 대해 신의 이름을 부여하도록 나에게 재촉하는 존재감을, 감지하기 시작했다. 이 지점까지 날 데려온 것은 지성의 행보이지만 그 길에서 나를 놀라게 한 것은 지적 활동의 원천이라고 하는 것이 실은 내가 경멸해마지않던 형상적 사유 속에서만 존재한다는 것이다. 나는 어느 미용실에서 전율하고 있는 납인형을 기억한다, 두 팔을 가슴께에 접고 있으며 크리스탈의 수반에 퍼머넌트 웨이브를 하려고 머리를 집어넣고 있는 것을 기억한다. 나는 어떤 모피 가게를 기억한다. 금박을 입힌 검전기의 그 이상한 무언극을 기억한다. 아아, 실크햇이여! 너희들은 일주일 내내 내게 검은 의문부호와 같은 얼굴을 보여주었다. 감동이 역치에 도달하면 아주 사소한 것이 나를 유혹해 이렇게 생각하도록 한다. 즉 하나하나의 물건에 대해 개별적이고 한정적인 내 관념에는 내가 물건에 대해 품는 절대적인 직관보다도 훨씬 더 확실성이 있다는 식으로 말이다. 이것은 아주 잠깐사이의 일이다. 그리고 그 다음에는 아주 편하게, 나는 지상의 산책길을 걸으면서 나에게 따라붙는 여러 구체적인 형태에게서 무한의 얼굴을 발견하게 되는 것이다.

이렇게 세계의 유한한 외관 아래에서 무한을 통합하도록 요청을 받은 나는 언제나 일종의 전율[떨림, frisson]에 기대는 습관을 가지게 되었다. 이 전율이야말로 이러한 불안정한 조작이 정확한 것이 되도록 보증해주는 것이었다. 나는 전율이란 것을 효과적인 증거로 여기게 되었고 그 본성에 대해서도 눈치를 채게 되었다. 나는 앞에서 다른 방식으로 이 본성은 본질적으로 형이상학적인 것이라고 말했다. 이처럼 백 개의 상황에서 발견한 나의 정신의 형상적인 활동과 형이상학적인 활동 사이의 친밀한 관계는— 그런데 이들 활동은 나의 의식 속에서 함께 형성되면서 작용하는 것이지만— 내게는 신화를 만들어내는 것에 대해 재고하도록 재촉했다. 예전에 나는 이 창조를 상당히 간단하게 묵살해 버렸던 것이다. 그래서 오랫동안 내 사유의 특성이나 내 사유의 진화의 특성 같은 것들은 신화의 발생과 모든 면에서 아날로지를 이루는 메커니즘이며, 가령 아주 일시적인 신이나 의식을 결여한 신이라고 해도, 신이라는 것을 내 정신이 만들어낸다고 해도 전혀 놀라지 않을 것이다. 내게는 인간이란 것은 대낮의 스펀지가 물을 잔뜩 빨아들이는 것처럼 신들로 가득 찬 것이라고 생각했다. 이러한 신들은 태어나서, 자신의 힘으로 정점에 이르고, 그리고는 죽은 다음에 향이 가득한 제단을 다른 신들에게 남겨준다. 이들은 모든 것의 모든 변형의 바로 그 원칙이다. 이들은 운동의 필연성이다. 이리하여 나는 무수한 신들의 응결물 사이를 취한 듯이 걷기 시작했다. 나는 움직이는 신화라는 관념을 품기 시작했다. 이것에는 현대의 신화라는 이름이 더 어울릴 것이다. 나는 이것을 이러한 이름으로 상상했다.

2.
현대의 전설은 독자적인 도취를 가지고 있다. 하지만 아마도 '올림포스'나 '성체의 기적'의 전설처럼, 현대의 전설에도 유아적인 면이 있음을 증명하려는 사람들이 반드시 있다. 나는 그러한 회의주의나 통속성의 우려에는 귀를 기울이지 않을 생각이다. 내게는 무엇보다도 어떤 종교의 외적인 기호 혹은 그 신성의 형상적인 표상만이 중요하다. 인간이 천국에 집어넣은 그 아름다운 이야기를 세련되게 해석하는 일은 그 일의 전문가들에게 맡기면 된다. 나는 별들이 여기저기 수놓아져 있는 넓은 들판을 가로지를 것이다.

시골길을 지날 때 내 눈에 비친 것은 황폐한 예배당과 뒤집혀진 십자가상뿐이었다. 인간의 순례의 길은 그것과는 다른 속도를 요구하는 이 '정류장들'을 버리고만 것이다. 이들 성처녀들의 옷의 주름은 오늘날의 교통을 지배하고 있는 가속도의 법칙과는 전혀 맞지 않는 성찰의 속도를 가정한 것이었다. 그런데 현대의 사유는 모든 위험이 잇따라 제한을 가하게 되는 도로를 따라 나아가면서 도대체 누구의 앞에서 멈추어서면 좋을 것인가? 그것이 획득한 속도와 그 운명의 감각을 가지고 도대체 누구의 앞에서 부끄러움을 느끼면 좋을 것인가? 정신이 자신의 길을 완성을 위해 나아가면서 어떤 감정에서 다른 감정으로, 어떤 관념에서 그것의 귀결로 옮겨갈 때 힘을 빌릴 수 있는 것은 그 길의 주변에 있는 사변적인 모퉁이에 자리 잡고 있는 거대한 붉은 신들, 거대한 노란 신들, 거대한 녹색 신들로부터이다. 이상한 조각상이 이 망령[시뮬라크르]들의 탄생을 총괄한다. 과거에 인간은 운명과 힘이 가진 야만적인 측면을 거의 한 번도 제대로 본 적이 없다. 이들 금속의 유령을 만들어낸 무명의 조각가들은 교회를 십자가로 보여준다는 강한 전통에 순응할 수가 없었다. 이 현대의 우상들은 혈연관계가 있었고 이것이 이 우상들을 무서운 것으로 만들어주고 있다. 영어식 이름이나 지어낸 이름이 밝은 색으로 칠해져 있고, 한 개의 긴 팔을 가지고 있으며, 얼굴이 없지만 빛이 나는 머리를 가지고 있고, 한 개의 다리에다 배에는 숫자가 적힌 원반을 가지고 있는 이 석유 펌프는 때로는 이집트의 신들의 모습을 하고 있거나 전쟁을 숭배하는 식인종의 모습을 하기도 한다. 아, 텍사코 모터 오일, 에소, 쉘 등등. 인간의 잠재적 에너지를 기록하고 있는 광고 문자들. 곧 우리들은 당신들 우물 앞에서 십자가를 그을 것이며 우리들 중 가장 젊은 친구들은 그들의 님프를 나프타 기름 안에서 보고 목숨을 버리게 될 것이다.

번개를 우리들의 다리 아래에 새끼고양이처럼 재운 지금, 독수리처럼 겁도 없이 태양의 주근깨를 다 센 다음에는, 우리는 최상급의 숭배를 누구에게 바쳐야 할 것인가? 다른 맹목적인 힘과 다른 커다란 공포가 우리들 사이에서 태어났고 우리들은 우리의 딸들인 기계들 앞에, 어느 아침에 우리가 순진하게 꿈꾸었던 여러 관념들 앞에 무릎을 꿇고 말았던 것이다. 이러한 마술의 지배를 예견했던 우리들 중 몇 사람들은, 게다가 이 지배의 원리가 효용의 원리에서 도출되는 것이 아니라는 것을 느끼고 있던 몇 사람들은, 거기에서 새로운 미학적 관점의 기초를 발견했다고 믿었다. 이들은 순진하게도 미적인 것과 신적인 것을 혼동했던 것이다. 하지만 20세기 초에 유럽에서 일어난 이러한 조형적인 감정의 깊은 이유가 이제 표면에 나타나고 있으며 점차 그 모습이 명확해지고 있다. 인간은 자신의 활동을 기계에게 맡겼다. 인간의 사고의 능력을 기계를 위해 버리고만 것이다. 그리하여 기계가 인간을 대신하여 사고하게 되었다. 거기에다 이런 방식으로 사고가 진화하는 사이에 기계는 자신에게 주어진 용도를 넘어서게 되었다. 예를 들어 그들은 스피드라는 것의 상상도 할 수 없는 효과를 만들어내는데 이 효과는 그것을 체험하고 있는 인간을 완전히 바꾸어버릴 정도의 효과여서 예전의 느림의 세계에서 살고 있던 그 인간과 같은 인간이라고 할 수 없을 정도의 일을 해내고 만다. 나의 사유가 만들어내는 이러한 사유, 인간의 손에서 벗어나 커지면서 이제 어느 누구도 그치게 할 수 없으며 인간이 창조적이라고 믿었던 의지력에 의해서도 제어될 수 없는 사유, 이러한 사유를 앞에 두었을 때 인간을 덮치는 것은 그야말로 패닉의 공포인 것이다. 지금까지 인간은 이 패닉의 함정 같은 것은 실패로 끝나고 말 것이라고 상상했다. 그는 그런 공포 같은 것 없이 어둠에서도 잘 걸을 수 있다고 믿는 건방진 아이였다. 다시 당신은 이러한 공포가 태어날 때 이 공포의 근원에서 자신을 응시하는 인간, 존재의 와중에 있는 자신을 보는 인간과 끊임없이 생성하고 진화하는 그의 사고의 대립을 발견하게 될 것이다. 모든 신화의 비극적인 성격. 이것이야말로 현대적인 비극이다. 이것은 거대한 핸들로서 끊임없이 회전하지만 손으로는 결코 제어할 수 없는 것이다.

3.
인간에게서 가장 기괴한 것은 그에게 있는 방랑자적인 것, 길을 헤매는 것으로 이것은 바로 '정원'이라는 두 음절로 가장 잘 파악되는 것이다. 그가 다이아몬드로 몸을 장식하거나 금관악기를 불거나 하는 경우에도 정원을 발명했을 때처럼 기묘한 명제나 이상한 관념이 등장한 적은 없었다. 레저[여가]의 이미지가 잔디 위나 나무의 발 근처에까지 펼쳐진다. 이곳에 있으면 연못과 작은 자갈길의 이미지를 통해 그가 완전히 잊어먹고 있는 것은 아닌 전설적인 낙원을 마치 다시 발견한 것 같다. 정원이여, 너의 그 윤곽, 그 포기한 듯한 태도, 그 몸의 부드러운 곡선, 그 솜털의 부드러운 속삭임, 이 모든 것들이 인간 정신의 여성적인 면을 드러내지만 그것은 또한 자주 어리석고 변덕스럽다. 게다가 당신들은 완전한 명정酩酊, 완전한 환상이다. 당신의 화단과 나무 아래의 오목한 분지에서 인간은 오래된 습관을 벗어던지고 애무의 언어로, 서로 물을 뿌리는 어린이다운 유치함으로 돌아간다. 인간 자신이 젖은 머리로 돌아다니면서 태양 아래에서 물을 뿌리고 있다. 그는 갈고리이면서 삽이다. 그는 작은 돌부스러기이다. 정원이여, 당신은 수달피로 만든 옷깃과 똑같으며, 레이스를 한 손수건과 똑같고, 초콜렛 술과 똑같다. 때때로 당신은 입술을 발코니에 대기도 한다. 마치 짐승처럼 지붕을 덮은 상태로 있기도 한다. 그리고 정원 안쪽에서 휘파람을 불어보기도 한다. 나는 당신의 카누 안에서 잤다. 내 한쪽 팔이 밖으로 나와 있었다. 작은 거미들이 땅위로 뛰어다니고 있다. 꽃들이 하늘을 배경으로 밀집해 있으며 녹색의 벤치는 타버린 대지 위에서 하얗고 커다란 스카프가 여러 장 흘러가는 나일 강의 흔적을 향수에 젖어 쳐다보고 있다. 나는 당신의 잔디밭 위에서 놀며 당신의 골목길을 지나는 나의 다리는 천국과 지옥 사이로 내 심장을 들이밀었다. 당신의 화단 앞에서 나는 출항하는 이민자처럼 손수건을 흔들었다. 그리고 배는 벌써 멀어지고 있었다. 정원의 도구를 걸어놓는 곳에 걸린 단순한 욕망들이, 저녁 무렵의 달콤한 기분들이 나의 셔츠와 함께 마른다. 태양은 유언으로 내게 제라늄 화분을 하나 남겨주었다.

 오늘밤 정원은 갈색의 초목들을 준비해 마치 도회 한복판에 유랑민들의 야영지가 생긴 것 같다. 어떤 사람들은 속삭이고, 어떤 사람들은 조용히 파이프를 피고 있으며, 어떤 사람들은 가슴 가득히 사랑을 담고 있다. 하얀 벽을 애무하는 사람이 있는가 하면 어리석은 철책에 팔굽을 걸치고 있는 사람도 있다. 그러자 나방들이 한련화 꽃을 향해 날아든다. 작은 정원들이 있는데 점쟁이의 정원이 있는가 하면 카펫 판매상의 정원도 있다. 나는 그들의 직업을 전부 알고 있다. 거리에서 노래 부르는 가수, 황금의 양을 재는 사람, 목장을 어지럽히는 사람, 도둑의 왕, 사르가소 해의 항해사, 당신은 강을 항해하는 배의 선원, 당신은 브랜디를 주로 마시는 술꾼, 당신은, 당신은, 당신은, 키스의 행상인, 모두들 사기꾼에다 점성술사이며, 손에는 가짜 선물을 들고 있으며, 이 모든 것들은 인간의 광기의 견본이며 이끼와 운모로 이루어진 정원이다. 이들 정원들은 도시생활자의 야생적인 꿈들이 난무하는 광대한 감정적인 영역을 충실히 반영하고 있다. 어른들 중에는 마법의 숲의 분위기에서 사는 사람이 있고 또 그들 중에는 어딘가 중세의 기적극의 습관을 가지고 있거나 그들이 숨을 내쉴 때 요정이야기의 향기를 호흡하는 사람이 있는데 이제는 이 모든 것이 약간 인공을 가한 정원 풍경의 미치광이 같은 경관 아래서 드러나게 되고 지성의 유리세공으로 만든 보석을 몸에 붙인 인간들, 그들의 미신, 그들의 광희를 다 드러내는 것이다. 이곳에 오면 인간은 그가 발견할 수 있는 모든 둥근 자갈들 사이에 웅크리고 앉아 돌의 수를 세면서 웃음을 짓는다. 그는 만족해한다. 그는 또한 나무

파리의 농부

에다가 유리구슬을 매달며 돌의 빈틈에 물을 집어넣는다. 이 모든 활동에 대해 여자들은 무엇이라고 말할 것인가? 그는 손톱을 물어뜯으면서 웃는다. 해먹에서 낮잠을 잘 때에는 그는 죽은 자의 수면과 묘지의 평안을 동시에 시도해본다. 새가 한 마리 날아와 노래를 부르면 그는 눈물을 지을 것이다. 그는 감동해서 행복한 백치들과 섞여서 몸을 쫙 펴고 걸을 것이다. 과수원 안의 6과 3, 테라스의 이중적인 하얀색, 아니면 도미노라도 하는 것일까? 아니면 무언가 원시적인 의식이라도 하는 것일까? 그는 푸크시아가 무성한 곳 옆에서 조용히 웃음을 짓는다.

자신의 인생을 여행으로 보낸 사람들, 사랑과 그 풍토를 만났으며, 턱수염을 남국에서 태웠고 머리가 북국에서 얼어붙은 경험도 했으며, 피부가 수많은 태양과 바람에 노출된 경험을 했고, 대서양의 입구에서 암초와 타액에 젖은 씹는담배를 피웠던 사람들, 연기의 하인이었고 닻에 몰려드는 이였으며 폭풍우의 자식이었던 사람들, 이런 사람들이 긴 악몽의 끝에 앵무새를 어깨에 둔 채로 지진을 예고하는 듯한 발걸음으로 돌아왔을 때, 이들은 이제 단 하나의 욕망밖에 가지고 있지 않다. 정원을 만들겠다는 그 욕망 말이다. 이때 해양의 반역에 휘둘린 늙은 괴물들이 유형에 처해지는, 정신의 교외에서 작은 종려나무와 꽃무우와 조개껍질이 그들에게 무한을 환기시킨다. 그리고 쾌락의 끝에서 온 여자, 모르는 남자들과 여러 번 접촉했으며 넓은 거리의 은빛 어둠 속에서, 개나 날개장식이나 사랑의 노래가 휘젓는 거리를, 랜턴 불빛 아래 꼼짝도 않고 있던 여자, 욕망의 형태를 하고 있던 여자는 마지막에 애무의 부채를 집어던지고, 그녀의 흐느낌과 절규를 희생하면서, 그녀의 부조리한 여생에 실루엣이 되어줄 한 묶음의 초록색풀을 요구한다. 내 주위를 둘러싸고 있는 모든 사람들에게 있어 영원이 어느날 밤 이 정원에서 시작된다. 당신들은 여기를 떠나라, 화단에 들어와서 잔혹하게도 꽃을 등에 짊어진 늙은 미치광이들이여. 여기를 떠나라, 당신들, 나의 동포들이여. 그런데 당신들은 나의 동포들인가? 이 생각에 나의 빰은 너무나 부끄러운 나머지 피가 나온다. 하늘의 천막이 당신들을 영원히 덮어주기를. 당신들의 침착한 취기와 당신들의 목서의 풀과 등나무로 된 의자를 내 눈에 보이지 않도록 해주기를. 당신들의 관자놀이에 맹공격을 가하는 시간의 딱따구리가 당신들의 고막에 구멍을 뚫어버리기를. 빨간 지붕이 당신들의 피에 모범을 보여주려고 무너진다. 아, 숫양들이여, 만약 당신들이 인간으로서의 위엄을 포기한 것이 아니라면, 지금이야말로 죽어야 할 시간이다. 마침내 당신들은 정원을 꾸민다는 취미를 체득했기 때문이다!

4.
　나는 인간들의 삶의 여정에서의 여러 기괴함에 놀란 적이 한두 번이 아니다. 그들은 눈으로 본 것들을 캔버스 위에 자주 기록하는데 특히 바다, 산, 강들을 기록한다. 그들은 자주 여행을 한다. 그들은 정원을 꾸미는 걸 좋아한다. 나는 이런 다른 열정들을 포괄하는 한 마디가 있을 것이라고 생각했다. 그리하여 그 말을 찾았다기보다는 오히려 발견했다. 인간들은 이러한 일에 대해 막연한 감정을 품고 있다. 이런 일 모든 것에 공통된 감정. 내가 그들이 이런 일을 하는 것을 보면서 느끼는 불안에도 닮은 감정, 이것을 그들은 '자연의 감정le sentiment de la nature' 이라고 이름 붙인다. 나는 자신이 이러한 감정을 가지고 있는지 자문해 본 적은 없다. 그래서 이러한 감정을 가지고 있을 뿐 아니라 이점에서 아주 빼어나다고 생각되는 몇 사람들에게 이것을 물어보았다. 얼마 후 나는 이 사람들이 자연에 대해 아주 평범한 생각밖에 갖고 있지 않다는 것을 알았고 나를 전혀 만족시켜주지 못한다는 것도 알았다. 그들은 감정이란 점에 대해서는 전문적이긴 했지만 그 대상에 대해서는 전혀 무지한 편이었다. 그래서 나는 자연의 관념을 혼자서 꾸준히 검토하기로 했다.

    자연의 관념에 대해 몽상하고, 이 관념과 내가 세계에 대해 품고 있던 가장 널리 유포된 여러 관념을 비교해 본 후에, 나는 자연의 관념이라는 것이 넓은 의미에서나 혹은 철학적 의미에서가 아니라, 인간이 부재한 대상만을 포함한다는, 미학적이고 좁은 의미에서 이해되고 있다는 것을 인정하지 않을 수 없었다. 고대의 어떤 말이란 것은 그것이 인간적인 창조가 추한 것으로 여겨지고 그 제작자로부터 버림받게 되며, 자신은 전혀 관여하지 않았다고 생각하는 신의 작품과 자신의 작품을 확실히 다른 것으로 대비시키던 시대에 시작된 것이다. 그래서 처음에 자연이란 것은 내가 집착하고 있던 현대 세계의 신화적 개념에는 아무런 역할을 하지 않는다고 생각했다. 하지만 얼마 후 새로운 신화의 분석은 나로 하여금 다시 이 점에 돌아오도록 했다. 새로운 신화는 고대의 자연의 신화를 대체하긴 했지만 실제로는 이것들과 대비될 수 있는 것은 아니다. 왜냐하면 새로운 신화는 그 힘과 마력을 같은 원천에서 끌어오고 있기 때문이다. 이것은 이들 신화가 그야말로 같은 명칭을 가지고 있다는 것에서도 알 수 있다. 신화에서 나의 마음을 흔드는 것은 이러한 신화가 자연 전체를 통해 확장된다는 것이다. 그리고 이러한 확장을 재인식하는 것, 이것이 새로운 신화를 신성하게 하는 것이며 그것이 내게 위력을 발휘하도록 하는 것이다. 나는 자연이란 말의 이 부분에는 이성의 그림자가 없다는 것을 인정했다. 그리하여 나는 외부세계를 전체로서 표현할 때에만 이 말을 사용했다. 그리고 이것이 내가 외부세계에 대해 품고 있던 표상[재현]에 잘 어울리는 것이었다. 이 표상은 내 정신의 유일한 구축물로서 정신의 극한으로 나타난다. 이 정신의 극한은 다름 아닌 의식의 메커니즘에 의해 나타나게 된다고 나는 잘못 믿었던 것이다. 세계는 내 쪽으로, 나의 의식으로 조금씩 다가온다고 믿었던 것이다. 이것이 세계가 내게 주어진다는 것을 의미하지는 않는다. 문제는 수학자가 처음에 공준을 설정하는 것과 마찬가지여서 내가 세계에 있어서 선택한 출발점에 의해, 나는 나에게 세계를 부여한 것이라는 점이다. 세계의 필연성은 나에게서 생기는 것이다. 그리하여 세계 전체가 나의 기관[기계]이다. 내가 자연에 대해 무지한 부분, 이런 무지가 가능한 나의 능력, 이것은 단순히 나의 무의식이 된다. 마치 자기가 가진 지식의 의미를 잘 아는 수학자가 그것의 필연적인 귀결에 대해서는 무지한 것과 같다. 그렇게 되면 감각적 체험은 내게는 의식의 메커니즘 같은 것으로 생각된다. 그렇게 되면 자연이 어떻게 되는 것인가는 명백해지는데 그것은 나의 무의식이 된다. 일상적인 어법을 사용하자면 나는 여러 감각을 자연에서 빌리지만 결코 거기에서 훔치는 일은 없다. 그러나

나의 감각의 데이터 혹은 그 데이터의 일부와 무의식인 자연을 결합시키는 그 끈을 인지하는 것은 아주 한정된 경우여서 아주 드물게 생기는 어떤 역치에 서있을 때에만 가능하다. 이 통과의, 무엇이라고 말하기 힘든 의식이 바로 내가 앞에서 말한 전율이다.[1] 전율의 원인이 되는 대상이란 것이 바로 내가 말하는 의미에서의 신화이다.

자연에 대해, 신화에 대해, 그것들의 관계에 대해 이처럼 명확한 인식을 얻은 다음에 나는 이러한 신화의 탐구에서 열병과 같은 것을 느꼈다. 나는 이러한 것들을 항상 환기시키려 했으며 이것들에 둘러싸였다고 느끼는 것에 기쁨을 맛보았다. 나는 계속 증식해가는 신화적 자연 속에서 살았다. 이러한 것들의 한복판에 있으면서 나는 자연의 감정이란 무엇인가 하는 질문을 던졌다. 제일 먼저 떠오르는 관념은 내가 내던져버린 자연이란 말의 나쁜 의미와 항상 연결되는 것이었다. 이 관념은[2] 기독교의 일신론 및 그것에서 파생하는 유신론 일반과 밀접한 관계에 있었다. 앞에서 이미 말했지만 이 관념은 신의 작품과 인간의 작품의 대비를 전제로 하고 있다. 이런 종류의 자연의 감정이 오만한 성격을 가지

---

1. 제1장 후반부를 참조할 것
2. 그리고 이 관념이 자연의 힘을 인격화한 신들, 그러니까 고대 종교에서의 형상적인 신들을 이 정신이 결여하고 있다는 것에서 발생했다는 것은 명백하다. 기독교가 이들 신 대신에 자연이라는 감정적인 힘을 가져왔는데 그 결과 자연은 모든 형이상학적인 가치를 잃어버렸다. 나중에 등장한 여러 유신론들이, 이를테면 삼중적인 혹은 비유적인 의미의 신을 선善의 감정으로 대체했을 때, 이들도 똑같은 일을 한 것이라 볼 수 있다.

고 있고 예술의 영역으로 침범한 것은 여러 이단이 기독교의 기적 앞에 무릎을 꿇은 시대에서였다. 하지만 그렇다면 기독교적인 독단론은 인간의 신앙에 대해서 무엇을 돌려주었는가? 이제 통속적인 자연의 감정을 지탱하는 것은 하나도 없으며, 이 감정은 격이 낮은 것으로 치부되었다. 이 감정은 금세기의 철학적인 사상과 친밀한 관계에 있다고 생각되는 어떤 움직임에 자신의 장소를 양보해줄 필요가 있다. 현재의 나는 이 감정이 이미 어떤 곳에도 어필하지 않는다고 주장할 수 있다고 생각한다. 지금이야말로 우리는 이 감정을 일반적인 새로운 의미로, 자연이라는 말이 진정으로 의미하는 바에서 이해해야 되지 않을까? 자연의 감정이란 외적인 세계의 감각이고 내게 있어서는 무의식의 감각이라는 것은 이제 명백하다. 이 마지막 표현에서 우리가 합의에 도달했다고 생각해야 한다.

만약 무의식의 일반적인 개념에만 머무른다면 무의식에 대한 진정한 감각이라는 것은 있을 수가 없다. 기껏해야 무의식에 대한 추상적인 인식밖에, 더 적절하게는 논리적인 직관밖에 가질 수가 없을 것이다. 그러나 만약 의식이 자신의 요소를 무의식 이외의 어느 곳에서도 가져올 수 없다고 생각한다면 의식은 무의식속에 포함된다는 것을 아무래도 인정하지 않을 수 없다. 여기에서 무의식에 있어서의 의식의 최초의 감각이 나오며 그 출발은 형상적이지만 논리적으로 연장하게 된다.[1] 바로 이점에서 정신 전체를 점유하는 감각을 우리들은 무의식의 감각이

---

1. 말하자면 감정적으로 후진하는 것이다.

라고 이름붙일 수 있는 권리를 가지게 된다. 혹은 내가 신화에 부여한 정의를 상기해도 좋을 것이다. 그렇게 하면 이 감각이 모든 점에서 신화의 감각과 거의 동일하다는 것, 그것이 바로 신화적 감각이라는 것을 이해할 것이다. 그리고 이것을 묘사하는 것이 그것의 힘과 효과를 설명하는 것이 된다.

따라서 자연의 감정이란 신화적 감각의 다른 이름에 지나지 않는다. 이것은 내가, 이 모든 것의 시초에, 내가 얼마나 먼 무지의 세계에서 돌아온 것인가를 기록하려고 하면서 부정적으로 표현했던 것이다. "**신화는 의식이 거치는 길이며 의식의 콘베이어 벨트라는 것을 나는 몰랐다.**" 나아가서 다음과 같은 것을 덧붙일 필요가 있다. 신화라는 것은 의식의 유일한 목소리여서 나는 논리적 직관의 영역 바깥에서 이것을 듣는다는 것이다. 이어서 이 진리가 나의 의식 자체와 저촉된다면 이것은 의식은 결코 자신의 일에 대해 생각하지 않기 때문이며, 의식은 자신의 변하기 쉬운 존재형식에 있어서 자신을 생각하는 것이 불가능하며 오히려 자신을 고정된 것, 정적인 것으로 상상하고 그리하여 자신을 의식의 밖에 있는 것, 독립한 것으로 상상하기 때문이라고 생각했다. 이처럼 과장되게 고양된 의식은 다시 내려가지 않으면 안 된다. 의식은 하나의 양태에 지나지 않기 때문이다. 의식이 오래 사는 것처럼 보이는 것은 그저 각 지점마다 죽음의 날인을 찍고 있기 때문에 지나지 않는다. 의식은 영구적으로 화형에 처해진 존재이며 정신의 불사조이다.

여기까지 생각했을 때 나는 자신이 어떤 우회를 거쳐 여기까지 오게 되었는가를 고찰해보아야겠다고 생각했다. 나는 이 우회로에서 필연성과 뒤섞인 무언가 우연성의 요소가 있다는 것을 깨달았다. 이쪽에서 저쪽으로 나를 데리고 가는 것, 나를 다른 곳으로 집어던지는 것, 내 자신에 대한 모든 음미, 이러한 것들은 우연의 소산이며 논의의 주제 자체와는 전혀 관계가 없다고 생각되는 여러 상황의 소산, 그러니까 바람맞은 약속이나 기대의 어긋남이나 여행 같은 것의 소산이다. 나는 열차 안이나 다른 사람들이 춤을 추고 있는 장소 같은 곳에서 자신을 되찾고 단순한 무無가 침묵 속에서 진행시키고 있는 관념을 다시금 출발하도록 했다. 사소한 것은 별로 신경 쓰지 않았던 어떤 변덕스러운 기회에 나는 자신의 몽상의 가장 환상적인 테마의 하나를 놓쳐버렸던 모양이다. 그것은 자연에 대한 낡은 관념 탓이었다. 나는 자신에게 말했다. 결국 말로 하지 않아도 누구나 이런 식으로 생각할 수가 있을 것이다, 지금도 유효하고 특수하며 자연적인 것에 한정되는 신화적 감정이라는 것이 전혀 존재하지 않는 것이 아닌가라고. 현대적인 자연의 신화라는 것이 있을 것인가? 이리하여 문제가 설정되었다. 하지만 일반적으로는 이런 일이 예상될 수도 있다고 생각되는 일종의 레토릭만이 지금에는 그러한 신화와 그 밖의 신화를 인위적으로 구별할 수 있게 할 것이다고. 그리고 만약 현대적인 자연의 감정이 존재한다고 한다면 그 감정은 내가 획득한 일반적인 신화적 감각에 대한 관념 덕분에 비로소 설명할 수 있는 것 일거라고. 나는 상당 기간 커다란 영감 같은 것은 전혀 주지 않는 몇 개의 사소한 관념에 몰두했다. 그러다가 그것이 지겨워져서 6개월간 다른 것에 열중했다. 어느 날 집에 돌아와 의자에 앉아서 거울 속에 자신을 보니 거기에는 권태와 커다란 제복을 입은 한 남자가 있었다.

파리의 농부

5.
 바람을 불게 하는 착한 여자여, 풀을 마르게 하는 빛의 여자여, 너의 청결한 머리가 혜성의 줄무늬가 그리는 길을 통해 나의 눈을 향해 온다. 지금 다시금 알키오네[옮긴이 — 바람을 지배하는 아이올로스의 딸]여, 비단의 눈썹을 가진 매력적인 알키오네여, 뫼들레의 신화를 나에게 다시 써주렴. 북녘의 모양을 한 투창의, 하늘의 심연에서 나오는 금빛의 교목이 다시금 너의 가슴의 봉우리를 향해 날아오도록. 그것이 너를, 석면의 나체를, 관통해서 너의 정신에 황홀경을 가져오도록. 이리하여 가끔 메리 고 라운드의 중심에서 행성의 인력을 모으는 손이 태양의 기구를 묶는 끈을 풀어버리도록. 그때 몇 줄기의 강한 선이 성좌 가득히 퍼지고 이 비를 맞으면서 알키오네는 웃음을 짓는다. 그녀의 하얀 이빨에서 나오는 빛이 일순 대지를 밝게 한다. 참으로 이 순간에 나는 꿈을 꾼다. 나는 대기 속에서 내 운명의 유령, 부조리한 유령을 본다.
 이 유령은 바로 권태이다. 그는 멍하니 입을 벌리고 뭔가를 보고 있는가하면 금붕어를 잡기 위해 나비 잡는 그물을 가지고 다니는 잘 생긴 청년이다. 그는 주머니 속에 보행기, 손톱깎이, 카드, 여러 종류의 착시를 이용한 장난감 등을 가지고 있다. 그는 소리를 내서 포스터나 간판을 읽는다. 그는 여러 신문을 암기한다. 그는 아무도 웃지 않는 이야기를 혼자 한다. 그는 어둠의 손으로 자신의 눈을 만진다. **그렇지 않은가** N'est-ce-pas? 프랑스인들은 여러 상황에서 이렇게 말한다. 하지만 그의 말에는 끔찍한 쐐기가 박힌다. **그래 봐야 무슨 소용 있지** A quoi bon? 그가 돌리지도 않는 전기 스위치를 가지고 있을 리가 없다. 방문하지도 않은 집을 보았을 리가 없으며, 지나지도 않은 역치를 가졌을 리도 없고, 사지도 않은 책을 보았을 리도 없다. 무슨 소용이 있을 것인가? 무언가 호기심도 즐거움도 없는 채로, 무언가를 하지 않으면 안 되며 그렇게 해서 결국 우리는 지금 이 자리에 있는 것이다. 하지만 이 '결국'이란 말을 발음할 때 과장된 느낌은 무엇이란 말인가?

없다

정말로 아무 것도 없다. 속았다고 해서 손가락을 물어뜯을 정도의 일도 아니다. 유명한 곡조에 맞춘 권태의 노래를 들어보라, 권태의 곡조에 맞춘 유명한 노래를 들어보라.

> 무슨 소용이 있을까 무슨 소용이 있을까
> 무슨 소용이 있을까 무슨 소용이 있을까
> 무슨 소용이 있을까 무슨 소용이 있을까

마음대로 Ad libitum

> 무, 무, 무슨---소용이 있을까

권태는 거리에 사람들이 지나가는 것을 본다. 그는 어느 카페에 들어간다, 다시 나온다. 그는 어떤 아가씨의 집에 들어간다, 다시 나온다.

그는 어떤 인생을 뒤집어버린다, 다시 나온다. 그는 어떤 사람을 죽일 것이다, 다시 나온다. 그는 자신을 죽일 것이다.

(위 그림) "나는 나간다."

이것은 어떤 노래의 2절이다.

그리하여 그날 권태는 내 테이블 곁에 앉아 마치 자기 집에 있는 것처럼 행동했다. 그는 이미 소매를 걷어 올렸고 작은 이야기를 쓴 다음에 내게 읽어주었다.

"간질은 방안에서 헛소리를 하던 통 만드는 사람과 모터의 구동축 안에서 알게 되었다. 그녀[간질]는 그에게 몇 마리의 벌새를 선사했다. 얼마 지나서 그녀는 자신의 게으름을 지배하는 법을 알게 되었다. 그것이야말로 그녀가 알고 싶었던 모든 것이다. 버드나무의 새싹은 돈이 있는 동안은 햇빛을 받으며 소화를 시키려고 하지만 그들의 부친과 마찬

뷔트 쇼몽에서의 자연의 감정

가지로 언제든지 밀수업자가 될 위험이 있었다. 어두운 밤의 전원감시인은 푸른 풀과 작은 몽둥이가 없다면 빵과 물만으로는 만족하지 않을 것이다. 하지만 소형 마차의 바퀴의 꿈은, 수출업자인 '바람'의 외아들인 그 비행소년이 블라인드에 의해 두들겨 맞을 때마다, 수학적 정확성으로 되돌아왔다."

권태는 잠시 멈춘 다음 나를 쳐다보았다. 그리고 다시 읽기 시작했다.

"은밀히 마셔버리라, 미소 속에 칼을 가지고 있으며 손가락에 파국을 숨겼다가 새벽에 자살하고만 그 줄타기 곡예사가 의상 대신으로 썼던 그 음험함을. 돌 아래에서 당신은 마취제의 사용에 의해 손상을 입은 태양들을 보게 될 것인데 이 마취제는 나를 거대한 전갈에게 넘겨버렸으며 이 전갈은 내게는 그 다리만이 보인다. 전갈의 그림자는 그들이 내 머리 위에 있다는 것을 보여주며 바로 거기에서 내 머리는 죽음의 관념에 들어있는 불안과 접하게 된다. 오늘은 월요일로 죽음은 수영하는 여자다. 마그네슘의 섬광이 발하는 은색에서 나는 죽음의 섹스가 움직이는 것을 본다."

"별이 새겨진 수영복 아래 쾌락은 유치한 꽃모양 같은 신경계의 궤적을 그린다. 물이 그녀에게 닿으면 인燐이 된다. 오늘 밤 죽음은 루시라는 이름으로 불린다. 내가 그녀의 흔적을 쫓아가면 저 멀리 떨어진 시골의 집에서 나오는 흐릿한 빛이 이단 심문의 빨간 탄화炭火나 조난선 약탈자의 가짜의 신호와 교차하면서 다가온다. 나에게 밤이 찾아온다. 밤은 생략의 표시가 되면서 넓어지고 그 생략의 축은 우리의 정신이 그 법칙을 이해하게 됨에 따라 이동한다. 이리하여 밤은 우연히 가로등의 발밑에 있는 여자의 몸에서 떨어진 옷과 너무나도 비슷하다. 애무에는 자갈을 던져버리고 지하철의 전차에는 살인자를 보내라! 이렇게 말하면서 나는 오래전부터 알고 있던 동백꽃의 품으로 달려갔다. 내가 잘 때 항상 기도를 올리는 테이블 위에, 아침이 찾아오면, 내가 거기 있을 것 같지는 않다. 이미 거대한 사자가 동쪽의 하늘에 나타나 무언가 믿을 수 없는 멜로디를 울부짖는다. 이미 정사를 나누는 방의 창도 열린 상태이며 입맞춤과 작은 새들의 십자군이 시작된다. 한 무더기의 침묵이 다가온다. 그것은 거울 속의 누군가에게 환호를 보내는 것 같다. 이것은 멋진 소매를 가진 단식 투쟁이며 고해 신부의 그림자가 내 한쪽 눈으로 들어왔다가 다른 쪽 눈으로 나간다. 신부여, 나는 지옥에 떨어져 마땅한 사람입니다, 당신이 위험이라는 매력이 아니라면 말입니다. 당신은 미친 여자처럼 웃고 방을 나누는 벽이 무너진다. 마분지, 마분지를 가져와, 젊은 재봉사여. 양장점은 나의 머릿속의 상처를 끄집어낸다. 저건 틀림없이 진짜 잠자리인가? 나는 날개를 편 잠자리의 먹이가 된다. 여러 상념의 홍수가 지나가고 맞잡고 있던 손이 지붕위에서 떨어지면 피뢰침의 아래 신비스러운 커플이 등장한다. 이 커플은 경찰로 변장해서 도주할 필요에 의해 플라타나스 나무 아래에서 방금 맺어진 짝이다."

갑자기 권태가 일어서면서 나를 내 방에서 몰아냈다. 친구인 앙드레 브르통을 찾아가볼 생각이 떠오른 것은 바로 그때이다.

6.
1924년 자신의 호기심도 다 채워버렸고, 부모에게 물려받은 단순한 기분풀이도 이미 다 써버린 인간이 지금까지 경험해왔던 여러 사건에 뭔가 관계가 있는 방법으로 자신을 즐기려고 할 때 도움이 될 수 있었던 것은 이 해의 총아였다고 할 수 있는 어떤 비극적 색채를 가진 게임밖에 없었다. 당시는 파국이라는 것이 마치 자주 쓰는 동전 같은 것이었다. 때문에 이처럼 영웅적인 성실성이 물결처럼 몰려왔고 인간이 자신을 드러낼 정도의 여유가 있다고 하는 이 게임이 인기를 끌었던 것이다. 이것은 상대의 장점과 결함을 서로 채점해주는 게임이다. 억지로 진실을 찾으려는 게임. 편애의 게임. 이 점수 여하에 따라 사회생활에서는 전혀 도움이 되지 않는 사고력이 인간관계의 단절, 질투, 의심, 애정과 우정의 파멸과 같은 것의 원인이 되는 효력을 주며 대단한 공격력을 갖게 된다. 흔히 순진한 것이라고 생각되는 이러한 게임에 몰두하는 것은 그것에 빠져있는 사람들에게 나중까지 흔적을 남긴다는 것 그리고 결국 그들은 자신들은 부정하지만 이러한 손해를 즐기고 있으며 자신들이 예측하지도 못했던 반향을 즐기고 있다는 것을 나는 항상 관찰하고 있었다. 재난에 대한 이러한 취미가 공중에 떠돌고 있었다. 이 취미는 생활을 물들이며 생활에 색조를 더해주는 것이었다. 이 시대의 모든 현대성에는, 이 지속의 작용에는 특이하게 비칠 수 있는 악센트, 무엇이라고 설명하기 힘든 악센트가 떠돌고 있었다.

내가 앙드레 브르통의 집에 도착했을 때 마침 저녁식사가 끝나갈 무렵이었는데 몇 개의 일시적인 마술의 순간들을 고정시킨 그림아래에 다섯, 여섯 명이 모여 있었다. 이들은 이 장소에서 앞에서 내가 말한 게임을 오후 내내 하고 있었던 것이었다. 이들은 아직 마비상태에서 깨어나지 못하고 있었다. 참가자들은 더 이상 게임을 지속할 생각은 없었고 지금 끝난 이 행위에서 끌어낼 수 있는 인식을 숙고해보자는 기분만이 남아있는 것 같았다. 그들의 머리위로는 무겁게 공기가 내려앉았고 이 여러 남녀의 조합으로부터 무언가가 나올 것 같지는 않았다. 그들은 작은 개를 옆에 두고 방금 식사를 마친 것이었다. 바로 그때 앙드레 브르통은 마르셀 놀과 나와 함께 밖으로 나가기로 마음먹었다.

마르셀 놀은 그때 사람들의 일반적인 침체를 공유하고 있었다. 이것은 몇 개의 우연이 겹치면서 더욱 심해졌는데 최근 몇 시간 사이에 일어난 일이었다. 우리는 낮게 드리워진 봄의 습기 찬 등불 아래에서 몽마르트르 언덕을 올라가면서도 그리 좋은 생각이 떠오르지 않았다. 주위에는 여러 유혹들이 우리에게 눈길을 주었지만 확실하게 우리가 매력을 느끼는 것은 없었다. 우리들은 옅은 연기와 이곳에 특유한 안개에 휩싸인 채 거리를 미끄러지듯이 지나가고 있었지만 쾌락의 범속한 문에서 눈뜨는 빛의 매력의 어느 것도 우리를 끌어들이지는 못했다. 이 지역은 금박으로 장식되어 있고 게다가 조악한 물건을 파는 상인들은 감상적인 대중들의 착각에 덕을 보고 있다. 이 지역은 눈가의 검은 가루 가까이에서 눈을 번쩍이게 하는 데가 있었지만 나이트클럽에 가기에는 너무 이른 시간이고 영화관을 가기에는 너무 늦은 시간이어서 우리들은 어둠을 뚫고 생 조르주 광장으로 나아갔다. 라페리에르 거리가 반원형의 입맞춤으로 이 광장을 둘러싸고 있었지만 우리에겐 전혀 의미가 없는 것이었다. 노트르 담 드 로레트 거리의 아래쪽에 이르러서, 여러 색을 입혔으며 1907년형의 머리를 하고 구식 안경을 쓴— 우리들이 애칭으로 **미래의 미인**이라고 했던— 여성의 반신상을 앞에 둔 안과의 앞에서 우리는 침체의 극에 도달했다가 다시금 애매하게 말의 사용법을 재발견했다.

앙드레 브르통은 더 이상 걷고 싶지 않다고 했으며 마르셀 놀은 몽파르나스 방향으로 갈 것을 제안했다. 나는 술 마시는 것 외에는 특별히 독창적인 생각은 없었다. 이런 종류의 의사결정의 황혼은 우리를 샤토 덩의 교차로까지 끌고 갔다. 이 교차로는 파리에서 사고가 가장 자주 발생하는 곳이다. 이때 논쟁을 벌이는 것보다는 택시를 타는 것이 훨씬 단순한 일로 생각되었다. 최근의 우연의 일치가 여전히 염두에 떠나지 않았던 놀은 리옹 드 벨포르의 주소를 조심스럽게 말했다. 그날도 로베르 데스노스가 거기에 올 것이며 같은 시각에 다른 누군가도... 앙드레 브르통은 뷔트 쇼몽 공원에 가자고 했다. 물론 공원의 문은 훨씬 전에 닫힌 상태였다.

어떤 말들은 그것의 물리적 재현을 넘어선 이미지를 동반하는 경우가 있다. 뷔트 쇼몽은 명백히 이런 현상을 동반하고 있어 우리들 사이에 일종의 신기루가 등장하도록 해주었다. 우리들이 공유하는 신기루, 우리들 세 사람이 동일한 작용을 느끼게 되는 신기루이다. 우울함은 소박한 희망의 등장과 함께 완전히 사라졌다. 이제 겨우 우리들은 권태를 파괴할 수 있게 된 것이다. 우리들 앞에 기적과 같은 사냥터가, 실험의 영토가 열리게 된 것이다. 거기에서 우리가 무수의 경이를 맛보지 않는다는 것, 생활과 운명을 바꾸어버릴 커다란 계시를 받지 않는다는 것은 있을 수 없는 일이었다. 세 사람의 청년이 이처럼 어떤 장소를 떠올렸다는 것은 그것이야말로 이 시대의 징후라고 해도 좋을 것이다. 이 세 사람에게 있어 낭만적인 것은 이 공원의 모든 매력보다 더 우선적인 것이다. 이 공원은 30분만 더 있으면 그들에게 메소포타미아가 될 것이다. 서민들의 주거지 한복판에 있는 이 거대한 오아시스, 암살자의 살기가 넘치는 으슥한 지역 한복판의 오아시스. 한 건축가의 머리에서 장 자크 루소와 파리의 생활의 경제적 조건이 다툰 결과 태어난 미치광이 같은 부지로서, 세 사람의 산책자에게 이것은 인간화학의 시험관이었다. 이 속의 침전물은 자신의 언어가 있으며 기묘한 눈빛을 하고 있다. 세 사람의 산책자가 흥분하면서 이 공원은 밤에도 개방되어 있을지 모른다고 생각한 것은 고독이라는 은신처를 거기에서 기대한 것이 아니라 모험의 세계가 숨겨진 은신처를 기대했기 때문이다. 어둠속에 들어가고 싶다는 기묘한 욕망에 의해 선택되고, 숨겨진 유사성에 바탕을 두는 신비한 모험의 세계에 들어가려고 했던 것이다. 그들은 밤의 불로뉴 숲에서 자주 마주치는 그런 친구들이 모이는 곳에 들어가는 것 외에는 전혀 두려워하는 것이 없었다. 세 사람이 찾는 것은 쾌락이 아니라 **호기심을 자극하는 것**이었다. 이 말을 그들이 말할 때 그것은 지성의 능동적인 형식을 가리키는 것이다. 그들은 찾는다, 그들은 기다린다, 이 위험한 불로 인해 쓸모없이 된 작은 숲에서, 복종한 적이 없는 여자를, 확고한 결의를 가진 여자를. 세계에 대한 폭넓은 이해를 가진 여자를, 무엇에도 준비가 되어 있는 여자를, 그녀를 위해서라면 이 세계를 엉망으로 해도 좋을 것 같은 여자를 찾는 것이다. 바로 여기에서 세 친구들은 자신들에게 전혀 무기가 없다는 것을 깨달았다.

이런 생각에 집착하는 것은 우리들에게 아주 새로운 것은 아니다. 이러한 생각은 어떤 거대한 공상의 일부분인데 현대에서는 개인에게 도움이 될 수 없는, 포괄적이고 보편적인 도덕을 확립하는 법률에서 벗어나는 것이 거의 불가능하지만 이 공상은 그 돌파구가 될 수 있다. 우리들 사이에는 하나의 일관된 테마로서 자치권의 영역이라는 것이 있었다. 여기에 있으면, 서로를 묶어주는 새로운 정신에 의해 활기를 얻는 실험자에게는 모든 것이 가능해지는 그런 장소였다. 우리들은 그러한 장소를 대도시, 공장, 경작지대 등에서 현대적 생활의 척도에 따라 만들어냈던 것이다. 그리고 우리는 그것을 자유와 비밀에 가장 어울리는 변두리에, 프랑스의 대중소설이나 연작 영화의 가장 서스펜스가 넘치는 장면이 전개되는 구역이면서 모든 극적인 드라마가 행해지는 구역인 파리 주변의 광대하고 수상쩍은 곳인 교외에 위치시켰다. 애초에 그런 장소를 바로 상상한 것이 아니라 우리들은 그곳에 접근하는 길을 마음속에 그렸던 것이다. 문이 닫힌 작은 집들이 늘어서 있고 인기척이 없는 도로, '뤼실린느LUCILINE'라고 써있는 거대한 포스터, 기차의 철교에서 별로 떨어지지 않은 곳에 버려져 있는 어떤 차. 이러한 지어낸 것 같은 이야기는 그곳에 있는 몇 개의 생활의 이면을 보지 않는 사람에게는 어린아이의 장난처럼 보일 것이다. 하지만 착각해서는 안 된다. 상상력은 부도수표를 인정하지 않는다. 상상력이 작동한다는 것은 이미 무언가를 실현할 계기가 생겼다는 것이다. 이렇게 태어난 신화는 그 탄생을 주재하는 사람들 중 한두 명을 아주 멀리까지 이끌고 가지 않을 수 없을 것이다. 우리는 무위의 한복판에 있으면서 이런 식으로 생각했다, 아마 파리에는 19구의 남쪽에 밤 덕택에 우리들의 발명 중 가장 상궤를 벗어난 것에 응해줄 실험실이 있지 않을까 하고. 택시는 우리들을 몽상의 기계와 함께 데리고 가면서 끝없이 이어지는 라 파이에트 거리의 남서에서 북동으로 9구에서 10구를 지나 일직선으로 달렸고 잠시 후에 19구에 있는, 장 조레스라는 이름이 붙기 전에 아직 알르마뉴 거리라는 이름이었던 지점에 도착했다. 약 백50도의 각도로 남동방향으로 뻗어 있는 생 마르탱 운하가 우르크 운하와 연결되는 지점이다. 정확히 라 빌레트의 독의 말단, 세관의 커다란 건물이 늘어선 지점, 바깥쪽의 환상도로와 지하철 고가선의 굴곡부에 해당하는 지점--프티 브와티르 상회의 앞, 카페 드 라 로통드와 카페 드 라 만돌린의 앞으로 이 지하철 고가선을 조롱하듯이 나시옹과 도핀의 양끝을 연결하고 있다. 바로 조금만 가면 《르 리베르테르》지의 본부가 있는 루이 블랑 거리이고 매독의 영지의 북쪽, 장례식장의 남쪽, 라 빌레트의 보세창고와 북프랑스 철도의 차량수리장 사이에 있는 지점이다. 이어서 택시는 남동방향으로 향해 가로수가 늘어서 있는 아브뉴 세크래탱으로 들어가서 이 거리를 직선으로 달린다. 이 대로는 무종교협회의 빛나는 승리의 결과인 학교와 무료진료소를 지나치고 영화관과 버스 회사도 지난다. 이런 시간이라 그런지 거리는 텅 비어 있었고 널찍한 공간이라는 인상을 준다. 활동력도 잠들어 죽은 것처럼 되었으며 커다란 건물로 이루어진 풍경이 펼쳐진다. 벽돌과 모르타르로 된 벽이 있고 보통의 높이로 이웃사랑을 실천하고 있는 인부들의 임시가옥 곁에서 돌은 어딘가 도전적인 양상을 띠고 있었다. 모 거리의 위치에서는 빌레트 지구과 콩바 지구의 경계를 나누는 빨간 점선은 보이지 않았다. 우리들은 이미 지하철의 볼리바르역을 지났다. 이 역은 부유한 목초지와 아파트로 통하는 볼리바르 거리에서 나선계단을 내려오면 갈 수 있다. 이때 세크래탱 거리가 앞을 막아섰다. 이 거리는 파베의 큰 창고가 있는 지점, 자카르 실업학교에서 아주 가까운 곳에 있다. 이리하여 파리의 무의식이 그 둥지로 삼고 있는 공원 주변에 도시생활의 많은 요소들이 위협적인 모습으로, 그리고 폐지수집업자나 야채재배업자의 움막 위로, 모든 인습적인 위엄을 보여주면서, 응고한 입상 같은 몸짓을 하면서 떠오르는 것이다. 이 시간에 거기다 차가 이렇게 속도를 내는 상황에서는 세크래탱 거리에서, 볼리바르 거리에서 마냉 거리까지 사이에, 얼마나 많은 안경점이 있는지 그 숫자를 확인하는 것은 곤란한 일이었다. 마침내 택시는 혼례와 연회의 장소인 에두아르 별장 앞에 멈추었다. 여기는 수목으로 된 울타리가 있고 "검은 숲"의 스타일과 남부 뫼동 지방의 스타일을 겸비한 곳이다.

　공원의 문이 열려있다는 것을 확인한 순간 이 세 사람의 정신상태가 어떠한 것이었는지는 짐작이 갈 것이다. 하지만 미신과 불안과 권태로 하루가 저문 다음 상상력의 갑작스러운 비약에 의해 이들은 여기에 온 것이다. 거기에다 이 공원에 대해 두 명의 친구가 해 준 이야기가 더욱 더 상상력에 부채질을 한 셈이 되었다. 이 두 사람은 '자살의 다리'에 대해 잘 기억하고 있었다. 울타리가 만들어질 때까지는 이 다리에 가게 되면 특별히 죽음에 대해 생각해본 적이 없는 통행인조차 갑자기 깊은 바닥에 이끌려서 자살을 한다는 것이다. 또 두 사람은 '전망대'가 있다는 것도 기억하고 있었다. 밤에 '전망대'에 가는 사람이 있을 것이라고는 믿을 수 없는 이야기 같지만 어쨌든 그들은 '전망대'와 '호수' 그리고 그 골짜기와 물의 용출이 빚어내는 다양한 형태의 변화까지 기억하고 있었다. 9시25분이었다. 자욱한 안개가 거리 전체를 짓누르고 있었다. 공원을 비추고 있는 키가 큰 가스등이, 이처럼 나무의 줄기가 무수히 솟아오르는 이중의 밤 속에서, 유황질의 가는 선을 몇 가닥 뿜어내고 있었다. 타조모자를 쓴 젊은이들이 공원에서 나온다. 그리고는 급하게 노래하는 것을 멈추고 멀어져갔다. 우리는 가벼운 마음으로 진정한 도취와 정복감을 느끼면서 공원으로 들어갔다.

7.

뷔트 쇼몽 공원은 위에서 보면 나이트 캡과 같은 모양을 하고 있다. 긴 축은 명백히 동서방향으로 향하고 있고, 프리에슬리 거리와 마냉 거리를 접하는 점과 오플 거리가 크리메 거리와 접하는 점을 연결하고 있었다. 저변低邊은 직선으로 크리메 거리를 따라 형성되며 남동쪽은 비스듬하게 북쪽에서 남쪽으로 달리고 있으며 마냉 거리에서 제네랄 브뤼네 거리까지의 구간이다. 이 공원의 지도에서 나머지 두 변은 곡선으로 되어 있다. 이 곡선의 북서쪽을 향한 북쪽의 철면凸面은 마냉 거리에 의해 형성되며 남동쪽을 향한 남쪽의 요면凹面은 보차리스 거리에 의해 형성된다.

게다가 이들 두면이 결합하는 지점, 즉 저변의 대각에 해당하는 정점은 남쪽을 향하다가 나중에는 약간 동쪽을 향해 굴절하며 마치 뿔과 같은 형태가 되어있다. 이 뿔 모양의 돌기는 공원을 남쪽으로 확장시키는 것이고 한쪽은 마냉 거리나 프리에슬리와 세크레탱 두 거리가 접하고 있는 곳에서 볼리바르 거리까지의 사이이다. 마냉 거리의 뒤를 이어 이 볼리바르 거리가 마냉 거리의 모퉁이에서 뒤엔느 거리의 앞까지 계속 이어지고 있다. 돌기의 반대편은 보차리스 거리가 페사르 거리에 접하는 지점까지 볼리바르 거리를 지나면서 뻗어있다. 이 연장의 저변은 세크레탱 거리의 문과 페사르 거리의 문을 연결하는 공원의 골목으로 구성되어있다. 토지의 기복과 이 기복이 규정하고 있는 골목은 세 개의 체계에 따라 편성되어 있다. 우선 서쪽 면은 지금 말한 연장을 형성하고 있는 것이고 두 번째 것은 첫 번째 것의 중간부를 점유하는 예의 호수의 주변에 있는 것으로 이것은 공원의 중심부에 해당한다. 동쪽에 있는 세 번째 것은 크리메 거리와 마냉 거리가 교차하는 모퉁이로부터 보차리스 거리의 정확히 저수지에 해당하는 지점까지, 그러니까 보차리스 거리가 정확히 교차하는 모퉁이의 대응지점까지 수직선으로 공원을 횡단하고 있는 순환철도의 주변에 걸쳐있는 것이다. 공원의 문을 보자면 북쪽 면에는 아르망 카렐 광장에 하나, 두 번째 문은 아브뉴 세크레탱의 종점에, 세 번째 문은 크리메 거리와 마냉 거리가 교차하는 지점에 위치하고 있다. 남쪽 면에는 볼리바르, 보차리스 두 거리가 접하는 지점에 하나 있고, 두 번째 문은 페사르 거리의 선에, 세 번째 문은 보차리스 저수지의 약간 서쪽, 마지막 문은 남동의 모퉁이에 가까우며 빌레트 거리에 면하고 있는 위치에 있다. 크리메 거리 쪽에는 문은 없다.

 서면의 구역은 경계선에 대해서는 이미 말했지만 이 구역은 여섯 개의 산— 보차리스, 볼리바르, 마냉의 각 거리에 인접하는 작은 산은 여기에 집어넣지 않는다— 에 둘러싸인 하나의 언덕을 형성하고 있다. 모퉁이의 동부에 위치하는 이 언덕은 페사르 거리를 바로 내려다보고 있다. 여기에 도달하기 위해서는 나선형의 길을 올라가야한다. 내려갈 때도 같은 길을 거쳐야만 한다. 이 언덕의 동쪽 편은 페사르 거리에서 세크레텡 거리의 길의 경계선을 이루고 있으며 거리 쪽은 언덕의 앞을, 앞에서 이야기한 산의 처음의 세 개의 면에 접해 있다. 이들 세 개의 산은 언덕의 북쪽에 위치하고 있지만 나머지 세 개는 언덕에 대해서 남쪽과 서쪽에 위치해있다.

중심에 해당하는 제2의 구역은 서면의 것보다 훨씬 광대하며 중앙부에 명백히 사변형을 한 호수가 있다. 남면의 한쪽 면은 보차리스 거리에 평행하고 북면의 한 변은 곡선을 이루고 있지만 전체로서는 남동쪽에서 북서쪽으로 비스듬한 방향을 향하고 있으며 마냉 거리와 함께 남서로 열린 둔각을 이루고 있다. 이 때문에 호수의 서쪽은 동쪽보다 작다. 이 호수에는 삼각형의 섬이 하나 있다. 섬의 측면은 호수의 북면과 평형하고 다른 두면은 호수의 남면의 중간부에 향해서 집중해있다. 이 섬은 두 개의 다리로 육지와 연결되어 있다. 하나는 남서쪽에 있는 짧은 다리, 또 하나는 그것보다 훨씬 긴 것으로 섬의 서쪽에 있다. 섬은 언덕을 이루고 있으며 위에 전망대가 있다. 두 개의 언덕이 있어 호수의 남면의 경계가 되고 있다. 동쪽의 언덕은 북면의 연안에 동굴을 가지고 있다. 서쪽의 언덕은 보차리스 거리의 중앙문을 내려다 보고 있다. 예의 모퉁이와 이 서쪽의 언덕 사이에는 또 하나 다른 언덕이 있어서 원형의 서쪽 면을 닫고 있다. 호수는 이 원형의 중심이다. 이 최후의 두 개 언덕으로 구성되어 있는 이 작은 골짜기는 호수의 서쪽 모퉁이에 있는 대지를 향해 천천히 굴절한 다음 오르막길이 되지만 충분히 높지 않은 지점에서 북동쪽을 향해서 언덕이 가파르지 않은 기복을 만든다. 이것은 마치 돼지의 등과 같다. 돼지의 등의 동쪽 사면은 호수의 북서면의 경계가 되며 공원의 카페가 있다. 이어서 아르망 카렐 광장의 지점에서 오르막길은 낮아진다. 그 후 호수의 구간을 따라서 뻗어나가며 제 3구역의 기복에 합류한다.

제3 구역은 공원의 남동쪽 모퉁이를 점하는 언덕 하나와 또 하나 호수의 북동에 위치하는 오두막이 있는 언덕을 포함하고 있고 그것과 전망대가 있는 예의 두 개의 체계의 사이에 순환철도를 따라서 나아가는 커다란 골짜기를 포함하고 있다. 이 철도는 진로의 3분의 2가 야외를 달리며 남쪽은 터널 속으로 들어가고 있다. 이 주변에서 골짜기 중앙부가 위로 올라오면서 이 구역의 두 개의 언덕 사이의 약간 주름을 형성하고 있기 때문이다.

뷔트 쇼몽 공원은 전 면적이 25헥타르가 되는 지역에 걸쳐있다. 19세기 후반에 설치된 이 공원은 바리예 데샹 및 《산책과 정원》의 회장인 아르팡에게 큰 도움을 받아 만들어진 것이다. 이 공원은 콩바 지구의 면적의 4분의 1을 점하고 있으며 동쪽에서 서쪽을 향해, 예컨대 콩바 지구와 아메리카 지구를 나누는 크리메 거리의 선의 중간부에서 서쪽을 향해서 마치 하나의 쐐기처럼 콩바 지구로 스며들고 있다.

8.

 자연이 가진 힘 중에는 그 힘이 어느 시대에나 인지되는 것이 있는가 하면, 어느 시대에나 미스터리로 남으면서 심지어는 그 힘이 인간과 완전히 섞이게 되는 그런 것도 있다. 밤이 바로 그런 힘이다. 이 거대한 검은 환영은 유행을 추종하며 그 노예들의 여러 변화에 따른다. 우리들 도시의 밤은 더 이상 라틴의 어둠 아래 개가 짖는 것과 유사하지 않으며, 중세의 소리 내는 박쥐들과도 유사하지 않고, 르네상스의 밤이 보여주는 고통의 이미지와도 유사하지 않다. 이제 그것은 칼로 난도질을 당해 구멍이 뚫린, 거대한 양철 판의 괴물이다. 현대의 밤의 피는 노래하는 빛이다. 밤은 문신을, 우리 가슴에 움직이는 문신을 새겨 넣는다. 밤은 불꽃으로 된 헤어 컬러를 붙이고 있다. 그리고 연기의 흔적이 끊어지는 곳에서 인간들은 미끄러지기 쉬운 천체에 올라가려 한다. 밤은 휘파람을 가지고 있으며 여기저기에 섬광의 호수를 가지고 있다. 밤은 해안선을 따라 과일처럼 매달려 있다. 도시의 황금색의 주먹에 한 무더기의 쇠고기처럼 매달려 있다. 이 진동하는 시체는 자신의 머리를 풀어헤쳐 세계를 뒤덮고 있고, 주저하는 자유의 환영은 이 마지막 우리에서 피난처를 찾고 있으며 개방된 대기와 위기에 대한 열망을 사회적 의식이 비추어지는 거리의 주변에서 고갈시켜버린다. 이리하여 공원에서는 이 아주 농밀한 어둠이 사랑과 반항 사이에 교환되는 절망적인 키스와 구분할 수 없는 것이 된다.

 밤은 이 부조리한 장소에 그들이 그들 자신의 정체성을 알지 못한다는 인상을 부여한다. 일반적인 통념과는 달리 루이 14세가 베르사이유 궁전을 지은 것은 그 호사함을 자랑하기 위한 것이 아니라 사랑 때문이었다. 사랑 또한 나름의 장중함을 가지고 있다. 그것은 자신만의 은신처, 동굴 속의 통행로, 입상을 배신하는 민중 등을 가지고 있다. 오늘날 도시의 주민에게 있어 위생학이 화려함을 대신하고 있다. 시민들은 이 위생이라는 이름으로 무의식적으로 녹색의 은신처를 설치하고 이것을 결핵에 대한 피난처라고 나이브하게 믿는다. 이윽고 밤이 오고 여기저기 공원들이 깨어난다. 마치 기차 속에서 잠든 사람이 좌우로 흔들리는 것처럼, 손이 축 처진 채로 열차의 속력을 잊은 거대한 몸이 움직이지 않는 꿈속에서 쭈그러드는 것처럼, 그런 식으로 도시의 도덕이 갑자기 나무 아래에서 흔들리기 시작한다. 불가지不可知의 악센트와 태도를 가진 일종의 무기력이 시골풍의 작은 다리들을 건넌다. 다리 중 몇 개는 진짜 나무로 된 것처럼 보인다. 바로 이때 사람들은 쾌락을 추구할 기분이 된다. 대지의 주름 속에서 모든 것이 그들에게 간청한다. 거기에서 그들은 밤의 장난감이며 이리저리 찢겨진 범선의 선원이다. 그리고 그들 중 몇 명은 이미 난파한 상태이다. 상상력의 거창한 소란이 그들로 하여금 침묵을 잊게 한다. 만족의 수면 위에, 벌거벗은 팔목의 폭포에, 백조가 미끄러지는 것이 보인다, 등등. 여기에 일식日蝕의 지역이 시작된다. 공원의 어두운 중심부를 향해 걸음을 내딛자마자 체인이 떨어지는 소리가 들린다!

    누구에게나 자신의 사랑 때문에 아주 약해지는 순간이 있다. 잘 익은 장과漿果 같은 순간이 있다. 자기 자신으로 꽉 찬 듯한 순간. 두 개의 공범共犯의 길을 거쳐 욕망과 현기증이 부풀어 오른다. 그리고 이것들이 서로 이웃할 때, 이것들이 서로 섞일 때, 순식간의 도약에 의해, 깜짝 놀랄만한 도약에 의해, 나는 자신의 힘의 반대편 그러니까 상황을 넘어선 저편에 도달한다. 상황은 더 이상 사물이 갖는 반들반들한 외관이 아니라 나의 생명인 것이다. 생명, 삶 자체, 생존본능, 내가 계속되는 존재라는 생각 등. 나는 내가 시도하는 모든 것의 저편에서, 내 기억의 저편에서, 자신에 도달한다. 나는 구체적인 감각에 도달한다, 죽음에 완전히 휩싸인 그 감각에. 나는 지금 운명의 탁월함 속에 있다. 공기는 야성적이며 눈에 불이 나도록 한다. 사건은 나의 광기로 변하지 않으면 안 된다. 나는 이성에 거슬리면서, 나의 광기가 이성에 대해 어떤 억제하기 힘든 힘을 갖고 있다는 것을 안다. 이 힘은 인간으로서는 도저히 어떻게 할 수 없는 힘이다. 어둠 혹은 회오리바람, 이런 것들도 다 똑같다. 밤은 그것의 그릇을 산출하지는 않는다.

별의 함정에 빠진 인간. 그는 자신이 어떤 동물이라고 생각했다. 그는 자신이 세상의 나날들과 이런 변화들에 의해 감옥에 갇힌 존재라고 생각했다. 스스로의 감각이자 정신이며 공상이기도 한 그는 자신이 이제까지 품었던 여러 관념을, 머릿속에 지금도 가지고 있다고 생각하는 여러 관념을, 손에 붙들고 있는 작은 새처럼, 끝에서 끝까지, 추억에서 현재까지, 조정하고 추적하는 것 외에는 반성의 시간이라는 것을 가진 적이 없다. 그는 결론이나 일관성을 자기 자신에게서 기대했다. 그는 그의 운명에 관련된 에피소드 주위에 자신을 조직했다. 그는 자신을 대면했고, 자신을 추종했다. 그 자신이 하나의 그림자로서 가설이면서 동시에 그 가설의 쇠퇴였다. 그는, 거의 취할 정도의 명석함으로, 자신을 지배하는 힘들의 궤적을 보았다. 그는 이 힘들을 세어 보았다. 그는 자신의 안정된 시점을 위해 자신을 귀하게 여겼다. 그런데 어느 날 밤 마침내 밤이 인간을 응시했다. 거울에 자신을 비추어보는 것처럼 정원에서 자신을 쳐다보는 밤. 나무가 십자가를 이룸에 따라 정원 속에서 자신을 다중화하는 밤. 여기서 자신의 전설과 예전의 얼굴을 되찾는 밤.

하지만 통행인이나 산책객 같이 끝없이 계속되는 대도시의 시민들은, 그들은 도회에서 움직이고 죽어가는 것인데, 자신의 노스탤지어를 선택할 자유는 없다. 그들에게는 모자이크 모양의 꽃이나 초원 같은 대자연의 자의적인 약도 외에는 무엇 하나 제공되지 않는다. 이 약도는 그들이 좋아하는 것으로 왜냐하면 이들은 아직도 낭만주의의 알코올에 취해있기 때문이다. 이들은 이미 뷔트 쇼몽에서 라마르틴느의 "호수"를 낭송할 기분에 빠져서 이 환영에 달려든다. "호수"는 음악이 배경에 있을 때 멋지게 들리기 때문이다. 이 환영에 달려들게 되면 그의 정신을 뒤집어버리는 것은 급류의 소란이 아니라, 순환철도의 노선이 있다거나 거리의 소음이 지평선의 배경에 있기 때문이다. 크고 차가운 램프가 현대의 모든 기계설비 위로 떠오른다. 이들 기계설비는 굴곡이 가능할 뿐 아니라 바위, 다년생 식물, 개울 등을 포함한다. 그리고 이 혼란 속에서 인간은 다시 한 번 자신의 몸의 괴물적인 날인과 그의 음울한 얼굴을 발견하고 경악한다. 그는 한 걸음 내디딜 때마다 자신과 부딪쳤다. 여기가 바로 당신에게 필요한 궁전이야, 거대한 사고의 기계여, 당신이 누구인가를 알기 위해 필요한 궁전이란 말이다.

파리의 농부

9.

거대한 밤의 시클라멘의 향기를 맡으며 앞으로 나아가자마자, 원래의 길을 버리고 가장 어두운 샛길을 택한 우리는 수풀 속에서, 신성한 의자 위에서, 인간의 거대한 고독 속의 구멍 같은 벤치 위에서, 여러 커플들이 하나가 되어있는 것을 보았다. 아, 커플들이란! 당신들의 침묵을 배경으로 거대한 새가 옆모습을 보여주면서 지나간다. 완만한 무언극, 붙잡은 손, 신성한 자세들. 나도 당신들 방식 그리고 그 방식의 다양성 덕에 그 저주받은 취미, 경악이라는 끔찍한 취미를 갖게 됐다. 꼼짝하지 않는 커플, 서로를 전혀 쳐다보지 않는 커플, 서로를 잃어버린 커플, 단 하나의 다리[橋]로— 예를 들면 어깨와 어깨로— 연결된 커플, 몸의 위에서 아래까지 다 섞여버린 커플, 서로 상대의 말에 귀를 기울이는 커플, 주위의 경치에 정신이 팔린 커플, 거리가 떨어져 있는 커플, 소심한 커플, 서두르는 커플, 끝없는 입맞춤의 나락에 빠져 자신들은 보이지 않는다고 생각하는 커플, 갑자기 일어서서 걷기 시작하는 커플, 덜덜 떨고 있는 커플, 모든 것을 길게 늘여뜨리는 쾌감에 빠져 갑자기 존재감을 느끼는 커플, 관능성을 거부하는 관능적인 커플 등 공원의 커플들은 인간의 힘을 넘어서서 쾌락을 지속시키는 법을 안다. 이 욕망의 장식들을 산책해보자, 정신적 비행과 상상적인 경련으로 가득 찬 이 장식들을. 아마 잠깐 자기도 모르게 보여준 몸짓이나 한숨에서 우리들은 이렇게 떨리는 수풀의 감동적인 생명이나 우리들의 발밑에 있는 파란 자갈에 대단히 민감한 이들 유령들이 도대체 무엇에 의해 결합되어 있는가를 이해하게 될 것이다. 잔디를 따라 도로를 구획하는 이들 철제 울타리의 비밀을 누가 말해줄 수 있을 것인가? 녹색 정원의 모든 의례와 인공적인 나라의 인위적인 규칙에 충실히 따르고 있는 이 사람들의 비밀을 누가 말해줄 것인가? 앞으로 나아가자, 친구여, 이 사람들로 가득 찬 밤을 향해.

 그러므로 사랑이라고 해도, 이것은 우리들의 통로에 늘어선 제의적이고 위계질서를 갖춘 사랑이다. 쾌락 혹은 이름붙이기 어려운 혼란을 찾아서 인간의 모든 절망이, 이 상상적인 의식에 복종하면서, 수풀 속의 신전에 있다. 생생한 냉혹함과 예리한 시선들이 여기서 이루어지는 제의에 반기를 들려고 단합한다. 하지만 나의 존재, 우리의 존재는 이 제의의 한 대상이다. 사람들은 아마도 제단의 중앙을 향해 다가가는 은의 촛대를 보았다고 생각할 것이다. 입맞춤의 예배당 안에서, 그 제단 아래에서, 이제 음악도 없이 작은 미사가 변하기 쉬운 경전을 따르는 이단의 사제에 의해 집행되려고 한다. 오오, 느끼지도 못하는 육체의 이동. 그때마다 당신들은 어둠속에서의 거대한 철학적 결단을 의미하는 존재가 된다. 쓸모없는 것은 하나도 없다. 태어날 때 받은 생의 의지에 의한 느슨한 번역. 드디어 전율의 순간이 왔다. 그것은 검은 잉크로 선을 긋고 외치는 것과 같다. 우리들은 기꺼이 잉크병이 될 것이다.

마르셀 놀:

 원시의 숲에 들어와 얼마나 걸어 다녔든가! 우선 나는 맨발로 풀을 밟으면서 강을 향했다. 이것이 발자국이라는 것이구나 했고 그것이 내가 처음으로 기억에 대해 가진 관념이었다. 그리하여 내 발자국이 계속 남게 되자 이 오솔길의 귀신이 내 지성 속에서 깨어났다. 그는 내게 어디에 가면 야한 여자를 만날 수 있는지 다정하게 말했다. 그는 나를 꿈의 지역으로 안내했고 이 꿈의 지역은 습관이 내 마음을 익숙하게 하는 곳이다. 골목길! 내 최초의 노예들. 밀짚으로 된 허리띠에서 굽어진 그들의 빛나는 등이 내게 길을 열어주고 나무와 돌은 내 걸음의 공범자가 된다. 골목길! 이것은 아직 유용한 길이며 나의 야만적인 영혼의 통로이다. 이 뱀은 점차 커지면서 여기저기의 거리와 연결된다. 하지만 그것은 골목길이라고 할 수는 없다. 골목길은 향수를 불러일으킨다. 여기에 있는 것은 그 광인의 화려하고 순수한 정신속에서만 떠오르는 골목길은 아니다. 요컨대 종말을 고하려고 하는 세기의, 냉철한 빛에 비추어지며 대단히 젊은데도 욕망이 없는, 군주일 터인 골목길은 아니다. 골목길! 거기에 들어가자마자 내게는 그 전경이 보인다. 질이 좋고 잘 음미된 나무가 끝에서 끝까지 식재된 이 커다란 연상의, 교묘하게 만들어진 출구가 보인다. 길의 폭은 예측된 용도와 잘 맞으며 길이는 정원사의 걱정에 어울린다. 골목길은 잔디의 형태대로 되어 산책자의 창백한 얼굴에 따른다. 골목길을 늘려서는 안 된다고 전문서적들은 주장한다. 그래서 나는 이렇게 말했다. 정원사 선생, 당신들의 법칙이나 지혜는 아무래도 좋다. 당신들은 걱정할 것이다, 정원이란 것은 너무 세분화하면 작게 보이기가 쉽다고 하면서 말이다. 당신들은, 내가 보기에는, 교외에서 오는 손님들의 요구에 익숙해지다 보니 이렇게 된 것이다. 당신들은 거대한 것에 대한 취미를 잊어버린 것이다. 다시 한 번 그 구불구불한 골목길의 개념을 되찾을 수 있다면 좋겠다. 그리고 그 개념이 당신들을 미궁과 같은, 진정한 광기로 인도했으면 좋겠다. 우리가 헤매다 들어오게 된 길 위에서 당신들의 불안과 절망적인 표현을 다들 읽을 수 있으면 좋겠다. 배가 계속 바뀌는 바람에 맞추어 돛을 움직이듯이, 당신들도 멍하니 있지 말고 정원을 확실히 골목길과 연결시키면 좋을 것이다. 그리고 만약 철학적 비문을 새긴 기념비가 숲과 고독한 명상이 조합된 모퉁이 길에 필요하다고 하면 철학적 비문을 그대로 새겨도 좋다. 그것도 부자연스러울 정도로 이끼가 자란 돌이나 유령의 다리로 많이 손상된 포석을 써도 좋다. 그래, 정원을 시집이라고는 생각해본 적도 없는 자가 보기 흉한 미소를 짓는다고 해도 신경쓸 필요는 없다. 폭포를 늘어세우면서 호기로운 웃음을 지으면 된다. 울창한 수풀의 잡종의 쾌락을 주도록 해라. 시선이 올라오는 바로 그 장소에 당신의 손으로 연을 날리면 된다. 오, 크라프트[옮긴이 — 15세기 독일의 건축가]여, 뇌수종에 걸린 불행한 독일인이여, 근세의 전야에 연이어 나무꾼이 처형당하는 소리가 멀리서 들릴 때에, 역사상으로 당신의 나라가 분할의 먹이가 되었을 때, 그 분할은 뒤세느, 마르티네, 에두아르 안드레스, 바세로 등 우리 시대의 조원가들로부터 취미가 고약하다고 여겨졌던 것이다. 천재적인 몽상가인 크라프트여, 당신은 미친 듯한 눈을 돌려서 무수한 국경을 만드는 도미노패를 앞에 두고 그 구불구불한 디자인을 고안해냈던 것이지만 열광하던 젊은이들은 열기가 식으면서 이것을 지루한 것으로 생각했다. 하지만 오직 당신만이 정원의 이상적인 모습을 제시하는 데 성공했다. 당신은 정원을 매력적인 것으로 하면서 동시에 그것을 우스꽝스러운 것으로 만들었다. 정원은 망각의 장소이면서 동시에 추억의 장소가 되었다. 당신의 마술적인 손가락 아래 이 곡선은 당신의 망상을 따라갔다. 거기에다 당신은 오늘날 상상력이 없는 정원사들을 궁지에서 구해주는 색채에도 전혀 의존하지 않았다. 당신에게는 녹색에서 갈색으로, 다시 창백한 회색으로의 나뭇가지의 약간의 변화로 충분했던 것이다. 몽상이 달아나는 배경을 미리 정함으로써 이곳을 방문하는 사람이 많은 사람들로부터 관찰당하지 않도록 희망하는 것에 맞추어주었던 것이다. 당신은 완강한 제라늄도, 무거운 국화도, 생생한 사루비아도 사용하려 하지 않았다. 기껏해야 스페인 콩과 매발톱꽃, 앵초, 팬지가 당신의 형이상학적 관목 숲을 밝게 하고, 당신의 한숨과 유감을 밝게 한다. 나는 행성의 제조자인 당신에게 경의를 표한다. 그리고 부인에게도 안부를 전한다.

놀은 입을 다물었다. 길은 언덕의 곁에서 구불구불 이어지고 있었다. 길의 정상에는 양촛대가 빛나고 있었다. 밤의 평면과 공원의 평면을 이 세 명의 친구들을 따라가면서 맛보도록 하자. 이들은 일시적인 기괴함의 감정과 세계의 본질에서 기인하는 어떤 욕망을 안고서 전진하고 있다.

10.
그들은 가스등에서 쏟아지는 보랏빛의 강렬한 광선을 맞으면서 밤을 내려다보고 있는 플랫폼에 도착했다. 이 인간 정신의 정상에서, 자갈 주변에 반원형으로 배치된 벤치들은 비어 있다. 이제 더 이상 갈 곳이 없는 것처럼 보인다. "일만 년 전부터…"라고 당신은 말을 건다. 우리 젊은 사람들은 이곳에서 벗어날 길을 찾으려 하지만 도처에서 이들은 라 브뤼에르[옮긴이 — 17세기의 모랄리스트로 계몽주의의 선구자로 여겨진다]라는 이름의 덫에 걸리고 만다. 이들의 발밑은 안개가 자욱한 초원이다. 드디어 한 사람이 어딘가 길 같은 것의 입구를 발견했다. 이리하여 우리들은 과학사 시간의 통상적인 출발점에 서게 된다. 말벌의 크기라는 가정은 화학이나 비교생물학의 변덕스러운 교수에 의해 폐기된다. 자만심 혹은 아주 도전적인 의지에서, 그 가정은 동시대의 동료들의 존경을 잃지 않으려는 생각에서 아주 높은 것으로 설정된다. 그러면 강사는 그의 콧수염을 비틀거나 끌어올리면서 새로운 발걸음으로 출발하며 절망한 뒷사람들이 필사적으로 손수건을 흔들어도 돌아보지 않는다. 그리고 그는 회상하는 것이다, 그 달콤한 밤이나 그 흔한 고민거리들, 이류의 학술단체로부터 논문을 눈이 빠지게 기다리던 것, 신통치 않은 문학이나 과학 잡지에 실렸던 잡문들, 여기에는 항상 라틴 시인 호라티우스가 자주 인용되곤 했다. 저자는 자신의 논술을 적절한 지점에서 끊으려고 하지만 동시에 그의 정신이 얼마나 매력적이고 교양이 있는지를 보여주려고 한다…내가 무슨 말을 하는 것이지…그러면서도 아무도 그를 학식이 없는 사람이라고… 용두사미desinit in piscem로군. 이걸 그대로 베껴도 좋아.

    나로 하여금 이 모험을, 그것도 아주 세밀한 부분까지 말하게 하는 이 의지는 예를 들면 앙드레 브르통이 그 지팡이를 가지고 왔느냐 하는 문제가 먼저 앞으로 나오게 되는데 — 브르통의 지팡이는 아름다운 것으로 카페의 웨이터들이 마치 의무처럼 이것을 감상하는 것인데, 이것은 다른 이상한 것과 함께 가짜 백랍제품을 파는 상 쉴피스의 고물상에서 산 것이지만, 그 출처가 애매한 것으로 어떤 사람은 아프리카라고 하고 어떤 사람은 아시아라고 하며 또 어떤 사람은 산호와 푸른 바다의 인간인 고갱의 엑조틱한 천품의 소산이라고 보기도 하는데, 남자와 여자와 동물 등 외설적인 부조가 장식된 것으로 여자의 음문을 향해 기어가는 민달팽이나 쉽게 이해가 가는 자세가 나오고 아래쪽에는 발기하고 있는 수염이 난 흑인이 있는 등 끔찍하면서 기묘한 광경을 보여준다—이곳은 시당국에서 관대하게 넘기는 공터 같은 곳이어서 시의회에서도 형무소에 갈 정도의 행동만 하지 않는다면 우리들의 이 사소한 밤의 반항이나 우리들 마음의 이러한 비사교성은 크게 문제가 될 것은 아니라고 결정이 난 것이지만 어쨌든 이러한 공터에서의 몽유병적인 산책을 이야기하도록 나를 추동하는 의지, 이 의지가 갑자기 대단히 신비한 것으로 보인다. 기묘하고 기묘한 것이다. 나는 이것이 앞으로 어떻게 발전할 것인지 다 짐작이 된다.

어느 시골마을에서 이미 해가 밝게 빛나고 있었다. 한 마리의 개가 텅 빈 거리에서 뒷발을 세워 앉은 자세를 취한 다음 귀를 뒤로 젖히고 태양을 향해서 거의 죽을 정도로 짖는다. 그때 모자와 장의용 화관을 파는 가게의 점원이 허리에 두 손을 잡은 채로 즐거운 듯이 이것을 본다. 단조롭고 재미없는 삶에서 이런 자세를 취하는 것은 그에게 활력을 준다. 개는 여전히 미친 듯이 짖고 있다. 이 아침의 세계에는 서서히 죽어가는 누군가가 있기 때문이다. 그렇지 않다면 우리는 개의 진정성을 의

뷔트 쇼몽에서의 자연의 감정

심하지 않을 수 없다. 개라는 이 신화적인 징조는 오늘날까지 그의 냉소적인 예견에 대한 우리의 신뢰를 한 번도 저버린 적이 없다. 이때 복식계정의 장부담당은— 이 현청 소재지에서는 살아있는 사람이나 죽은 사람 모두 재해나 흉년에 대해 대비를 하고 있는 것인데— 어느 시민이 고객명부의 첫 번째 범주에서 다른 범주로 가게 되는지를 마음속으로 따진다. 그는 각자의 죽음이라는 현실을 마음속으로 그려본다. 그래서...

기다리게, 친구. 이건 당신의 논리적인 욕구가 미칠 듯이 기다리던 바로 그 '그래서'로서 만족감을 주고 마음을 진정시키는 것이다. 이 긴 패러그래프 전체는 마지막까지 자신의 커다란 불안을 끌어안고 있으며 뷔트 쇼몽의 어둠은 당신의 마음속 어딘가에서 부유하고 있다. '그래서'는 이 압박하는 어둠을 쫓아내는 것으로 거대한 청소부이다. 이 청소부의 머리는 별들 사이에서 사라지며 그의 다리는 통풍기를 통해 집 지하실로 들어온다. '그래서'는 깃털로 만든 침대에 있는 시인을 추문에 빠뜨린다. 문에서 문으로 다니면서 제대로 문이 잠겨있는지 확인하며 외떨어진 곳에 사는 사람들의 안위를 확인한다. '그래서'는 시민의 야경단체의 일원이 된다. 나는 '그래서'의 자전거에 대해서는 말하지 않기로 한다.

....그래서 나는 내 생각의 힘을 느끼고 그래서 무엇이 내 안에서 죽었는가, 무엇이 아직 효과가 있는가를 자문한다. 그리고 나의 정신의 입구에서 잠시 불길한 소란에 의해 멈추어 섰던 나는 늘어선 마음의 주거 속을, 쓴다는 수단을 가지고, 하나씩 하나씩 시체와 그 매장장소를 찾으면서 산책한다.

파리의 농부

...혹은 그래서 나는 개처럼 되어 죽은 녀석들을 물어뜯으며, 장부 담당은 독자이고, 나는 억지로 만든 이 부조리한 이야기에 의해 독자에게 통지하고 있으며, 새로운 인간성의 불행을 통지하고 있는 것이다. 이 불행에 대해 범죄적인 진술을 함에 의해 나는 파국의 발발을 앞당기고 있는 것이다. 이 저주받은 문장을 더 이상 읽지 말기 바란다.

....혹은 그래서 왕관 위에 모자를 새로 쓰려고 하는 인간은 무엇보다도 구름을 향해 말을 걸려고 하는 것 같아 보이는, 동물과 같은 소리에 의해 자신의 변혁에 대해 알게 된다. 그 소리는 예를 들면 도회의 공원의 강력한 매력에 대해 말한다. 거기에서는 사랑과 구름의 창백한 상징이 서로 섞인다.

....혹은 그래서 나는 당신들을 나의 말의 갈고리에 걸어 예인할 것이다. 하지만 마음과 정신 안에는 어처구니없는 신화화의 취미, 사람들을 절망시키는 취미밖에는 없다.

11.

길은 기온, 시간, 기압을 측정하는 청동의 원주에 의해 끝나는데 그곳은 어둠에 쌓인 둔덕이 침묵의 주사위처럼 내던져진 광대한 분지의 정면이다. 거대한 불빛들이 저 멀리 '전망대'와 몇 개의 어두움의 미소를, 잠들어 있는 물의 반영과 어둠속의 새의 절규를 부각시킨다. 하지만 이 컵의 주변부는, 이 어둠의 칼날은, 중국풍의 나뭇잎 너머이며 초원에 차가운 보석을 던지고 있는 야회복을 입은 외등 아래에서— 초원은 비현실적인 컬러의 신발에다 전기를 띤 서리와 녹색의 눈으로 가득하다— 오케스트라 피트 바로 앞의 프로세니움(무대 전면부)이 우리들의 눈앞에 환상의 첫 공연을 선사한다. 그것은 맨 앞의 들판에서 움직이지 않은 자세로 어둠을 향해 달리는 한 명의 벌거벗은 사내였다. 밤의 찬 공기를 전혀 느끼지 않는 것으로 보아 그가 브론즈로 만든 것이라는 것을 알 수 있다. 이렇게 해서 인간이란 것이 어떻게 자신이 생각하는 신의 표상을 인체의 이미지와 연결시키는가를, 그리고 그 과정에는 어떤 신비가 있는 것인가를 사람들은 이해하게 된다. 오늘날, 하나의 반동에 의해, 인간의 비참한 조롱인 해골의 손처럼 뻐쩍 마른 회의자 혹은 정신의 자위를 일삼는 자가 만약 점토, 대리석 혹은 금속으로 그의 종족의 얼굴을 재현하려고 할 때 결국 자기 자신밖에 보지 않는다면 이것은 그야말로 현상이 뒤집힌 것이라고 해야 할 것이다. 그는 세계에 '신'을 제시하려고 했지만 그가 건립한 것은 여전히 그저 인간에 지나지 않았던 것이다. 이제 그는 자신을 유일한 존재로 내세울 힘이 있다고 믿지만 그건 공허할 뿐이다. 그의 손이 한 육체나 얼굴을 가공하려고 하자마자 그의 손에서 나오는 것은 신이었기 때문이다. 그러자 그는 자신을 불안하게 하는 신들이 그 숫자가 늘면서 대지에 넘쳐나지 않도록 하기 위해 일부러 추한 척 하려고 했다. 조만간 조각상의 무리가 도시나 시골에 넘쳐나게 되어 조각상의 받침이나 무용 자세로 가득 찬 이곳을 제대로 지나가기도 쉽지 않을 것인데 그러면 인류는 어떻게 될 것인가. 숨이 막히는 것 같은 광경이다. 이때 상상력의 묘지에서 인간은 많은 실체들을 경솔하게 호출하는 신의 힘이 이제는 불균형과 몽상의 슬픈 먹이라는 것을 알게 될 것이다. 인류는 조각상 건립이라는 고질병 때문에 죽게 될

파리의 농부

것이다. 경쟁을 두려워하던 유대교의 신은 조각상을 금지할 때 자신이 무엇을 하고 있는지 잘 알고 있었다. 세계에 대해 구체적인 힘을 발휘하는, 거대한 상징인 조각상은 여러분 통행인들의 머리털을 먹을 것이다. 오, 브론즈에 새겨진 밤이 갖는 이 거대한 힘. 땅 위의 약간 높은 곳에 뚫린 그 눈, 죽은 자들의 그 검은 심연. 유령에 의한 이성의 실격. 바위에 밀착된 다리로 인한 의지의 붕괴.

    나는 이렇게 말했던 것이다. 공간 속에서 신적인 것이 이처럼 진출한다는 것, 비非물질적인 것이 물질 안에 이처럼 침입한다는 것, 이러한 것을 저지하려고 하면서 자신의 운명과 행위에 대해 껐다 켰다 하는 의식을 가지면서 인간은 허공의 허리 주변에 오직 추한 것만을 새겨 넣으려고 시도했다고 말이다. 유젠느 마뉘엘[옮긴이—19세기의 시인. 그의 조각상이 조르쥬 망델 거리에 있다]의 미학은 인간에게는 이러한 초자연적인 생성에 대한 치료제처럼 보였다. 일상적인 것에 대해, 인간은 아무리 이것에 가깝게 다가가려고 해도, 충분히 가까워질 수는 없다. 전세기의 어떤 시인은 이 주제에 대해 몇 마디 한 바가 있다. 다 쓸모없다고 말이다. 실내용 가운나 평상복을 입고 있으며 선량해보이는 미소를 띠고 있는 현대의 망령[시뮬라크르]들은 이러한 차림새의 비공격적인 성격에서 에페수스나 앙코르에서도 알려지지 않은 마술적인 힘을 빌려온다. 게다가 이것들은 너무도 참된 것처럼 보여 새로운 우상을 섬기기 위해 비밀의 종교가 확립될 정도이다. 바로 이런 이유로 카루젤 광장에 있는 그 믿을 수 없는 감베타 상에는 일종의 저주의 의식이 여전히 준수되고 있는 것이다. 또 어느 종파는— **폴 엘뤼아르는 이 종파의 열광적인**

지지자 중의 한 사람인데 — 사랑의 종교의 공물을 정기적으로 가져와서는 '대전 중의 파리' 앞에 배치해 놓는다. 어느 날 밤에 집에 돌아가는 길에 테른 문의 기구氣球의 앞에서 몇 마리의 비둘기를 희생물로 받치려고 하는 하얀 옷차림의 긴 행렬을 보고 나는 얼마나 놀랐던 것인가. 게다가 스트라스부르의 기념비[옮긴이 — 콩코르드 광장에 있는 기념비 중의 하나로 민족주의자들이 시위를 자주 했던 곳이다]의 열광적인 신도는 또 어떤 것인가! 나이가 좀 있는 사람들이라면 매년 콩코르드 광장에 시체를 가지고 오는 사람들을 기억할 것이다. 그리하여 이 조롱하는 듯한 인간의 형태를 매개로 해서, 사람들은 녹색이 되어가는 데룰레드[옮긴이 — 19세기의 애국적인 시인]를 위엄이 있는 석상과 비교함으로 해서, 생명을 모욕했던 것이다. 트라팔가 스퀘어의 유명한 팰루스 축제에서는 외팔이 넬슨이 민중의 히스테리의 증인이 된다. 프레미에의 "잔 다르크", 안토냉 메르시에의 "그렇다고 해도". 나는 생 페르디낭 광장의 "세르폴레"나 포르트 마이요의 "판나르 르바소"와 같은 스포츠 관계의 조각상은 말하지 않겠다. 또 전신기를 발판으로 삼아 신의 자리에까지 올라간 샤프[옮긴이 — 18세기의 발명가]의 조각상이나 모베르 광장의 에티엔느 돌레의 부서진 체인도 말하지 않겠다. 거기에다가 불길한 조각상인 스트라스부르의 "거위를 데리고 있는 리셀" 같은 것도 말하지 않겠다. 거기에 몽타르지의 양성구유의 상. 이것은 거위의 다리라고 이름붙여진 거대한 게시판 앞에 서있다. 거기에 툴롱에 있는 "항해의 수호신". 거기에 지엥에 있는 베르상제토릭스! 이렇게 마술이 거리의 중심에서 검은 상징을 내걸고 있는 것이다. 순진한 보행자들은 이것을 감상하면서 조각가의 솜씨에 만족할 뿐이다. 심지어 그 예술적인 감정의 표현을 논하기까지 한다.

12.
조각상의 연설

일제사격이다! 나는 50년 전부터 일제사격의 순간을 기다리고 있었다. 어쨌든 탄환을 사용해 움직이거나 웃고 있는 사람들을 고정시켜야 한다. 내가 영원히 얼어붙어 있음에도 그들은 풍경 속을 미끄러져 간다. 군중이나 아이들의 경박한 운동. 편물의 짐을 들고 행복해 하는 모친들. 오 맬더스여, 배려심이 많은 주교여, 당신의 공상을 정말로 실현할 수 있는 것은 나의 누이인 조각상이다. 즉 여인들은 나를 보면 바로 유산해버리기 때문이다. 소심한 사람들은 우리들의 이상한 그림자에 동요하고 우리들의 초인적인 몸에만 사랑이라는 것을 느낄 수 있는 사람들인데 우리는 이 사람들의 완만한 상상력을 광택이 있는 팔다리로 도와주게 된다. 그러면 우리들이 관계하고 있는 커다란 노스탤지어가 공원이나 거리의 구석진 곳에서 형성된다. 이 노스탤지어는 생기 없는 것을 생명에서 가장 정치하고 예민한 것과 결합시킨다. 이때 숭고한 기쁨의 바람이 불면서 관념은 결국 해방되고 자신 안에서 양분을 찾아낸다.

인간의 관념! 사람들이 자주 지나다니면서 거칠어진 들판 위로, 인간의 관념이, 자연보다 거대한 관념이, 달리기 선수나 왕의 모범적인 몸짓에서 나타난다. 참으로 이 관념의 발끝에서 인간은 눈을 뜨고 살고 있는 것이지만 이 관념과 하나가 되지는 못한다. 이 관념의 발끝에서 인간은 심리학이라 불리는 추상적이고 거대한 망상의 먹이가 되고 자신을 힘들게 하며 자신이 찢겨지는 듯한 경험을 한다. 조각상의 신념에서 보자면 십만이나 되는 공간의 여러 모서리에서, 가령 그것이 음악에 대한 열광이든 당구에 미친 니콜라이든 간에, 어쨌든 심리학만큼 우스꽝스럽게 생각되는 활동도 없을 거라는 점이다. 이 학문의 확실성이랄까, 학문으로서의 날카로움이라고 하는 것은... 만약 브론즈가 옆에 주름살을 만드는 것을 좋아한다면 나는 웃음을 터뜨리고 말 것이다. 그런데 어느 날 밤 인간은 심리학을 발명해버린 것이다. 바람이 심하게 부는 날이었고 우리들 중에서도 소심한 사람들은 덜덜 떨었다. 그는 자신의 그림자가 아주 작은 돌풍이 불어도 하늘까지 올라가는 것을 보았다. 그리하여 그는 이렇게 무서운 현상을 어떻게든 설명해보려고 했다. 그와 함께 비구름이 그의 머리에서 산산조각이 나는 것이나 산욕 중인 여자가 끊임없이 빨간 과일의 꿈을 꾸는 것이나 숲의 문이 어둠속에서 덜컥덜컥 소리를 내는 것 같은 것들을 어떻게든 설명하려고 했다. 하나씩 하나씩 심리학이 태어났다. 물질의 친화력에 관한 심리학이 화학이 되었고, 힘의 심리학이 물리학이 되었으며, 신의 심리학이 종교가 되었고, 육체의 심리학이 의학이 되었으며, 미지의 세계의 심리학이 심령학이 되었고, 바다의 심리학이 항해술이 되었다. 이처럼 우회로를 거치면서, 게다가 아주 작은 것에 만족하면서, 모든 심연에 직면한 인간은 심연의 벽을 알게 되었으며, 심연을 잊어버리는 것이나 무한한 것의 고통을 잊어버리는 것도 배우게 되었다. 인간의 굽힐 줄 모르는 실증주의. 가볍게 머리가 휘날리는 당신은 이처럼 유명한 이름이 새겨진 연단 위에 증인으로 서는 당신의 망령이 당신의 사기행각에 대해, 그것이 실증적이든 아니든 간에, 어떻게 생각할 것인가는 전혀 문제로 삼지 않는다. 하늘과 말을 하는 우리들, 이슬에 둘러싸인 우리들, 밤이 두려워하는 광물의 무용수인 우리들, 산들바람을 길들이는 우리들, 작은 새를 조련하는 우리들, 응결한 자유의 신적인 원칙에 사로잡힌 우리들의 이 정정하기 힘든 자세를 비추어주는 정령의 멋진 샹들리에 아래 침묵을 지키는 사람인 우리들, 거대한 호흡의 독특한 방출이며 햇빛이 넘치는 시간의 부정인 우리들, 위반을 저지르는 우상이며 형이상학의 방랑자인 우리들, 이처럼 우리들은 사고의 전신운동과 함께 불면증에 빠져서 무정형無定型으로 몰려드는 민중들을 지배한다. 몽상가 여러분들, 당신들의 매트리스 위에서 몸을 뒤집어보라. 공원은 신선하고 깨끗하다. 이미 밤의 안개가 우리들의 이마에 다가온다. 이미 당신들 같은 작은 동물들에 대해 잊어버리고 우리는 하늘색으로 확장된 별과 함께 한다. 그리고 별들의 전율이 목적도 없고 희망도 없는 파란 파노라마를 완성시키고 있다. 여보세요, 누구시죠? 예, 아까 말한 대로 신입니다. 여기는 절대의 왕국입니다. 천사들은 잘 지내고 있나요? 예, 덕분에 잘 지냅니다. 날개다, 그 개념의 크기처럼 조각상의 왕국의 상공에 펼쳐지고 있는 것은 날개다. 하늘에 펼쳐지는 성조기 같은 날개. 언제나 노래하는 것 같은 날개, 그것을 구성하는 털의 부드러움과 선천적인 순백색과 깃털이 이루는 정연한 질서가 인상적이다. 하늘에 꽃이 핀 것처럼 만들어버리는 날개.

    브론즈로 만들어진 내가 신에 대해 알고 있는 것, 그 예감을 주는 신에 대해 알고 있는 것은 결국 날개이다. 그리고 사람들이 무언가를 탄원해야 하는 것 같다는 것을 생각하면 이처럼 우리가 화석이 된 이 돌의 발판에서, 이 배가 없는 잔교에서, 우리가 다가갈 수 없는 저편에 손을 뻗쳐 탄원하는 것도 결국 날개인 것이다. 여기서 나는 이 신이나 다름없는 날개를 향해 시물라크르의 찬미가를 부른다.

> 날개는 마치 사랑 같으며
> 날개는 성채 위로 날아올라
> 날개는 등불에 숨을 불어 넣는다
>
> 날개는 하얀 물결을 만들어내며
> 날개는 숲의 주변부에 비바람을 몰고 오며
> 날개는 사랑스러운 새벽의 비상이다
>
> 날개여, 밤에 울려 퍼지는 피리소리여
> 날개는 눈이 내리는 가운데 불경스러운 말을 하며
> 날개여, 다른 무엇도 아닌 날개여

 조각상들은, 손가락을 엮으면서, 날개에게 침묵의 인사를 보낸다. 잠든 나무가 날개에 부딪히는 일이 없기를, 날개가 지상에서도 그러했듯이 천상에서도 지배하는 비물질적인 어떤 것이기를 기원한다. 물질을 품고 있으며, 물질을 반영하고, 그러면서도 그 물질을 자유롭게 긍정하면서 동시에 그 부정을 반영한다... 이러한 비물질처럼 천상에 있는 우리들의 날개.

매일 밤 두더지가 지하도의 배설물을 모으면서, 어느 연인이 자신이 사랑하는 사람의 손톱을 잃어버리는 달맞이꽃 안에서, 맹목의 한쪽 눈을 빛나게 할 때 9번이나 말하는 기도는 '날개'의 축복을 야기해서 비를 내리게 한다, 조각상의 소유자들 위로. 석고상을 파는 이탈리아인, 왁스 뮤지엄의 소유자들, 비석을 파는 사람들, 애국자 묘지에 기부금을 내는 사람들, 인형을 만드는 학생들, 소조를 만드는 예술가들, 빵가루로 모양을 내는 사람들, 자갈로 산의 절벽을 덮어버릴 정도의 작은 새들을 만들어내는 뉴질랜드 사람들, 기둥 위에서 고행하는 전도자, 군대를 거느리는 군주들, 해골의 수집가들, 백화점의 진열 전문가들, 초상의 모델이 되는 영웅들, 연극에 빠져 무기력해진 시의회 의원들, 공공도로의 페티쉬즘에 빠진 사람들, 미라에 매혹된 불행한 사람들, 이러한 사람들 위로 비가 내린다.

13.
우리는 세 친구들의 여정을 깜빡 잊어버린 것 같다. 세크레탱 거리의 문에서 공원으로 들어간 이들은 오른쪽으로 페사르 거리의 문과 직결하는 길을 지났고 남서부에 있는 작은 언덕을 지난 후에 기념기둥이 있는 광장에 가기 위해 가장 높은 언덕을 빙글빙글 돌아서 올라갔다. 광장에서는 분화구 같은 호수와 벨베디어 전망대와 멀리 안개에 쌓인 마냉 거리의 인가가 한눈에 보인다. 그들은 이렇게 화산을 보는 것 같은 전망에서 주의를 거두어들인 다음 자신의 개에게 호수의 깊이를 손가락으로 보여준 악타이온[옮긴이 — 그리스 신화의 사냥꾼] 같은 수다스러운 인물의 조각상을 무시하면서 그들은 많은 바람막이 성냥을 사용해 돌의 원형광장을 장식하는 4각형의 기념기둥의 비문을 하나씩 판독한다. 이 기둥의 꼭대기에는 풍향계가 달려 있어 기념비의 4면은 동서남북을 알 수가 있다. 북쪽은 호수의 방향을 향하고 있고 그 이마에 해당하는 부분에

1883년
7월 14일

이라는 날짜가 정확히 J. 튜네이센이 기증한 섭씨 온도계 바로 위에 새겨져 있다. 이 온도계는 1868년의 여름에 기온이 40도까지 올라갔다는 것을 알려준다. 이 온도계 바로 아래에, 정확히는 기둥에 해당하는 부분에 다음과 같이 새겨져 있다.

유아원
크리메 거리 144 (30명 수용)

—

유치원
및
공립 초등학교

파리의 농부

바바네그르 거리 7 (유. 초)
볼리바르 거리 67과 69 (유. 초)
알레마뉴 거리 87 (유. 초)
탕제르 거리 41 (유. 초)
브와 거리 2 (유. 초)
조마르 거리 5 (유)
팔레스틴느 거리 1 (유)
모 거리 65 (초)
페사르 거리 2 (초)
비슈 광장 (초)

**시립 실업학교
빌레트 대로 60**

    받침돌의 북쪽에는 어떤 인간적인 면을 암시하고 설명해주는 것을 읽을 수 있다. 이것은 영화에서 볼 수 있는 것과 다르지 않은 것으로 삶에서 제대로 보상받지 못한 사람들의 인간미로서 일요일의 행복에 흥분하며 밤의 학교에서 얻은 지식에 감탄하는 사람들의 그것이라 할 수 있다.

19구

이 방향을 알려주는 오벨리스크는

뷔트 쇼몽에서의 자연의 감정

시 행정부의 호의적인 허가 아래
1883년 7월 14일에 건립되었다
발안자 영업인 유젠느 파야르
협력자 주조공 A. 부이양
시멘트 제조업 뒤메닐
시계상 콜랭
기압계류 제조 리샤르 형제
가스장치류 제조 들라폴리, 바스티드, 카스툴 형제 회사

부이양
주조 및 건설
파리

　기념기둥의 서쪽에는 높은 곳에 한 개의 별과 중첩되면서 공화국이라는 금색문자가 새겨져 있다. 이 문자는 둥근 기압계의 위쪽에 노출되어 있으며 이 기압계의 앞면에는 주식회사 줄 리샤르 건설의 주소를 읽을 수 있다. 파리 멜랭그 거리 25. 순진한 사람들은 이 앞면을 보고 다른 것에 생각이 미칠 것이다. 즉 73이 나침판 용어로 폭풍우를 의미한다면 74는 큰 비, 75는 비 또는 바람, 76은 변하기 쉬운 날씨, 77은 쾌청한 날씨, 78은 쾌청 계속, 79는 대단히 건조함, 80은 기압을 의미할 것이라고 말이다. 그리고 다음과 같이 관찰할 것이다, 폭풍우와 대단히 건조함만은 문자의 아랫부분이 문자의 틀을 향하고 있지만 다른 기재사항과 마법 같은 수는 구심력을 따르고 있다는 것을. 마지막으로 쭉 이

어지는 숫자의 연속에 놀라게 될 것이다. 이것을 시계방향으로 셀 것인지 아니면 그 반대로 셀 것인지에 따라 73, 74, 75, 76, 77, 78, 79, 80, 73, 74 등등이 되고 혹은 89, 79, 78, 77, 76, 75, 74, 73, 80, 79 등등이 된다. 여기서 누구나 73에서 80으로 급하게 변하거나 아니면 그 역으로 80에서 73으로 변하는 것을 상상하면서 이 기묘한 기상현상을 그려보기도 할 것이다. 기압계 아래에는 다른 것이 기입되어 있다.

19구는 다음의 지구를 포함한다

빌레트	아메리카
퐁 드 플랑드르	콩바

인구 117,886명
면적 566 헥타르
가옥 3162호
거리, 하안, 대로 등 전장 52.383 km

—

19구는 18구, 10구, 20구에 인접하고 있다. 로맹빌 문, 프레 생 제르베 문, 팡탱 문, 플랑드르 문, 오베르빌리에 문, 동부선, 우르크 운하, 생 드니 운하는 19구와 파리 시외를 연결해주고 있다.

—

세관 빌딩, 빌레트 대로,
빌레트의 선거와 창고

제25대대 병사

팡탱 문

그리고 서쪽 석판에는

┌─────────────────┐
│   콩바 지구   │
└─────────────────┘

19구 지도

지리적인 위치

북위 48도 52분 40초

동경 0도 2분 45초

표고

| 65m 60cm | ‖ | 92m 25cm |
| 세느 강 수면에서 | | 해발 |

파리의 농부

아, 불행한 유젠느 파야르! 발기인이자 영업사원이기도 한 당신의 관대한 제안은 제대로 이해받지도 못했고 심지어 곡해되었다. 당신은 브론즈와 계량기를 제공했으며, 아이디어도 주었고 그걸로 충분하다고 생각했다. 그래서 당신은 시청이 적어도 19구의 지도 정도는 제공할 것이라고 생각했고 우리들이 나중에 동쪽에서 보듯이 파리의 지도 정도는 제공할 것이라고 생각했다. 하지만 인간의 인색함이란 참으로 대단한 것이다. 당신의 기념비는 지역의 지리에 굶주리고 구청의 호의를 갈망하면서 거대한 공백 두 개를 남겨놓은 채로 여전히 미완성이다. 사람들은 구내의 네 개의 지구에서 그 씁쓸한 운명에 의해 기압계의 숫자를 폭풍우, 큰 비, 비 또는 바람, 변하기 쉬움 등을 상징하는 숫자와 연결할 수도 있다. 하지만 이러한 숫자를 지구의 이름의 평범한 의미와 연결하지는 않는다. '변하기 쉬움'을 혹시 콩바[옮긴이--'전투'의 의미] 지구와 연결할 수도 있겠지만 아메리카 지구를 '비 또는 바람'과, 퐁 드 플랑드르 지구를 '큰 비'와, 빌레트 지구를 '폭풍우'와 연결하는 것은 쉽게 할 수 있는 일이 아니기 때문이다. 이건 누가 보아도 명백하다.

  동쪽에는 아무 것도 안에 들어있지 않은 유리판이 있다. 아마도 원래는 시계가 들어있었던 것 같다. 당신이 분별이 있다면 원래의 모습대로 돌려놓는 것이 좋을 것이다. 이 유리판의 위에는 파리 시의 문장이 있고 바로 아래에는 다음과 같은 마법의 말이 있다.

종교에 관련된 건축물
생 자크 교회— 생 크리스토프

뷔트 쇼몽에서의 자연의 감정

생 장 바티스트 교회
메나디에 거리 프로테스탄트 교회
볼리바르 거리 프로테스탄트 교회

—

시영의 시설
일반 도살장

가축의 시장

가축사료의 시장

말의 시장

세크레탱 공설시장

시립 장례식장

—

스퀘어와 산책로
뷔트 쇼몽 공원

페트 광장

—

구호시설
모 거리 56, 조마르 거리 1, 들루뱅 거리 7

—

노숙자 수용소
크리메 거리 166

잠시 숨을 돌이키도록 하자, 현대의 샹폴리옹[옮긴이—이집트의 상형문자를 해독한 사람]인 당신들이여. 당신은 이렇게 생각할 수도 있다. 문자의 의미가 이해할 수 없는 것이고 설형의 어둠에 의해 해독이 곤란하다는 것에서, 아마도 조각사의 손을 인도하고 비문의 작가의 정신을 인도한 신비스러운 의도는 그 정확한 표현을 얻은 것이 아닐 수 있다고 말이다. 하지만 당신들의 동포 중의 한 명[샹폴리옹]은 마침내 자신의 길을 발견했던 것이다. 결국 참을성이다. 동쪽의 석판에는 다음과 같은 글이 있다.

뷔트 쇼몽 공원

파리 지도

시청 남서방향으로 3K 500
오퇴이유 문 서남서 방향 10K 500
뱅센느 문 남남동 방향 4K 300
라 샤펠 문 북서 방향 2K 700
장티유 문 남남서 방향 7K 300

끝으로 남쪽에는

19구
뷔트 쇼몽

구청
치안재판소 아르망 카렐 광장

—

경찰서
탕제르 거리 22 (본서 빌레트 지구 73 Q)
낭트 거리 19 (퐁 드 플랑드르 지구 74)
알레마뉴 거리 132 (아메리카 지구 75)
프라디에 거리 21 (콩바 지구 70)

—

세무서
플랑드르 거리 31 (73 및 74)
레베발 거리 72 (75 및 76)

—

소방서
퀴리알 거리 6 우르크 거리 89
프레 거리 레베발 거리 8
로미에르 대로 (구청) 일반도축장 내

—
우편 및 전보국
크리메 거리 74
알레마뉴 거리 3
알레마뉴 거리 139
알레마뉴 거리 211
피레네 거리 397 (20구)
—
철도
환상선
벨빌 빌레트 역
퐁 드 플랑드르 역

동부선
환상선 동역

1883년 7월 14일

세느 현 지사 우스트리
토목국장 알팡
19구 의원 알랭 타르제

뷔트 쇼몽에서의 자연의 감정

시장 뮈로
조역 가르생
밀로
P. 말레
서기관 L. E. 바이유
시의회 의원 카티요, 귀샤르, 레이젤, 르와이에

갑자기 놀은 자신의 눈을 믿을 수 없게 되었다. 석판 위로 눈이 휘둥그레질 정도로 올라오는 담장나무 위로, 하얀 유령이 자신의 두 다리를 벌려 절대적인 공간을 만들면서 저 아래 아치 위에 나타난 것이다. 아치는 비스듬한 초원을 전망대와 연결시켜 주고 있으면서 한 잔의 블랙커피 위에 무릎을 꿇고 있다. 이때 앙드레 브르통이 입을 열어 우리들에게 말했다. "여기서 잘 보이는군. 그 유명한 자살의 다리가 말이야."

14.
이 세계의 모든 성역에서, 인간의 사고의 핵심처럼 특수하고 거대한 초자연적인 관념을 구체적인 형태로 보여주는 이런 성역에서, 내 생각에는 이교도라는 건 우상이 갖는 신비로운 새로움에 반응하는 사람으로서 **폭력적인 죽음**에 귀속되는 성역을 선호하는 것 같다. **폭력적인 죽음**은 땔감으로 쓸 나무의 묶음에 도끼를 휘두르는 신이다. 그러나 오늘날 이 성역이란 것은 무엇인가를 묻고 성역이라는 관념이 일시적인 것에 괘념하는 사람은 이러한 관념이 일반인들에게 간과되고 있다는 것을 알고 놀란다. 하지만 이처럼 특이한 개념이 인간의 의식의 근원에서 형성된다는 것은 그저 웃어넘길 일은 아니다. 어떠한 철학의 체계도 개념을 멸시할 수는 없는 것이며 모든 철학의 체계는, 이것은 체계의 운명이기도 한 것인데, 과거의 체계를 구성하는 개념들을 정당화해야 하며 그것들을 자신 속에 위치시켜야 하고 이들 개념에 대해 이것들이 전혀 가진 적이 없는 의미나 변용을 주어야 한다. 체계라는 것은 하나의 사전 같은 것이어서 그곳에서 단 한 단어도 쫓겨나서는 안 된다.

관념의 여러 형태들. 이것들의 국지화된 형태들을 이해하기 위해 이 귀중한 표현에 대해 약간 몽상해보도록 하겠다. 관념의 여러 형태들. 어떤 표상의 소심함이 나로 하여금 이 존재의 현실을 그 풍부함과 그 아름다운 사건들과 개별적인 보석들을 그대로 담아 그리기 힘들게 하는 것인가?

나는 관념에 대해 생각한다, 사람들이 개인에 대해 생각하듯이. 하지만 사람들이 흔히 생각하는 개인이란 말은 그 자체로 대단히 악마적인 데가 있다. 가령 개인의 특성이나 개성은 무한히 반복되는 하나의 요소인 것이어서 이 요소는 개인의 어떤 외양에서도 아주 조금은 발견할 수 있는 것이다. 아무리 먼 미래이거나 혹은 뜻밖의 장소에서도 말이다. 어떤 사람이 수학에 몰두하는 것을 보면 나는 그가 몰두하는 방식에서 어머니에 대해 예전의 장난을 보상한다는 의미가 있다는 것을 보게 되며 어느 날 아침 높은 울타리 사이를 산책하고 있으면 한 마리의 새가, 빨간 헝겊이 있는 것을 보기도 한다. 그렇게 되면 나는 무언가 모랄의 기초를 버리게 된다. 그러므로 관념에는, 관념에 있어 우연적인 것이 개인에게도 그러한 것이 되는 어떤 것이 분명히 있다. 이 우연적인 것은 비본질적인 것이 아니라 본질의 우연성이다. 그래서 나는 이미지가 없어도 말을 할 수가 있다. 관념적인 입이라든가 관념적인 입술 같은 것이 내게는 보인다. 내가 입맞춤의 관념에 빠져 쓰고 있을 때에 그 부드러운 외관을 나는 확실히 보고 있다. 그런데도 기다리던 여자는 오지 않고 우리들은 모든 것이 뒤섞인 채 정신이 유리와 은의 반사 속에서 투명하게 보이는 얼어붙은 저녁노을에 복종해야만 하는 것이다. 내 곁에 있는 어떤 여자, 내가 내 존재의 전체에서 어떤 여자가 있다고 느끼는 그 여자, 내가 식별하는 어떤 관념에서 항상 있다고 느끼는 그 여자가 있고 그녀의 몸짓은 내 정신의 몸짓이다. 그것이 다시 나를 성역으로 데리고 간다.

성역은 흔히 전설의 배경이 된다. 커다란 영혼 중 어떤 것들은 그 성벽에, 그 높은 곳에 가까이 다가간다. 성역은 기념할만한 박쥐에 의해 실제로 변형된다. 정말로 그렇다. 여기에서는 거대한 일은 일어나지 않는다. 대지는 어둡다. 이 모든 신비의 문에서 비개인적인 것에 어떠한 밤이 스며드는가를 확실히 보여주기 위해 전범적으로 어두운 것이라고 나는 말하겠다. 공간의 각각의 입자는 의미를 가지고 있다, 마치 분해된 말의 음절처럼. 각각의 원자는 약간의 인간적 신앙을—약간 서두른 것이긴 하지만—매달고 있다. 각각의 호흡도 역시 그러하다. 그리고 침묵은 넓게 펼쳐지는 외투이다. 별로 가득 찬 그 옷의 주름을 보라. 신은 손가락을 펴서 그 착각 위를 문지른다. 그 미묘한 숨을 심연의 유리창에 불어넣는다. 그 마법의 메시지를 불안해하는 사람들에게 보낸다. **"인내를, 움직이는 신비."** 신은 자신의 모습을 드러내 옅은 빛에 쌓인 채 등장한다. 신은 애무의 맨 밑에서 자신과 영감을 교환한다. 풍경의 공기 전체가 관념과 섞이고 관념의 공기 전체가 아주 작은 바람에도 흔들린다. 그것은 갈색의 머리털을 둥글게 만 것으로 당신들이 원하는 대로 가지고 놀 수 있다. 그걸 말았다가 다시 풀기도 하면서, 세계의 종말이 올 때까지 놀 수 있으며, 관념이 담겨져 있는 이상적인 공이라고 할 수 있다. 갈대가 없는, 맑은 샘에서 샘솟는 구체적인 관념인 것이다.

여자여, 당신은 모든 형태를 취하면서 장소를 차지한다. 내가 약간 체념해서 잊어먹거나 혹은 당신이 좋아하는 안일함으로 잊어먹거나 하면 바로 거기에 당신이 나타난다. 그리고 당신이 걷기 시작하면 모든 것이 사멸한다. 당신이 하늘을 걷게 되면 그늘이 나를 둘러싼다. 밤을 향해 당신이 걷기 시작하면 나는 마음이 어지러워지면서 낮의 기억을 잃어버린다. 매력적인 대체물인 당신은 경이의 세계의 축소판, 자연계의 축소판이다. 내가 눈을 감으면 당신은 다시 태어난다. 당신은 벽이고 그 벽에 생긴 균열이다. 당신은 지평선이고 현존이다. 계단이면서 철책이다. 개기일식이다. 빛이다. 기적이다. 기적이 밤의 가운 속에 있을 때, 기적이 아닌 것을 생각할 수 있을 것인가? 이리하여 내게는 우주가 사라지고 녹아버린다, 우주의 깊은 곳에서 그럴듯한 유령이 등장하고 커다란 여자가 그 옆모습을 보이면서 올라오는 사이에. 그 여자는 도처에서 나와 그녀를 분리하는 어느 것도 갖지 않은 채로, 끝나가는 세계의 가장 견고한 모습 속에 나타난다. 아, 욕망이여, 생명의 서쪽 빛을 내뿜는 형식의 황혼이여. 나는 죄수처럼 자유의 격자에 매달린다, 사랑의 죄수인 나는 XX번 죄수로서 나의 입이 그것을 알기에는 너무도 큰 숫자가 이어진다. 이 커다란 여자는 더욱 커진다. 이제 세계는 그녀의 초상이 되었고 거기에서는 자신의 육체의 단편을 그녀가 조합하지만 절대적으로 하나로 종합을 이루지는 못했고, 그녀의 환희에 아직 통합되지는 않았으며, 나의 열광에 의해 구원받지는 못한 것 같았다. 그리고 이 흐릿한 것, 이 붙잡기 힘든 현실은 결국에는 초상의 부속품에 지나지 않는 것이 되어버린다. 산들이여, 당신들은 언제까지나 이 여자의 배경에 지나지 않을 것이다. 그리고 내가 거기에 있다고 한다면, 그것은 그녀가 자신의 손을 둘 받침이 필요하기 때문이다. 그녀는 더욱 커진다. 이미 하늘은 이 성장하는 여마술사의 힘으로 그 모습이 변했다. 그녀의 흐트러진 머리 탓에 혜성의 비가 유리잔으로 떨어진다. 그녀의 두 손은, 내가 그걸 만져서 알 수 있는데, 여전히 그녀의 손이다. 그리고 나는 이미 그녀의 피부 위의 비 한 방울에 지나지 않으며, 이슬에 지나지 않는다. 바다여, 당신은 썩어가는 익사자들을 정말로 사랑하는가? 당신은 그들의 흔한 팔다리의 부드러움을 사랑하는가? 심연에 대해 권리를 포기해버리는 그들의 사랑을 사랑하는가? 그들의 믿을 수 없는 순수함, 그들의 머리카락의 흔들림을 사랑하는가? 그녀가 나를 사랑하고 나의 대양을 사랑할 때 말이다. 가로질러라, 내 손바닥 위를, 가로질러라, 눈물과 같은 물이여, 한계가 없는 여자여, 나는 당신에게 완전히 **빠져있**다. 가로질러라, 나의 하늘을, 나의 침묵을, 나의 베일을. 나의 새들이 당신 눈 안에서 모습을 감추도록. 죽여라, 죽여라. 여기 나의 숲을, 나의 심장을, 나의 기마행렬을. 나의 사막. 나의 신화. 나의 재앙. 불행. 그리고 내가 꾸준히 관철하려고 하는 황도대에, 그리하여 황폐해지고 대단한 괴물이 되어버린 이 황도대에 있는 것은 번쩍번쩍 빛나는 짐승들의 고기이다.

    여자는 상상도 못할 장소를 차지했다. 여기에서는 먼지, 나비의 날개가 뿌리는 가루, 과일의 하얀 가루와 반사 같은 것들이 모두 그녀의 살의 향기가 되고 그녀의 통로의 매력이 된다. 나는 이 무한한 항해의 궤적을 눈으로 쫓는다. 신드바드여, 내게 말해다오, 저 바다의 한복판에서 너의 선체의 못이 빠지게 하는 자석을 너는 어떻게 생각하느냐? 나에 대해 말하자면 나를 붙잡고 있던 이 낯선 육체가 드디어 나를 떠난다! 나의 손가락, 나의 뼈, 나의 말과 그 시멘트가 나를 버린 것이다! 사랑의 푸른 자력 아래에서 나의 몸이 해체되어 버린다! 여자는 불의 속에, 가장 강한 부분에, 가장 약한 부분에 있으며 물결의 밑에, 도주하는 나뭇잎 안에, 엷은 햇빛 안에 있다. 가이드도 없고, 말도 없는 여행객 같으며 나의 피로는 끝없는 마법의 나라에서 길을 잃게 된다. 창백한 눈과 그림자의 나라여, 나는 이제 너의 숭고한 우회로 바깥으로 나가지는 않을 것이다. 이렇게 해서 삶의 모든 불안과 내 위로 쏟아지는 엄청난 희망에 의해, 내가 끌려오게 되는 장소 중 가장 변화가 풍부한 장소에서, 너의 허리의 교묘한 굴절과 재회하면서 혹은 너의 두 팔의 마술적인 굴절과 재회하면서, 나는 이제 너에 대한 것 외에는 어느 것도 말하지 않는다. 나는 자신의 마음을 숨기려고 할 때에도 너를 속이지는 않는다, 내가 하는 일은 모두 너를 위한 것이며 모두 너의 겉모습이 된다. 나의 이미지는 너의 손톱처럼 매끄러운 것이 되었으며 나의 망령이 든 말은 너의 목소리처럼 회전한다. 세 사람의 친구가 저녁 무렵에 들어가게 된 공원에 대한 그 허위의 기술을 나는 지금도 계속해야 할 것인가? 별 소용이 없을 것이다. 너는 이 공원 위에, 산책자들의 위에, 사고의 위에 올라섰기 때문이다. 너의 발자취와 너의 향기, 이것은 나를 붙잡고 놓아주지 않는다. 나는 나 자신과 나의 발전을 빼앗긴 것이다. 너에 의한 내 자신의 점유가 아닌 것 모두를 빼앗긴 것이다. 너는 형태가 없는 나의 진흙에 대한 하늘의 지배이다. 모든 것이 너를 닮고 있기 때문에 모든 것이 내게는 신성한 것으로 보인다. 이리하여 나는, 나의 이성과 마음 저편에서, 성역이 어떤 것인가를 그리고 내게 있어 그것을 성스럽게 하는 것이 무엇인가를 알게 된다. 나는 진정한 우상숭배자이다. 이 숭배자를 위한 신전은 병과 마찬가지로 일반적인 것이 되었다. 그 이후로 내게 예배소가 아닌 장소, 제단이 아닌 장소는 하나도 없다. 나는 이리하여 예전에 사람들이 열심히 나의 죽음을 찾았던 그 섬에 걸려있는 아치교 쪽으로 돌아오게 된다.

여기는 자살의 진정한 메카이다. 우리가 느슨한 고갯길을 따라 도착하게 되는 이 다리가 말이다. 작은 철책이 여기에서 몸을 던질 가능성을 제지하고 있다. 사람들은 이처럼 신중함을 크게 보여줌으로 해서 이 장소에서 유행하게 되는 행위의 금지를 의미하게 하려고 했던 것이다. 그런데 인간의 이 순응성은 또 어떤 것인가. 더 이상 이 손잡이를 넘어 몸을 던지는 사람은 없다. 왼쪽으로는 하얀 도로 위로 떨어지게 되며 오른쪽으로는 섬을 둘러싸고 애무하는 듯한 팔이, 언제나 육체의 총량의 제곱과 욕망의 무한의 힘이 직접의 원인이 되어 점점 가속하게 되는 자살 특유의 현기증의 끝에서 그를 맞이하게 된다. 또 이런 이야기가 되고 말았다. 자살에 대해 이야기하고 싶은 욕망은 전혀 없다. 애초에 무언가를 이야기할 기분이 아니다. 당신들은 무엇을 기대하는 것인가. 그들은 거기에서 멍하게 나를 쳐다보고 있다. 나는 살과 뼈로 이루어진 인간으로 나를 보고 만져보라. 나의 사지와 나의 근육은 이처럼 멀쩡하다... 아, 그런가, 알았다. 이 사람들은 나를 기계로 생각한 모양이다. 그들을 기쁘게 해달라고? 농담하지 말기를. 당신들이야말로 사라지는 것이 좋을 것이다. 팔로 다리를 버티면서, 아치를 따라 달빛과 방만한 주의력을 연결하면서, 내안에서 당신들이 사랑했음에 틀림없는 번쩍거림을 안타까워하는 바로 당신들이야말로. 말도 안 되는 얘기다. 당신들이 생각하는 것을 상상하면 그런 것은 별 상관없는 이야기다. 지금 이 순간 당신들 모두는 내 발 곁에서 아주 작게 보인다. 그리고 나는 거대함 속에 있다. 왕관으로서의 하늘, 뒤집혀진 만화경, 포켓 속의 조난상태, 이빨 사이의 작은 목장, 우주 전체, 망아지들이 멋대로 뛰어다니는 광대한 우주, 수직선을 잊은 채로 즐겁게 놀고 있는 연기들 그리고 시선! 시선은 정지하려고 하지만 이유가 없다. 그럼에도 결국 정지한다. 봐라. 배를 지휘하는 장면이다. 이 바보 같은 지휘관은 입에 마분지로 만든 확성기를 대고 있다. 저기 멀리 산길의 분기점에는 석공들이 있다. 그들의 헬멧이 나를 웃게 만든다. 그리고 얼어붙은 경비원인 하늘에 나이팅게일의 메시지가 전속력으로 낮게 깔리면서 하얀 쥐처럼 교차한다. 한편 교차점 위에서 한 통의 사무용 편지가, 정확히는 사무용이란 구실에 지나지 않고 사실은 연애편지이지만, 하늘로 올라가 날아간다. 아, 지

뷔트 쇼몽에서의 자연의 감정

붕 위에는 도둑들이 조심스럽게 걷는 것이 보인다. 그들의 상의의 원단이 내게는 인상적이다. 그것은 체크무늬의 푸른 풀과 너무도 흡사하다. 오오, 환풍기의 파란 숨이여.

　거기에 있는 것은 누군가? 누가 나를 부르는가? 사랑스러운 여인이여. 나는 반역하거나 하지는 않으며 그저 옆에서 걸어갈 뿐이다. 여기 내 입술이 있다. 조용히 자신을 숨긴다. 그리고 그 이후에는. 물론 내게는 어려운 일은 없다. 저주받은 존재일 뿐이다. 나를 때리고 쓰러뜨려라. 나는 당신의 피조물이고 당신의 승리이다. 아니, 오히려 당신의 패배이다. 이것으로 다 끝났다. 당신은 내게 말을 하라고 요구한다. 하지만 당신이 바라고 당신이 사랑하는 것은, 좋은 소리가 나는 뱀이여, 그것은 당신의 모든 것에 푹 빠진 말이 유쾌한 굴절을 하는 듯한, 입맞춤의 무게가 느껴지는 듯한 이야기일 것이다. 이러한 밸런스를 위해 소비되는 쇳조각이 무엇이든 간에, 심장에서 입술로 도약하는 말의 하나하나의 의미가 무엇이든 간에, 민첩한 손으로 변화한 음성이 평상시의 옷차림을 한 당신에게 닿을 수 있다는 것이 가장 중요할 것이다. 내가 생각하는 것은 오직 바로 당신, 태양에 대해서이다. 언덕을 내려와서 내게 오라. 대기 속에는 당신이 만들어낸 아이 같은 매력이 있다. 마치 당신의 손가락이 나의 머리를 헤집고 있는 것 같다. 나는 정말로 혼자 있는 것일까, 이 암염의 동굴 속에서. 동굴에서는 광부들이 어두운 배경의 그림 앞에서 램프를 들고 트럭을 몰면서 지나간다. 나는 혼자 있는 것일까, 잘 정비된 나무 아래 노새들이 물수레를 몰고 있는 곳의 하늘색 열기 속에서. 나는 혼자 있는 것일까, 란제리 가게의 이미 유행에 뒤쳐진 광고물의 복제품으로 장식된 이 배달차 안에서.

 남서부의 정원에서 인간의 손으로 만들어진 대포 곁에는 에메랄드로 덮인 여자들의 밝은 웃음소리가 들리지만 거기서 나는 혼자 있는 것일까. 어디에서든 나는 혼자 있는 것일까. 모든 인공의 조명 아래에서, 나를 붙잡는 것에는 신경 쓰지 않으면서, 나의 사랑의 등시성의 진동을 넘어서서, 하지만 열광하는 암석의 역할을 수행하는 것들 속에서 반향하는 이 사랑의 힘으로, 끊임없는 입맞춤이라는 린치 아래에서, 내 눈의 종합적인 재판을 통해, 심장은 위아래로 흔들리면서 교수형에 처해진다. 한편 나무에 대충 매달린 말들이 줄을 당기면서 울타리 아래의 그늘로 향하고 2색으로 된 자신들의 갈기털을 흔든다. 이런 곳에서 나는 혼자 있는 것일까. 모든 나락의 바닥에서, 찬란한 빛은 바로 베일에 쌓이고, 토악질을 할 것 같은 기분을 넘어서서, 미소하는 동반자의 가운데 출발점에 대한 갑작스러운 욕구를 넘어선 곳에서, 잠시 지나가는 변태적인 것을 넘어서서, 물기를 머금은 구름 전체가 증기를 내뿜는 비와 징조의 욕정 속에서 지면으로 하강하는 하얀 종달새들의 저편에서 나는 혼자 있는 것일까. 혼자 있는 것이다, 파헤쳐진 땅들과 칼들과 함께. 혼자 있는 것이다, 피를 흘리고 한숨을 내쉬면서. 혼자 있는 것이다, 도회의 작은 다리를 건너고 교외의 작은 집들을 지나면서. 혼자 있는 것이다, 돌풍과 제비꽃의 다발과 놓쳐버린 파티로 인해. 혼자 있는 것이다, 내 자신의 첨단에서는 무도회 같은 번쩍이는 빛을 받으며 한 사내가 여름 밤 흥분에 휩싸인 거리의 사람들이 없는 미지의 영역에서 헤맨다. 그 사내는 장갑을 벗은 손으로 향수를 자아내는 우편엽서의 조각들을, 벽에 흩뿌려진 조각들을 지팡이의 끝으로 힘들여서 모으고 있다. 그의 손에 낀 반지 곁에는 당신이 모르는 이빨의 자국이 선명하게 남아있다. 돌보다 더 혼자이며, 어둠 속의 주형보다 더 혼자이고, 테라스의 테이블 위 정오의 열을 발산하는 공백보다 더 혼자인 것이다. 어떤 것보다 더 혼자이다. 담비의 외투를 입고 혼자 있는 것보다 더 혼자이며, 수정의 반지를 끼고 있는 사람보다 더 혼자이고, 매몰된 도시의 중심에서 혼자 있는 것보다 더 혼자이다.

그래서 나는 섬의 서쪽 비탈길로 이어지는 길을, 그리고 조금만 가면 바로 전망대로 통하는 좁은 길을 따라갈 수 있는 것이다. 나의 발걸음은 확고하다. 이해하기 어려운 탐험의 길로 나를 몰고 가는 결심이 단순한 우연의 결과일 턱은 없다. 내게는 내 나름의 이유가 있다.

그러니까, 당신도 당신의 이유를 가질 필요가 있다.

15.
그들은 내게 사랑은 우스꽝스러운 것이라고 했다. 그들은 그건 아주 쉬운 일이라고 했으며 내게 내 마음의 메커니즘을 설명했다. 그렇게 보인다. 그들은 기적을 믿어서는 안 된다고 했다. 테이블이 움직인다면 그것은 누군가가 발로 밀고 있기 때문이라고 했다. 결국에 그들은 주문대로 사랑을 하는 남자를 내게 보여주었다. 정말로 사랑하고 있지만 사실은 착각에 빠져 사랑하는 남자로, 이 이상의 사랑은 없을 것이라고 생각하면 사랑하고 있지만 그것이 어떤 것인지는 이 세계의 등장 이래로 누구나 알고 있는 그런 사랑을 하는 남자였다.

하지만 당신은 내가 쉽게 믿는다는 것을 고려하지 않는 것 같다. 나는 모든 것을 믿을 태세로 있다. 그리하여 꽃들은 싹을 피우게 되며, 밤은 대낮이 되고, 도취와 상상력에 의한 어떠한 환영도 전혀 이상한 것으로 보이지 않을 정도이다. 그들이 무언가를 하지 않는다면 그것은 그들이 그걸 모르기 때문이다. 나는 교회의 납골당에서 커다랗고 하얀 유령이 쇠사슬을 끊고 나가는 것을 본 적이 있다. 하지만 이들은 이 여자의 신성함을 느끼지는 못했다. 그들에게 있어 그녀가 거기 있는 것이, 그녀가 왔다갔다 하는 것이 자연스러운 것으로 보인다. 그들은 그녀에 대해 추상적인 인식, 일회성의 인식밖에 갖지 않는다. 틀림없이 설명하기 어려운 것은 그들의 눈에 들어오지 않는 것 같다.

어떠한 골짜기에서 그녀가 나온 것일까. 내게 올 때까지, 뿌리가 깊은 나무가 무성한 어떤 길을 통해, 약한 빛이 나는 어떤 골짜기를 통해, 운모와 박하풀의 어떤 흔적을 통해 왔던 것일까. 모든 교차로에서, 몇 번이나 반복되는 벽돌과 포장도로의 같은 경관에 끼면서 그녀는 역시 폭풍우 색깔을 띠면서 점차 유황색으로 변해가는 통로를 선택하지 않으면 안 된다. 광물의 잎풀 장식을 버리고, 석회질의 폭포 아래 화석화한 은행을 버리고, 떠다니는 그림자가 그녀를 부르는 속삭임의 강을 버리고, 요컨대 자기를 띤 샛길로, 부드러운 철강의 빛 사이로, 빨간 아치 아래로 들어가기 위한 것이었다. 나는 그녀가 오는 것을 볼 용기가 없었다. 나는 못 박힌 채로 있었다, 다이아몬드처럼 빛나는 추상적인 생명에 못이 박힌 채로 있었던 것이다. 그날은 눈이 내렸다.

인간은 마법의 심연 한복판에서 눈을 감은 채로 살고 있다. 그들은 검은 심볼을 순진하게 조작하며 그들의 무지한 입술은 자신도 모르는 채 무서운 주문을, 권총과도 같은 문구를 반복한다. 식탁보의 빨간색과 하얀 격자무늬 사이로 보이는 불가지의 것을 눈치 채지도 못하면서 아침에 카페오레를 마시는 중류가정의 풍경에는 무언가 몸을 떨게 하는 것이 있다. 거울을 무분별하게 사용하는 것에 대해서는 말하지 않겠다. 거기에다 벽에 그려진 외설적인 기호도, 오늘날 아무도 의심하지 않고 사용하는 W라는 문자에 대해서도, 모두들 가사도 모른 채로 부르는 뮤직홀의 샹송에 대해서도 말의 마성을 전혀 조사하지도 않고 일상생활에서 마구 사용하는 외국어에 대해서도, 전화의 호출로 착각할 수도 있는 죽은 영혼을 깨우는 난해한 말에 대해서도, 거기에다 모르스 부호에 대해서도 말하지 않겠다. 모르스 부호가 무언가를 생각하게 한다면 그것은 모르스라는 인명일 것이다. 이렇게 되면 인간이 매혹을 의식하게 되는 것은 어떻게 가능할 것인가? 그들이 밀쳐내는 통행인들—당신은 눈치 채지 못했는가?—은 사실은 움직이는 석상이다. 저쪽의 통행인은 마권판매자로 변해버린 기린이고 이쪽은, 바로 여기 있는 사람은, 사랑에 빠진 남자다. 그들이 어떻게 걷고 있는지를 보라. 이마에 돌을 맞기도 하며, 모자에는 제비모양의 바늘이 늘어서 꽂혀있고, 목 주변에는 행복하게 계곡의 산들바람이 불며, 입에는 카네이션을 물고 있고, 하얀 비로드의 옷을 입고 있다. 내가 이 세계에 존재하는 것과 같은 정도의 비로드이다. 그리고 그가 교회의 양어장의 수면에 몸을 가까이 하면 물고기들은 나이프로 바뀐다. 거리에는 연인들이 있다. 진짜 연인들이 있다. 웃거나 울기도 하는 사람들이 있는 것처럼, 쫓겨나거나 칭찬받는 사람들이 있는 것처럼, 어느 날 소동을 일으키는 사람들이 있는 것처럼. 잠깐 뒤를 돌아보라, 연인들이 지나간다. 한 연대와 아이들처럼 시끄러운 소리를 내며 지나가는 무리들에 의해 순간 창가 쪽으로 내몰린 당신이여, 여러 색의 헝겊조각에 매혹된 개구리인 당신이여, 내가 조롱하는 삼색기에 경례를 표하거나 작은 종이 뒤에서 죽어가는 사람들을 향해 운반되는 십자가상이나 죽은 자들이나 기혼자들이나 그 밖의 여러 정신의 경찰관들에 대해 경의를 표하는 당신이여, 한 인간 앞에서 그의 이름과 당신의 이름이 말로 호명되었다는 것만으로 마음속을 털어놓는 당신이여, 결코 사랑이라고 할 수 없는 것에 대해 이처럼 바보같이 숭배하는 것은 그만두는 것이 좋다. 그리고 거리의 잡답의 한복판에서 당신의 마음이 정해지지 않고 당신의 사고가 지나다니는 사람들에 신경을 쓰느라 혼잡스러워 이제 사고를 점하는 것이 하나도 없으며 이 사고를 채워줄 단 하나의 것인 신성함에 사고가 돌아가는 일도 없을 때에, 형태도 없는 것과 연기가 가득한 곳에서 온 무수한 여러 요소가 자리를 잡은 막연한 동요상태 속에 발이 가는 대로 습관과 포장도로의 미궁에 들어서면서 주위의 것에 우울한 시선을 던질 때에, 사실 이 그림자의 길을 따라왔기 때문에 당신이 처음으로 이 거리에 들어선 것이지만, 이러한 때에 이름도 알 수 없는 무리의 저편에 서 있는 한 사람의 사랑의 탁발승을 알아보기 바란다. 이 사람은 당신처럼 자신의 비속한 영혼 속에서 뻗어나가려는 사람이 아니라 관념이 날조해내고 관념이 재창조한 인간이다. 아, 안녕하신가, 전설적인 인물이여. 당신은 귀신이 나오는 집이다. 당신이 그 때문에 고민하는 원인이 된 이상한 현상을 관찰하기 위해 여러 도구를 갖춘 학자의 무리를 보낸다고 해도 별 도움이 되지 않을 것이다. 그러나 심야시간만으로는 당신의 매혹적인 유령에게는 충분하지는 않다. 하루 종일로도 충분하지 않으며, 수면시간만으로도 충분하지 않다. 당신의 벽 안쪽에서는 긴 소매의 드레스가 끊임없이 떨어지는 소리가 나는데 이 소리는 당신을 침착하지 못하게 한다. 그런데 당신은 이 소리가 마음에 든다. 아, 도대체 어떤 여왕이 당신의 모습을 한 궁전 안에서 저주받은 노래와 검은 기사의 말에 귀를 기울였단 말인가? 그녀의 두 팔, 그녀의 하얗고 아름다운 팔은 사람을 끌어안는다. 당신의 기억을. 당신의 기억? 아니다, 그것은 그녀 자신이다. 시간과 시간의 늪을 거부하며 그녀는 당신의 정맥 사이를 통해 돌아온다. 그녀는 천천히 미소 지으며 곧 말을 할 것이다. 그녀의 모습은 무언가 고상한 것으로 변했으며 상기한 표정을 짓고 있다. 그녀가 말하고 심장이 뛴다. 그것이 내게는 들린다. 나의 모든 몽상에 박자를 맞추면서 노래하는 것은 그녀의 심장의 고동이다. 그래, 나는 여기 있다. 나의 연인이여, 나는 한 번도 당신을 버린 적이 없다.

16.
 전망대로 가는 좁은 길은 밤에는 이동용 철책으로 막혀있지만 풀이 무성한 곳으로 우회하면 쉽게 통과할 수가 있다. 이어서 길은 두 갈래로 나뉜다. 한쪽은 스위스풍의 풍경으로 작은 다리와 풍부한 녹색을 가지고 있다. 다른 쪽은 웅장한 것으로 절벽이 호수까지 뻗어 있고 산모퉁이에는 거인의 손으로 만든 것 같은, 큰 균열이 있다. 그리고 두 손을 합치려는 인간처럼 두 개의 길은 작은 그레코로만풍의 신전에서 합류한다. 이 신전은 루이 16세 양식의 원주가 속죄를 위한 예배당의 양식의 돔을 지탱하고 있다. 빛이 만들어낸 멋진 효과, 밑을 알 수 없는 심연, 우리 발끝의 풍경, 나는 당신이 심취했다는 것에는 별 관심이 없다. 당신은 바위로 된 미궁을 통해서 내려가면 될 것이다. 반은 동굴이고 반은 뱀과 같은 길이어서 나의 방향에는 딱 어울린다. 그러다가 갑자기 튼튼한 철책이 당신이 걸으려고 하는 길에서 당신을 막아설 것이다. 다시 불만을 터트리면서 필름을 되감기로 하자. 미궁, 전망대, 같은 곳에서 나온 두 개의 작은 길, 그들의 부친, 그리고 오른쪽으로 간다.

우리들은 폭이 넓고 평탄하며 불규칙하게 절단된 대리석의 길을 내려온다. 내가 어린 시절에 자주 했던 것을 기억나게 한다. 계단이나 거리를 걸을 때 포석을 하나씩 건너뛰면서 걷는 것 말이다. 당신은 무늬가 있는 것 위로만 걸으려고 한다, 그리고 수천의 형이상학적인 유희들. 오른쪽에는 지상에 내려와 한 마리의 독수리와 싸우려고 하는 사내를 표현한 멋진 조각상이 있다. 이 집단의 도덕성은 어떤 것인가, 그리고 당신은 어디를 편들 것인가. 누가 더 정당한 쪽인가, 누가 이기게 될 것인가. 이어서 당신 앞에 거대한 현수교가 등장한다. 이것을 흔들리게 하는 것은 금지되어 있다. 이 금지에 잘 따르도록 주의하자.

오, 현수교여, 등등.

오른쪽에는 X회사가 정성을 담아 만든 봉우리가 있는 것에 주의할 것.

전류를 띤 것 같은 달빛을 받은 호수, 아르놀드 뵈클린[옮긴이 ― 환상적인 화풍의 스위스 화가]이 그린 것. 그리고 소재로서의 파리는 액자 안에서 변하지 않는다. 어느 것이나 3색인쇄이다. 그것을 열심히 보고 있는 세 명의 청년들. 매물로 나옴.

최고입찰자에게.

다리가 흔들린다.

루이스의 『수도승』(번역은 모렐르 신부)의 초판 83페이지에 나오는 것은 바로 이런 세피아화에 대한 것이었다. "이 명문銘文은 오직 동굴의 장식을 위해 여기 새긴 것이다. 감정, 은둔자는 모두 상상적인 것에 지나지 않는다." 그런데 도대체 어떤 명문을 말하는 것인가. 내게는, 친애하는 독자여, 모든 것이 다 상상적인 것으로 보인다. 정말로 그렇다. 사회계급의 최고에서 최저까지.

다리가 흔들린다.

여러 계급들이여, 나는 당신들에게 경의를 표하기 위해 모자를 벗겠다. 당연히 그렇게 할 것이다. 내 모자는 상상적인 것이다. 하지만 다리는 [현수교이므로] 하늘에 떠 있다. 당신들의 입술에 걸려 있어요, 부인. 이보다 더 멋질 수는 없다. 현수교보다 더 멋진 것은 없다.

★

아직 다른 구불구불한 길들이 많다. 작은 새들이 자고 있는 호수가 있다. 우리는 오리들에게 돌을 던지지만 이들은 돌이 자신에게 닿지 않는다는 것을 알고 있다. 이들은 호수의 높은 곳에서 꼼짝하지 않고 있다. 위에 있는 카페. 앙리 바타이유의 영혼과 닮았다. 언제나 화가들이 등장하는 제1막. 마음의 가구들을 덮어 놓은 헝겊들. 당신은 내가 말하는 것을 이해할 수 없을 것이다. 공원, 공원, 또 공원. 이것이 꿈의 아파르트망이다. 인공바위의 틈새에서는 안쪽에 작은 통로가 있고 그 옆의 개천에서는 폭포가 자신의 무덤을 파고 있다. 앙드레 브르통은 때때로 드물게 보는 우아한 영어를 사용한다. 대기의 배경과 뒤섞이는 그의 말의 내용은 나무와 말 사이에서 애매한 것이 된다. 마치 목장은 리메릭(5행시)과 같다, it was a young lady of Gloucester(그것은 글로스터의 젊은 부인이었다). 그리고 조금 뒤늦게 마르셀 놀이 안개속에 교차하는 작은 빛 사이에서 커다란 동굴 안쪽에서의 기괴한 여행의 매력을 발견한다. 이 동굴은, 지도에서 보면, 우리들이 한 바퀴 일주하면 도달하게 되는 섬의 남서부에 둥우리를 치고 있다. 이들 가짜 바위로 만들어진 동굴에서 부엉이, 실을 짜는 거미 등을 숨기는 것은 몽상가들에 맡겨두기로 하자. 그리고 또 "**동굴은 어둠의 자궁이다, 나는 거기에서 놀 것이다**"고 하는 식의 내부자들끼리의 잡담은 미안하지만 저널리스트들이 탐색하고 전개하면 좋을 것이다.

나 자신

불쌍한 친구로군, 당신은. 모든 것을 다 기술하려 하다니. 그건 착각인데 말이야. 그런데도 다 기술하려고 하다니. 당신은 어긋난 계산을 하고 있어. 당신은 자갈의 수라든가 방치된 의자의 수 같은 것을 세지 않아.

풀의 싹에 묻은 정액의 흔적도. 풀의 싹도. 그들은 진짜로는 어떻게 된 일이냐고 자문한다. 모두 당신의 나쁜 의지가 만들어낸 디테일이나 정원으로 인해 어떻게 된 일인지 알 수 없게 되어버렸다. 독자인 당신들은 오른쪽으로 정렬하라. 저기, 코안경을 쓴 양반, 턱을 더 들어주시오. 이건 똥이 아니라 별이란 말이야. 그러므로 내가 명령을 내리면 발을 잘 맞추어 걷기 바란다. 보조를 맞추도록. 그들은 내가 하는 것을 따랐는데, 이 바보들은, 산책삼아 말타기놀이를 시작했다. 맨 앞에 있는 사람이 어떤 몸짓을 취하면 뒤에 있는 사람들이 그 바보 같은 몸짓을 따라하는 것이다. 이 작은 언덕을 올라갔다가 내려와라. 그래서 이들은 조금 전진하기는 했지만 나는 너무 어이가 없어 웃을 기력도 없다. 그들은 나의 오만함을 전혀 모른다. 내게 말을 걸었던 사람들은 모두 나의 정중함을 알고 있다. 내 신발, 내 신발을 핥기 바란다. 더 핥아라. 내가 내 신발을 신고 어디를 갔는지는 신만이 안다. 나는 당신들이 이 책에 대해 흥미를 보이고 있으니 이것을 결코 끝낼 생각이 없다. 당신들에게는 아직 일종의 시베리아 그리고 환상선이 달리고 있는 크리메 거리에 이어지는 우랄지방을 상상하는 일이 남아 있다. 그리고 문과 공원의 입구, 그리고 당신들이 있는 인습적인 여러 장소에서는 결코 닿을 수 없는 시가 있다. 물론 내게는... 당신들은 믿지 않을 것이다. 나의 약점 속에 침잠하라, 노예들이여. 내 두 팔은 당신을 당신의 권태에 맡길 것이다. 나의 약점에 대해 당신이 품었던 이 의심스러운 취미, 이 취미에 대해 당신은 기대에 어긋나는 형태로 벌을 받을 것이다. 나는 분류奔流의 거대한 종족의 일원이다. 이것은 당신을 위한 것이 아니다. 내가 말하는 모든 것, 내가 생각하는 모든 것은 당신에게는 너무 고급스럽지만 우선

파리의 농부

은 이 정도로 충분할 것이다. 당신의 시계가 바로 당신이다. 그리고 당신은 당신의 여자다. 자, 머뭇거리지 말고 모든 것을 내 발치에 두기 바란다. 누구도 당신의 의견은 듣고 싶어하지 않으며 이빨 사이로 뭐라고 중얼거려봐야 아무 소용없다. **아름다운 자연이다!** 당신들은 배를 깔고 누워라, 빨리 누우란 말이야! 나는 그들의 몸 위를 걷는다. 게으름의 왕자인 나는 전진한다. 나는 그들의 상의, 그들의 피부, 그들의 심장을 더럽힌다. 노예가 된 오뷔송 직물의 기묘한 모양. 제기랄, 반항하지 마, 이 구두닦이야. 만약 내가 못이 박힌 신발이나 혹은 박차가 달린 신발을 신는다고 생각한다면. 박차는 나쁘지 않은 생각인 것 같다. 랄랄라, 아귀가 딱 들어맞는 것 같다. 내 발에 딱 맞아. 당신들은 입 닥치고 있어.

17.
필립 수포 씨에게, 에를랑제 아브뉴 4번지

《유럽 평론》편집장 귀하

당신은 사고라는 추상적인 측면에서 보았을 때 가치 있는 보편적 의미란 것이 없는 발언들을 모아서 매달 간행하는 것이 부끄럽지 않은가요? 입을 그만 다물게나, 협죽도여.[옮긴이 — 파란 꽃이 피는 것을 말하는 데 이 잡지의 표지가 파란 색인 것을 염두에 둔 것으로 보인다] 당신네 잡지의 기고자들의 발밑에 미리 구멍을 뚫어놓은 적이 있었던가요? 소설의 구상이나 그를 위해 필요한 편안한 분위기나 정신의 창작자의 지적인 궤적 같은 것들이 문자로 옮기고 인쇄를 할 만한 가치가 있는 것인가요? 이런 것들을 위해 당신은 매달 교정을 하거나 조판을 할 때 심장이 두근거릴 만한 가치가 있다고 생각하는 건가요? 이런 활동에는 엄청난 조롱이 하늘로부터 내려올 것입니다. 인간의 불안이란 것을 범속하게, 전혀 불안해하지 않으면서, 사람좋은 부인네들이 그저 고개를 끄덕일 수준에서 검토하는 인간이 이런 높은 수준의 기획을 이야기하게 되면 그 입장의 허구적인 측면이 바로 드러나게 됩니다. 반다 폰 자헤르-마조 부인이 남편이 어떤 잡지를 창간했을 적에 이에 대해 한 말이 있는데 이걸 한 번 읽어보기 바랍니다. "심장이 무너졌지만 다시 일어설 수 있었다." 도대체 어떤 인간들인가, 신이여. 내가 이런 이야기를 하는 것도 당신이 내게 해준 여러 지성의 신호에 의해 당신이 모든 노력의 허망함과 바보스러움에 대해 어떤 생각을 갖고 있다는 것을 몇 번이나 알게 된 기분이 들었기 때문입니다. 물론 나의 착각일 수도 있지만 말입니다.

그래서 나는, 특히 당신이 내게 돈을 미리 지급하도록 허락해준 것에 대한 보상의 의미에서, 신적인 것이나 신적인 것이 나타나는 장소에 대한 나의 상상을 써보려고 시도한 것입니다. 처음에는 너무 거창한 계획처럼 보여 당신을 놀라게 하지 않을 생각으로 성찰이 어느 정도 섞인 산책의 기록이라는 방식으로 내 계획을 제시했습니다. 이것은 당연히 문학적으로 전례가 있는 것입니다. 당신은 고고학적이거나 몽상적인 암시를 기대했을 것이므로 당연히 처음 몇 페이지에는 실망을 했을 것입니다. 하지만 몇몇 사람들은 결코 싫어하지만은 않았으며 당신은 내게 계속 일을 해보라고 격려를 해주었습니다. 나는 당신의 관대함과 무

신경을 구실로 삼아 약간 제멋대로 일을 꾸몄지만 당신은 그렇다고 해서 바로 화를 내거나 하지는 않았습니다. 프랑스에서 흔히 익숙한 것에 비하면 확실한 방종한 것으로 여겨질 대목들을 은밀히 집어넣었던 것입니다. 당신이 이런 걸로 괜히 신경을 쓰거나 하지 않을 것이라고 내 나름대로 짐작을 했던 것입니다. 그런데 심지어 당신은 이것을 대단히 기뻐해주었고 여기에다 당신네 발행인은 이 원고로 호화판의 책을 내자고 제안까지 했습니다. 아무도 그는 이 책을 대단히 음란한 어떤 것으로 생각한 모양입니다. 이렇게도 착각할 수 있다니!

나는 그 사이에도, 무엇이라고 하면 좋을까요? 나는 형이상학의 방향으로 한발자국 내딛는다고 생각했습니다. 놀랄만한 오류. 아니 멋진 실수라고 해야 할 것입니다. 내가 풍물 장터의 악단에게서 나온 것 같은 이 뒤틀린 소리를 제대로 느끼기 위해서는 사랑의 구름이 뒤틀린 것이 될 필요가 있었습니다. 그리고 여기 구름이 있습니다. 어떤 것은 장미색이고, 어떤 것은 청명한 빛의 틈새가 있으며, 변하기 쉬운 그림자가 있고, 작은 새들을 위한 손잡이가 있습니다. 나의 신기루는 이미 당신을 위한 것이 아닙니다. 그래서, 안타까운 일이지만, 만약 이것이 미완성인 것처럼 보인다면, 만약 내 책을 손에 들고 뷔트 쇼몽을 걷는 산책자가 있다면, 이 공원에 대해 내가 거의 말한 것이 없다는 점과 내가 핵심적인 것을 제대로 다루지 않았다는 것을 알아주었으면 좋겠습니다.

18.
인간이 이미 동의한 것, 그를 구속하는 그 첫걸음에 있는 것들, 이것저것 돌보지 않고 기획을 수행하기 위해 내세우는 이유의 그 믿을 수 없을 정도의 비합리성, 이런 것들을 한 순간 느끼는 것만으로 마법을 중단시키기에는 충분한 것이라 할 수 있다. 그렇다, 나는 내 자신의 말을 풍경과 뒤섞기 시작했다. 나는 정신의 어떤 모습을 묘사하려고 생각해, 성찰을 그 실례와 연결시키면서 전율에 이르는 길을 제시했다. 나는 탈색된 님프들이 죽으려 하는 그 먼지 투성이의 가지를 흔들었다. 나는 나의 쾌락이 관념의 빛과 합쳐질 것이라고 생각했다. 그래서 당신들은 결국 내가 어떻게 될 것이라고 생각하는가? 당신들은 결국 한 번도 기분전환을 해본 적이 없는 인간에게서 기분전환을 기대하고 있는 것이다. 경멸의 면죄부가 영원히 당신들 위에 떨어지기를. 이렇게 병든 독자들을 권태에서 구출하는 것이 나의 역할은 아니다. 그런 독자들은 그저 멸망하면 좋을 것이다. 정체를 알 수 없는 어릿광대들이 고뇌하지도 않으면서 인간의 고뇌를 흉내 내는 것처럼 인상을 쓰는 그 침묵의 밤에서 사라지면 좋을 것이다.

    나는 사물의 이름을 하나하나 말하는 인간이 아니다. 터지려고 하는 물결 아래에서, 안와처럼 텅 빈 속에서 간신히 숨을 한번 내쉴 수 있는 것이 고작 내게 남은 것이다. 수만 가지 말 속에서, 수만 가지 중얼거림 속에서, 관념의 셀 수 없을 정도의 당혹감 속에서, 아마도 입맞춤에 심취하고 자신을 잊어버리며 이상할 정도로 자유로우며, 내 자신에게 있어서도 자신의 것이 아닌 것 같은 내 입이, 대기의 세계를 향해 끝없이 이빨을 드러내 물어뜯으려 하는 내 입이, 거품의 다발 옆에서, 파란 체리 나무 아래에서 선택하는 말은 어떠한 것일까? 나를 결국 요약할 수 있는 말은, 나를 조롱해도 좋은데, 그것 때문에 내가 죽을 수도 있는 말은 어떠한 것일까?

정신을 정복했다는 것은 내게 아무것도 아니다. 모든 종류의 탐구자들이여, 당신들은 관능에 대한 혐오스러운 변명 이외에 도대체 무엇을 했다고 할 수 있는가? 가끔 나는 무언가 신선한 것이 있을 것이라고 믿었다. 나는 내 입술로 눈[雪]에 대어보았다. 과일, 번쩍번쩍하는 광택, 젊음, 탄식하는 듯한 물, 숲. 세계의 향수여, 단 하나의 환상의 끈에 의해 나는 너의 썰매에 연결되어 있다. 미끄러지자. 굽이진 길에서 낙하할 때 그것은 마치 작은 새의 비상 같은 것이 된다. 사유에 있어 치명적인 사고를 기념하는 십자가 앞에서 나는 반복해 말한다. 정신의 정복이라는 것은 내게 아무것도 아니다. 인간이 새롭게 획득한 것을 전시할 때, 미소를 띠면서 그곳을 산보하는 이들의 그 미소! 나는 정말이지 그 미소가 견딜 수 없다. 동굴에서 살던 시대 이래로 어떠한 것도, 벽의 주름조차도, 신비에서 얻은 것은 없다. 칼날 아래에서 눈을 뜨기 바란다, 사형수여, 나의 동포여. 야수의 입 안에서. 휘어진 가지에서 수액이 부드럽게... 내 얼굴 위로 흐른다.

나는 이제 쾌락의 바르비종파[옮긴이 — 사실적 풍경화를 주로 그린 유파]의 사람들 사이에 당신과 함께 가는 일은 없을 것이다. 당신은 이것저것에 흥미를 갖고 있다. 그것이 내게 무슨 상관이 있을 것인가? 멋진 바위로 된 다리 아래에 있는 내 심장은─혹시 환영이 아닐까?─거대한 죽은 태양들이 충돌해 생긴 얼음덩어리를 밀면서 흘러간다. 하늘은 완전히 나의 정맥 안에 빠진 채로 있다. 바람은 화산 안에서 울고 있

뷔트 쇼몽에서의 자연의 감정

으며, 용암은 귀의 아래쪽에 있고, 밤은 대지에서 일어나려고 하며, 유충들이 밭에서 나오고 있다. 그리고 이미 늦었다, 말로 표현할 수 없는 욕망의 운명에게는, 시체의 피투성이의 변형에게는, 너무 늦은 것이 되어버렸다. 그리고 라자로는 자신의 무덤에서 결코 나오지 않을 것이다. **그는 결코 자신의 무덤에서 나오지 않을 것이다.**

내게는 이런 일이 일어난다. 내게 제한을 가하고 나를 부끄럽게 하는 사건의 한복판에서, 인간의 절벽과의 접촉으로 나를 되돌아가게 하려는 흐름의 복판에서, 주의력의 저조가 한 여자의 발끝에서 소멸할 때에, 그래도 그 시선에는 버리기 아까운 것이 있고 내가 불확실한 행복을 미친 듯이 바랄 때에, 나는 이런 식으로 생각하기도 한다. 나는 이 별처럼 빛나는 작은 가지 아래에서 혼자라고 말이다. 밀물과 썰물의 운동에 의해 생기를 띠고, 나와 같이 숨을 쉬며, 나와 같이 별들의 금발의 손가락에 의해 농락되는 무수한 존재가 있다고 말이다. 이런 사람들이 몇몇 있을 수 있을 것이다. 그리고 나는 몽상한다. 나의 머리가 떨어진다. 그렇게 잘린 채로 어디로 가는 것인가? 나의 머리는 인간의 종려나무에 가지를 친다. 대단히 소설적인 파노라마다. 여기에는 모두 우화적인 인물로 가득하다. 식료품점 주인, 장비의 담당자, 여왕, 가수, 에스키모, 우유판매점 여주인. 내 머리는 아직 땅에 떨어지지 않았다. 머리여, 눈을 크게 떠라. 이것은 내 자신을 반영하는 혼란된 이미지가 아닐까? 인간의 밀을 준설하면서 산들바람이 가져오는 종잡을 수 없는 말이 당신에게는 들리는가? 이것은 망령이 든 말이지만 행복을 말하고 있다. 내 머리는 아직 떨어지지 않았다. 들어봐, 마치 쾌청한 하루가 끝날 무렵

감옥의 축축한 벽에서 쏟아올라오는 노래 같지 않은가. 참으로 진부한 가사들. 모든 것이 끝난 후에, 누군가가 회상하려고 하면, 기억에 되돌아오는 것은 정말로 진부한 가사들인 것이다. "오늘은 참으로 온화한 날씨였어... 나는 밝은 색의 옷은 별로 좋아하지 않아... 당신은 미인이라고들 말하는 그녀를 본 적이 있어?... 등등." 아직 떨어지지 않았다, 내 머리는. 노래가 또 시작한다. "이런 식으로 말해서 미안하긴 하지만 마치 하늘이 내 손이 닿을 것 같은 데 있는 것 같아... 난 당신의 문이 닫히는 것을 보고 수위에게는 아무 말도 하지 못했어... 나는 그 순간 정말로 죽고 싶을 정도였어... 그래서 내가 말했지... 당신은 내 말을 믿지 않을 거야... 다들 아주 이상한 이야기를 하는 거야, 그런데... 당신은 정말로 사람들이 죽는다고 생각해?" 떨어진다, 떨어진다, 내 머리는. 이제 구슬놀이도 충분히 했고, 충분히 몽상을 했으며, 충분히 살았다, 다 충분하게. 연기가 불꽃을 향해 돌아가도록, 내일이 오늘 안으로 돌아오도록. 당신은 당신의 폐허를 보았다, 오, 멤피스여. 그리고 검은 곤충들이 서식하는, 노래하는 당신의 조각상도 보았다. 이 세계를 상상해보았자 아무런 도움도 되지 않으니 입을 다물고 있기를. 당신은 사유의 운명을 알 것이다.

    이때 말하고 있던 사람이 일어선다. 그리고 잠시 제자리에 있던 자신의 머리를 다시 뽑아버린다. 그는 자신의 몸에서 머리를 뽑아버린 것이다. 그런 다음 보통이 아닌 힘으로, 빈약한 어깨로는 상상하기도 힘든 힘으로, 그는 머리를 멀리 던진다. 눈은 창백하고 영리해 보이는 입술도 탈색된 상태이다. 그는 특징이 있는 자신의 머리를 멀리 던진다.

뷔트 쇼몽에서의 자연의 감정

그러면 머리는 돌멩이들과 마찰을 일으켰다 다시 튀어 오른다. 머리는 굴러가고 도주하다 산허리에 부딪혀 다시 튀어 오른다. 머리는 아래로 내려온다. 머리는 깊은 계곡을 향한다. 한 순간 무리지어 있던 낙엽송들이 그의 귀를 채가기는 하지만 처음에 얻은 돌진력으로 인해 머리는 계속 굴러간다. 나무들은 잎들이 흔들리는 소리를 내면서 뒤로 물러선다. 머리는 계속 전진해 평원에 이른다. 머리는 굴러서 경작지를 지나고, 씨를 뿌린 곳을 지난다. 머리는 곡물의 알갱이들과 섞인다. 키질을 하는 농부가 머리를 바구니에 넣었다가 반대쪽의 울타리를 향해 던져버린다. 이번에는 어린 학생이 울타리 쪽에 왔다가 이것을 줍게 된다, 검은 머리 아래에 피투성이가 된 머리를 말이다. 이 꼬맹이는 말한다. "이 오디는 아직 한쪽이 빨간 걸." 그는 이것을 쓰레기 더미에 던져버린다. 머리는 이제 다리로 서는 법을 배웠다. 여러 종류의 사람들이 이 시골길을 사용하는 법을 안다. 그들의 발걸음은 무한할 정도로 다양하다. 그들의 발걸음은 그들 심장의 다중적인 움직임을 배신한다. 농부의 묵직한 발걸음, 젊은 여자의 발걸음, 숨을 헐떡이면서 숲으로 달아나는 살인자. 그리고 당신들은 맨발에다 피곤한 상태이며 나름 귀여운 데가 있다. 머리는 조용히 바다를 향해 굴러간다.

 멀리, 처음의 물결이 머리의 상처를 핥자마자, 자신의 사고와 분리되었던 사람들은 마치 거꾸로 선 의문부호처럼 부동不動의 상태에서 벗어난다. 투명한 공기 속에서, 타버린 듯한 연봉 위의 상공에서, 그 다이아몬드의 하늘이 뼛속까지 뒤집혀진 살갗에 용서 없이 빛을 던질 때, 돌멩이 하나하나에 불의 말굽을 부착한 하늘의 말들의 발자취가 기록된 것 같은 고지 위에서는, 목이 잘린 육체가 그 가장 강력한 동맥에서 삼단추진 엔진처럼 피를 뿜어낸다. 피는 불꽃을 튀게 하는 그 파란 공간 속에서 괴물과 같은 거대한 양치류를 번식하게 한다. 공간을 향해 깊게 뻗어가던 지팡이는 삶을 지탱하는 얇은 선으로 이어졌다가 대기 속의 마지막 작은 새들에, 이어서 하늘의 둥근 원에, 끝으로 매혹의 마지막 숨결로 이어지는 한 줄의 루비의 점선으로 변한다. 우물이기도 한 인간은, 하늘의 모세관현상에 인도되어, 자신의 피의 흔적을 쫓아 세계의 한복판으로 올라간다. 쓸모없는 육체는 모두 투명함에 의해 점령되었다. 점차 육체는 빛으로 변한다. 피의 광선. 사지는 이해할 수 없는 몸짓을 한 채로 응결된다. 그리고 이제 인간은 성좌 사이의 한 기호에 지나지 않는다.

농부의 꿈
LE SONGE DU PAYSAN

거의 생각할 수 없는 무질서가 이 세계에는 존재한다. 그리고 놀라운 점은 인간들이 이 무질서의 외관 아래에서 하나의 신비를 찾아내려 한다는 것이다. 즉, 인간에게 대단히 자연스러운 질서, 인간에게 있는 하나의 욕구만을 드러내는 질서, 이 질서를 사물에 도입하자마자 그것에 찬탄하며 이것을 하나의 관념으로 만드는 그런 질서를 찾아내려 했던 것이다. 이리하여 그들에게는 모든 것이 섭리이다. 그들은 자신의 현실의 증인일 뿐인 이 현상을, 그들이 자신과 포플러의 맹아 사이에 수립하는 관계나 다름없다고 할 현상을, 그들 자신이 만족할 만한 가설을 사용해 설명한다. 이어서 우리가 알 수 없는 수많은 목적을 위해 가벼운 코튼에 종자를 제공하고 거기에다 충분한 바람을 보내서 제대로 번식하게 하는 신의 법칙에 감탄하는 것이다.

인간의 정신은 무질서를 견딜 수 없다. 그는 그것을 상상할 수 없기 때문이다. 내가 말하려는 것은 그가 그것을 최초의 관념으로 떠올릴 수는 없다는 것이다. 각각의 관념은 그 반대의 관념이 상정될 때에만 관념으로 구성된다는 것은 진실임에 틀림없지만 그것은 제대로 된 검토의 부재로 고통을 받았다. 무질서는 질서와의 관련 하에서만 생각될 수 있으며, 이어서, 질서도 무질서와의 관련 하에서만 생각될 수 있다. 하지만 그저 '이어서'가 있을 뿐이다. 말의 형식 자체가 그것을 강제한다. 그리고 질서에 신성한 성격을 부여하는 것은, 따라서, 무질서에게 있어서는 존재하지 않는 이행, 질서의 추상적 개념에서 질서의 구체적인 개념으로의 이행이라는 것을 의미한다. 질서의 관념은 무질서의 견고한 관념에 의해서는 조금도 보상되지 않는다. 그러므로 신성한 설명이 등장하게 된다.

　인간은 이 설명에 집착한다. 하지만 하나의 관념과 또 다른 관념 사이에는 조금의 차이도 없다. 모든 관념이란 것은 추상적인 것에서 구체적인 것으로 이행하기가 쉽다. 관념은 아주 독자적인 진전을 이룩할 수가 있고 저속한 정신이 만족할 법한 텅빈 껍질이 아닌 것이 될 수가 있다. 내가 사고의 필연적인 전개에 따르며 나의 사고의 논리적인 진행에 따라서 나아가는 것에만 자신을 한정할지 아닐지는 나의 자유이다. 나에게는 다음과 같이 보인다. 정신이란 것은 자신의 관념적인 지각을 끊임없는 보고에 의해 애매하게 하지 않으며, 사고의 매순간에 있어 그것에 앞서는 모든 순간과 끊임없이 비교함으로써 애매하게 하지 않으며 (도대체 미래에 대한 과거의 우선권이라는 것은 무엇이며 그 근거는?), 그리고 또 정신이란 이들 말의 차이를 순수한 통사법적인 관계로 생각하고, 따라서, 밀폐된 항아리 안에 각각 다른 여러 종류의 기체가 공존하면서도 각각이 기체 전부에 주어진 전체의 용적을 점유한다고 생각하는데 그러한 정신에게 있어 무질서란 구체적인 상태로 이행하기 쉬운 것이다.

　이것이 단순한 감정이 아니라는 것은 명백하다. 그리고 내가 질서와 무질서를 변증법의 2항으로 생각한 것은 이것을 이 변증법의 한 예로 제시하면서 동시에 부수적으로 인간이 얼마나 저속한 방식으로 우주에 대한 신성한 해석, 진정한 철학이라면 다들 혐오할 만한 해석을 생각하고 있는가를 보여주려고 의도한 것이라는 것도 명백할 것이다. 나는 무엇보다도 정신을 재판에 회부한다는 꿈을 꾼다. 실제로 절대적인 한계의 관념 이외에는 생각할 것이 없다. 이것 이외의 한계는 없다는 것이 바로 정신의 정의이다. 그리고 무질서가 생각할 수가 없는 것이라면, 만약 무질서가 구체적으로는 생각할 수 없는 것이라면, 무질서의 구체성이야말로 정신의 절대적인 한계가 될 것이다. 많은 사람들이 신이라고 명명한 것의 기이한[특이한] 이미지. 나는 어떻게 이 이미지가 그들에게 있어 인식의 대행이 되고 있는 의견의 체계의 어떤 것과도 양립할 수 있는 것인지 알지 못한다. 그리고 만약 내가 나의 성찰의 첫 형태에 있어 무질서는 생각할 수 없는 것이라고 거칠게 주장한다면 그것은 이 첫 형상이 통속적인 인식, 즉 그것을 통해 나의 모든 직관이 찾아오는 그런 인식의 형태이기 때문이다.

신의 관념은, 적어도 이 관념을 변증법에 도입하게 되는 그것은, 정신의 게으름의 징표에 지나지 않는다. 이 관념은 모든 참된 변증법을 그 첫 걸음에서 멈추게 하려고 일어선 것처럼 두 번째 걸음에서도 비슷한 우회를 한 다음 다시 나타난다. 그리고 무질서 이후에 질서를 신격화하는 것은 쉬운 일이라는 것을 알 수 있다. 혹은 이 두 개의 관념이 전개되는 데 있어 이것들을 신 안에서 통합하는 것은 쉬운 일이라는 것을 알 수 있다. 초월적 관념론이 정지하는 것은 바로 이 단계에 있어서이다. 그리고 확실히 이 관념론은 신의 관념에 대해 예전에 이것에 주어진 여러 지위보다 더 정신에게는 만족스러운 지위를 부여하고 있다. 그러나 절대적인 매개자의 관념 그 자체에 관념론자들이 신학에서 보여준 정신과 같은 소심함, 피로감을 인지하게 되는 바로 그 순간에 그들이 신학에 대해 언도했던 유죄판결을 반대로 내가 그들에 대해 내릴 것이며 또

농부의 꿈

정신이 그들에게 내릴 것이다. 나는 신의 관념이 어떻게 출현하는가를 세 개의 형식에서, 또 정신의 세 개의 단계에서 검토함에 의해 이 출현의 메커니즘이 어떠한 것인가를 인지할 수가 있다. 그리고 나는 이 검토를 통해 자신이 신의 관념에 쉽게 굴종할 수 있다는 것을 예견할 수가 있다. 이러한 취약성, 그 잠재성이 자신에게 나타남에 따라 나는 미리 내 몸을 처벌할 수가 있다. 그리고 신의 관념의 출현에서 볼 수 있는, 항상 동일한 메커니즘 자체를 통해, 나는 이 관념의 특성을 일반화하는 것이다. 신의 관념(혐오스럽고 추한 관념이다)은 심리학적 메커니즘이다. 이것은 어떠한 경우에도 형이상학의 원리가 될 수는 없다. 신의 관념은 정신의 무능력을 측정할 뿐이다. 신의 관념은 정신의 효율성의 원리가 될 수는 없다.

여기에서 형이상학의 불가능으로 결론을 맺는 것은 저속한 정신에게 있어서는 한 걸음이면 족할 것이다. 바로 그런 탓에 이 점의 성찰에 관한 직관은— 내가 의식하는 중간적인 단계에 대해 무언가 의식을 하지 않는 인간에게는 이러한 직관이 때로는 찾아오는 것이지만— 간혹 인간에게 형이상학을 불가능하다고 판단하게 했던 것이다. 왜냐하면 이런 인간에게 있어 신이 형이상학의 대상이기 때문이다. 외관으로는 그들은 기꺼이 주장하지만 만약 형이상학을 통해 그것이 대상으로 삼고 있는 관념에 도달하지 못한다면 그것은 정신이 이 관념을 스스로 금하고 있기 때문임에 틀림없다. 이 순진함이 믿을 수 없는 행운을 맛보았다고 하는 것은 얼마나 착각일 것인가. 이 순진함은 형이상학을 그것과 관계없는 대상에 연결시켰을 뿐 아니라 웃음을 짓게 하는 무의식의 실용주의에 호소하고 있다. 이리하여 인간은 거의 한 세기 동안에 정신의 진정한 자살을 구성하는 이 관념을 납득할 만한 유일한 관념으로 받아들인 것이 된다. 같은 모델 위에 구축된 모든 추론, 하지만 소재로서 정신밖에 갖고 있지 않은 추론은 괴물적이고 수치스러운 것으로 보일 것이다. 그리고 이것은 실증주의의 방식을 재생하는 사람들을 미치광이로 취급한다. 실증주의는 새로운 소피즘은 전혀 아니다. 예전에 관념론자들은 그들의 전성기에 실증주의를 만났으며 자기 자신을 위해 이것을 타파했던 것이다. 하지만 단순히 우회를 한 것뿐으로 항상 최고의 품질을 가진다고 여겨지는 '생각하는 갈대'의 이 겸손은 이미 해결된 어려움을 전력을 다해 되살려내기에 충분한 것이 된다. 현대의 모든 철학은, 실증주의에 반대하는 철학조차, 이 실증주의에 의해 영향을 받거나 그로부터 힘을 얻고 있다. 철학적 정신에게는 철학을 오류의 가장 조잡한 형식이라고 생각하는 것 외에는 방법이 없다. 즉 철학을 아리스토텔레스 학파의 철학에 의해 비난당하고 더 이상 그것에 몰입해서는 안 되는 것으로 여겨지는 삼단논법의 하나로 여기는 것이다.

만약 신성神性의 문제가 — 완고하게 그렇게 여겨지는 것처럼 — 형이상학의 대상이 아니라면, 형이상학 자체가 하나의 논리적 불가능성이라면, 도대체 형이상학의 대상이란 무엇인 것일까? 관념론자는 형이상학이란 철학의 귀결이 아니라 그 기초라는 것을 깨달았고 그것이 논리학과 전혀 별개의 것은 아니라는 것도 깨달았다. 하지만 이 두 번째 포인트에서 이명동류異名同類의 전제는 받아들이기 어려운 것이다. 가령 논리학이 인식의 법칙의 학문이고 이들 법칙이 형이상학의 틀 밖에서는 이해할 수 없는 것이긴 하지만, 그리고 이것은 나도 동의하는 것이지만, 이들 법칙이 형이상학을 구성한다고 할 수는 없는 것이다. 그런 것이 아니라 명백히 형이상학은 인식대상에 대한 학문이므로 논리학이 힘을 발휘하고 자신의 법칙을 전개하는 것은 형이상학 안에서라고 할 수 있다. 보다 이해하기 쉽게 말한다면 논리학의 대상은 추상적인 인식이고 형이상학의 대상은 구체적인 인식이라고 할 수 있다. 그리하여 관념론의 어법을 빌리고 또 이 학설에 있어 오류의 흔적을 통찰한다면 관념의 논리학도, 존재의 형이상학도 있을 수 없다는 것이 된다. 그리고 거기에서 관념론자가 싸웠던 오류 그 자체의 딸인 이들 개념만이 헤겔이 '본질의 과학'이라고 이름 붙였던 그 건축물, 즉 무익한 매개물이며 헤겔로 하여금 논리학에서 형이상학으로의 이행을— 그는 처음에는 이 두 개를 뒤섞어버렸다— 가능하게 했던 그 건축물로 그를 인도하게 되었다.

논리학은 존재의 학문이며 형이상학은 관념의 학문이다. 만약 우리가 직접 형이상학의 개념에 도달할 수 있다면 논리학은 우리들 정신에 전혀 필요하지 않을 것이다. 논리학은 우리들을 형이상학으로 데려가는 수단에 다름 아니다. 그리고 논리학은 이것을 잊어먹어서는 안 된다. 논리학이 이런 가치를 갖는 것을 잊어버리고 쓸데없는 일에 힘을 쓰게 되자마자 그것은 모든 가치를 잃게 된다. 우리들이 형이상학에 도달하는 것은 논리의 길을 거쳐서 가능한 것이다. 하지만 형이상학은 논리학을 포괄하면서 동시에 그 논리학과는 별개의 것으로 여전히 남는다.

관념 혹은 구체적인 것의 인식이, 따라서, 형이상학의 대상이 된다. 정신의 운동은 구체적인 것의 지각을 지향한다. 형이상학을 목표로 하지 않는 정신을 상상하는 것은 불가능하다. 가령 정신이 가장 저속한 것이거나 혹은 편파적인 의견에 의해 일방적인 것이 된다고 해도 그러하다. 정신이 지향하는 것은 여전히 형이상학이다. 그리고 정신이 자신이 찾는 것이 무엇인지를 모르면서 찾는 것에 도달하는 경우가 있다고 해도 그것은 전혀 그런 것에 개의치 않는다. 철학에게는 성공한다는 것은 있을 수 없는 것이다. 철학이 자신의 위대함을 빌리는 것은 자신의 대상의 위대함에서이다. 철학은 그것을 실패 속에서도 보존한다. 따라서 나는 초월적 관념론의 실패를 확인하자마자 인간이 정신의 필연적 단계로서 꿈꾸었던, 가장 고도의 것인 이 관념론의 기도企圖에 경의를 표하는 것이다. 구체적인 것을 향해 걸어가면서 정신은 학설에 주어진 일시적인 동의 탓에 도중에 좌절하거나 하는 일은 없다. 시지포스에게 휴식은 없는 것이다. 그의 바위는 굴러 떨어지지 않는다. 바위는 올라갈 뿐이다. 그리고 올라가는 것을 중단하는 일도 없다.

★

당신의 관념 속으로 떨어지고 당신의 관념 속에서 살아라, 줄에 걸린 상태인 우물을 파는 인부여. 처음에 그것은 하나의 선, 하나의 윤곽에 지나지 않았다, 그리고 이제 관념은 정말로 한정된 것이 되었다, 그리고, 나는 도처에서 관념이 아닌 것에 닿으며 온전한 관념을 통해 관념을 부정하는 것에 닿으며 세계는 그 해변에서 숨을 멈춘다. 내가 품는 관념은, 나의 관념은, 무수한 선에 의해 연결되어 있다. 이것은 하나의 긴 이야기로서 나는 그 형식이 가지고 있는 상처에 가슴이 뜨거워지며 나는 그 다리의 불완전한 부분에 입을 맞춘다.

    강하고 매력적인 창부들. 사람들은 그녀들의 팔에 안기게 되면 그녀들을 일반화하기 시작한다. 나로 말하면 창부들이 그 변하기 쉬운 외관에 석연치 않은 기분이 들지만 남자들은 이러한 외관 아래에서 그녀들 모두에게 공통되는 것, 참된 사랑에 닮은 어떤 것을 찾아내고는, 이에 심취해버린다. 나는 그들의 입맞춤을 좋아한다. 나는 하나하나의 입맞춤을 좋아하고, 그것을 구별할 수가 있으며, 오랫동안 그것을 몽상했으며, 앞으로 그것을 잊지 않을 것이다. 나는 남자들이 불평을 말하는 것을 들은 적이 있다. 자신의 정부는 여자에게 특유한 그것이 없으면서 여자들이 회피하는 다른 것에 빠져버린다고 말이다. 그들은 피부를 애무해도 그 피부 아래 여자를 실신시킬 수 있다는, 일반법칙이라는 전율이 전혀 느껴지지 않는다고 고민하고 있었다. 그런데 나는 그렇지 않다. 나는 너를, 그 특수성에 있어서, 너를 사랑한다. 몸이라고는 전혀 생각하지 않으며, 다른 사람들에게는 유효할 수도 있는 그럴듯한 몸짓 때문도 아니다. 사람들은 당신의 귀여운 손을 가지고 당신을 재구성할 수는 없을 것이다. 당신은 법칙을 드러내면서 동시에 법칙을 혼란시킨다. 법칙이 무시하는 거대한 자유가 당신의 걸음을 따라가면서 폭발한다. 놀라운 일은 내가 여자란 것으로부터 이 여자로 도주했다고 하는 것이다. 현기증이 나는 이행이다. 사유의 수육受肉이 이루어지면 되면 내게는 이 이상으로 거대한 신비는 생각할 수 없다. 어제는 손을 더듬어 나는 공허한 추상을 찾으려 했다. 오늘 한 인간이 나를 지배하고 나는 그 사람을 사랑하며, 그 사람의 부재는 견딜 수 없는 고통이 되고 그 사람의 존재는... 나는 그 사람의 존재를 이해할 수 없다. 그 사람에게는, 그 사람의 권력에는, 무엇 하나 자연스러운 것은 없다. 어떤 태도. 어떤 말. 그 옷의 어떤 움직임. 오오, 팔찌가 육체의 곁에서 즐겁게 놀고 있을 바로 그 때.

    나는 마치 무엇이 날 여기에 데려왔는지, 어디에 있는지도 모르며 어디로 가야할지도 모르는 인간처럼 생각의 한 지점에 멈추어선 상태가 되었다. 불행하게도 나의 사고를 재판한다는 것은 나의 삶을 재판에 회부하는 것이 되기도 한다. 내 친구들은 내 안에 있는 어떤 상태에 주목하고 있고 그것에 신경을 쓰고 있다는 것을 나는 안다. 그들은, 이 점에서 나를 혼란시키는 것이 형이상학적인 전망이 결여되어 있기 때문이라고는 한 번도 생각해본 적이 없다. 나는 대단치 않은 문학 관련 일을 계속해왔지만 그때의 일을 생각하면 부끄러워진다. 이런 부끄러운 생각은 어린 시절의 에피소드나 가정의 생활을 회상할 때 생긴다. 어떠한 논리의 방법도 이 논리의 감옥에서 나를 **빼내주지** 않는다고 생각되었다. 멜랑콜리가 이를 배신하기 때문이다. 나의 운명은 나와 아무런 관계가 없다고 생각했지만 이것이 완전히 바뀌어 나의 사상을 완전히 새롭게 전환시킨 것은 바로 이때였다. 이번에는 나의 사고가 이제까지의 사상을 넘어서버릴 정도였다. 나는 사랑을 했다. 이 말로 드러낼 수 있는 것은 다른 말로는 상상도 할 수 없는 것이다.

    사랑의 관념이, 바로 이 사랑의 관념이, 내 정신에서 일어났다고 한다면 그것은 내가 한 번도 제 때 대답할 수 없는 것이지만 그럼에도 내가 제대로 대응할 수 있는 것은 이 사랑의 관념에 대해서 라는 것이

농부의 꿈

된다. 모든 것이 내가 우선 피하려고 했던 여자에게서, 특히 내가 자기 자신 속에서 피하려고 했던 여자에게서, 나를 멀어지게 한다. 여자에 대한 나의 열광에서는 어떤 종류의 오만함이 있다. 이 오만함은 어떤 여자가 가장 좋을 때에도 나를 미워할 수 있다고 하는 실패의 끔찍한 감정에서 일어난 것이고 이것은 나를 치명적인 암흑으로 데려다준다. 이 여자를 나는 사랑하지 않으려 했다. 나는 일종의 공포를 품으면서 이 여자에 대해서는 기억에 남긴 향수에서도 멀어지려고 했다. 내가 품은 여러 감정이 나의 행동을 결정했다. 물론 그때 나는 어떤 망령의 얼굴을 제대로 파악하지는 못한 채였지만 내 마음의 깊은 변모를 감지하고 있었다. 이미 마음속에 기묘한 사랑의 모양이 나타나고 있었던 것이다. 나는 자신의 기질의 일반적인 경향이란 것을 믿었다. 내가 다른 여자와 만난 것은 이러한 실제의 혼란의 한복판에서이다. 오늘 나는 그것을 그녀에게 밝히고 싶다. 그리고 모든 것이 잠들어주기를, 그녀가 나를 용서해주기를 기도한다. 그때 나는 내 나름의 방식으로 그녀를 사랑했다, 마치 그것이 가능하기라도 한 듯이. 그리고 그녀의 이미지가 다른 여자의 이미지와 섞여버린 것도 모르고 나는 그녀를 아무 거짓도 없이 열렬히 사랑했다. 말하자면 사랑 그 자체를 앞에 두게 되면 바로 사라질 수밖에 없는 그런 사랑을 했던 것이다. 그리고 그녀는 그녀가 나를 불행하게 했다는 것을 확실히 알고 있다. 그녀는 몇 번은 약해진 적도 있지만 나에 대해 무언가 장애물을 내밀었다, 하지만 나는 그 때문에 사랑이 줄어들거나 한 적은 없다. 아마도 이때의 사랑은 그 생명력을 장애물에서 끌어오는 것이었을 것이다. 하지만 친애하는 친구여, 내 말을 들어보기 바란다. 나는 예전에 자신이 부정한 것을 다시 자신 속에 찾았던 것이다. 당신은 나의 단 하나의 수비벽이었지만 이미 당신은 떠나려고 하고 있었다. 그 무렵 나는 다른 여자 때문에 불행했지만 그런 것은 그녀는 알 리도 없다고 생각했다. 나는 그녀에게 접근하기 위한 노력을 전혀 하지 않으면서 살고 있었다. 나는 앞에서 다른 감정이 나를 그녀에게서 멀어지게 했다고 말했다. 그리고 나서 나는 자신의 취약함을 절실하게 느끼면서 몸을 떨었던 것이다. 나는 만약 그녀가 한번이라도 나를 부끄럽게 하는 일을 한다면 이제 살아가는 것이 견디기 어려운 것이 되지 않을까 불안했다. 그녀는 자신이 있는 곳에 나를 부르는, 흔히 하지 않는 일을 했다. 그래서 나는 갔다. 진정되지 않는 밤, 월식의 밤. 이때 우리들 두 사람 쪽으로 커다란 빛을 던지고 있던 난로 앞에서 나는 그녀의 눈을 보면서, 그 조용하고 커다란 눈을 보면서, 마음속에 품고 있으면서도 부정하고 있던 그 사랑의 관념에 도달했다. 그 관념은 갑자기 내게 다가오면서 미친 듯한 내 손이 바로 닿을 수 있는 곳까지 왔다. 나는 조금도 서두르지 않았다. 그것은 고백의 아주 비스듬한 경사 위를 걸으면서 몇 시간이고 계속되었다. 무관심과 사랑 사이에 단절은 조금도 없었다. 드디어 하나의 문이 열렸다. 이리하여 멋진 광경이 나타났다.

    정열이 정신을 흐리게 한다는 것은 누구나 너무 쉽게 동의하는 것이다. 정열은 단지 정신의 속된 면, 즉 정신의 잘 작동하는 부분이 헷갈리도록 하는 것에 지나지 않는다. 연인들의 유희와 학자들의 소일거리는 언제나 웃음거리가 된다. 그것은 어느 것이 더 가치가 있다고 말하기 힘든 것으로 어느 것이나 그저 대단히 큰 대상에의 적응을 보여줄 뿐이다. 사랑 속에서, 사랑의 메커니즘 그 자체를 통해, 나는 사랑이 부재할 때에 그것이 느끼지 못하는 것을 발견하려고 했다. 이 여자 속에, 이 여자의 이미지 저편에, 그 이미지를 빌리면서도, 나아가 그 이미지로 특별한 세계를 전개하면서, 몇 번이나 다시 만들 수 있는 것, 요컨대 취향이 있는 것이지만 내가 모든 현기증에 즈음해서 잘 알고 있는 이 신성한 취향이 내게 다시 한 번 지나가는 사람에게는 닫힌 것으로 보이는 그 구체적인 세계 속에 내가 들어가 있다는 것을 알려주었다. 내게 있어 형이상학의 정신은 항상 사랑에서 되살아나는 것이었다. 사랑은 그 원천이었다. 그리고 나는 이제 이 마법의 숲에서 벗어나려고 하지는 않는다.

★

관념의 영역은 바다 밑과 닮은 데가 있다. 그것은 사고의 운동이 만들어 내는 성층成層에 의해 풍부해지고 대두한다. 그리고 그 암초 속에 재물, 선박, 해골, 길 잃은 욕망, 낯선 의지 등을 감추고 있다. 밤 속에서 하얀 손이 건네준 커다란 메달에 의해, 안개와 음악의 풍경 속에, 번쩍번쩍 빛나는 가게에서 금빛의 침전물에 이르는 이 기묘한 길. 이 침전물 곁의 커다란 메달은 한 마리의 해파리와 이웃하며 어디에서 온 것인지 알 수 없는 무적함대의 잔해들과 나란히 있다. 관념은 또 법칙의 조난이며, 관념은 법칙을 교란시키는 것이다. 관념은 내가 쫓아가자마자 피해버린다. 내가 특수한 것으로 상승하는 것이 쉬운 일이 아니다. 나는 특수성까지 전진한다. 나는 거기에서 자신을 상실한다. 이 상실의 기호는 모든 참된 인식이며, 참된 인식에서 내 손에 떨어진 모든 것이다.

내가 찾으려고 한 이 귀중한 금속. 귀중한 재산이며, 나의 사고의 하나의 생성이고, 내 손안에 있을 때 사라지기 전에 그 인상을 기록하려 하는 이 금속. 이 금속을 나는 알아본다. 나는 이미 때로는 잔에 반사되는 이것을 알고 있다. 나는 이 관념의 샴페인을 마셨다. 내 정신의 궤적을 의식하지도 않고, 명상의 우회로를 거치지도 않고, 그 중간지점이나 결과를 통과하지도 않고 말이다. 가장 빠른 지각으로 인해 하나의 망령이 등장했다. 나는 자신이 살고 있는 이 환상에 책임을 지고 있다고는 생각하지 않았다. 환상 혹은 경이. 바로 이 지역에서 나의 인식은 정확하게 관념이었다. 나는 숨은 계단에 의해, 요컨대 이미지에 의해, 거기에 도달하는 것이다. 추상적인 탐구는 나에게 이미지를 제멋대로인 환각이라고 생각하게 했다. 하지만 그 한계에서 관념은 구체적인 형태를 취하며 특수성으로 가득 찬 보물을 갖추고 있다. 그것은 이미 나에게는 시적인 인식에 다름 아닌, 이미지라는 경멸스러운 인식방법과 아무런 다른 점이 없는 것으로 생각되었다. 그리고 인식의 통속적인 여러 형태는, 과학 혹은 논리라는 구실 아래, 이미지라는 땔감이 멋지게 타버리는 의식의 여러 절차에 지나지 않는다.

나는 이러한 개념이 얼마나 충격적인지 알고 있으며 이에 대해 반대가 있을 것이라는 것도 알고 있다. 현실에 대한 어떤 감정. 순수한 감정. 그렇다면 구체적인 것이 현실이라는 것을 어디에서 알 수 있을 것인가? 역으로 구체적인 것은 현실의 밖에 있는 모든 것이 아닐까, 현실은 구체적인 것이 변증법에 있어서 상정하는 하나의 판단이 아닐까? 그리고 이미지는 이미지인 한에 있어 그 현실을 갖는 것이 아닐까, 즉 인식

농부의 꿈

에 대한 적용이고 인식의 대체물이라는 현실을 갖는 것이 아닐까? 확실히 이미지는 구체적인 것이 아니지만 구체적인 것에 대한 가능한 의식이고 그것도 가장 거대한 의식이다. 게다가 정신을 보는 이러한 시각에 대해 어떠한 반대가 제기되더라도 그런 것은 중요한 것이 아니다. 그런 반대 자체가 하나의 이미지이다. 이미지가 아닌 사고의 방법이란 것은 근본적으로 존재하지 않는다. 하지만 대부분의 이미지는 약하게 기록되는 것에 지나지 않으며 이것들을 사용하는 정신 속에 어떠한 현실에 대한 판단도 가져다주지 못한다. 그리고 그렇게 해서 이미지는 이미지를 빈약하게 하며 무효로 만드는 그 추상적인 성격을 계속 가질 수 있는 것이다. 시적 이미지의 특성은 평범한 형용사에 의존하는 것이지만 본질적인 이미지와는 반대로 구체화의 성격, 요컨대 인간에 대해 커다란 힘을 갖고 자신의 논리의 이름에 있어 논리의 불가능을 믿게 하는 성격을 포함하게 된다. 시적 이미지는 사실의 형태를 취하며 사실에 필요한 모든 것을 동반해서 등장한다. 그런데 사실이란 것은 지금까지 누구도 이것에 반박하려 한 적이 없으며, 심지어 헤겔도 그러했고 그는 사실에 대해 특별한 중요성을 인정하지 않았지만, 사실이란 것은 객체에게 있는 것이 아니라 주체에게 있다. 사실은 시간과의 연관에서만, 바꾸어 말하면 언어와의 연관에서만, 존재할 뿐이다. 사실은 하나의 범주에 지나지 않는다. 하지만 이미지는 사실의 형식만을 빌릴 뿐이다. 왜냐하면 정신은 이미지를 사실의 바깥에서 생각할 수 있기 때문이다. 그리하여 이미지는 자신의 전개의 여러 단계에서 정신이 자신의 인식의 양태에 대해 요구하는 모든 보증을 동반해서 정신에 나타난다. 이미지는 추상의 영역에서의 법칙, 사건의 영역에서의 사실, 구체적인 것에 있어서의 인식이다. 사람들이 이미지를 판단할 수 있고 또 이미지가 모든 인식의 방법이라고 간결하게 선언할 수 있는 것은 바로 이 구체적인 것이라는 말에 있어서이다. 바로 거기에서 이미지를 정신의 모든 운동의 결과라고 생각하는 것은 근거를 갖게 된다. 그리고 이미지가 아닌 것들을 등한시하는 것이나 모든 다른 활동을 희생하면서 시적 활동에만 전념하는 것이 그 근거를 갖게 된다.

당신들은 입을 다물기 바란다, 당신들은 날 이해하지 못하고 있으니 말이다. 이것은 당신들의 시詩하고는 아무 관계가 없다.

인간이 신경을 쓰는 것은 바로 시다.

특수한 것에 대해서만 인식이라는 것이 가능하다.

구체적인 것에 대해서만 시라는 것이 가능하다.

광기라는 것은 추상적인 것과 보편적인 것이 구상적인 것과 시에 대해 우월하다는 것을 말한다.

미친 사람은 이성을 잃은 인간을 말하는 것이 아니다. 미친 사람은 이성 외에 모든 것을 잃은 사람을 말한다. (G. K. 체스터튼)

광기라는 것은 이성적인 것과 현실과의 관계와 같은, 하나의 관계에 지나지 않는다. 그것은 **하나의** 현실, **하나의** 이성이다.

나는 과학적인 활동은, 약간 미친 것이긴 하지만, 인간적으로 옹호할 수 있는 것이라 생각한다.

논리학이 주는 위안. 다음과 같이 말하려고 하는 인간은 예전에 존재했던 적이 없는 것 같다. **민중을 위해서는 논리학이 필요하다.** 이건

농부의 꿈

내가 신경 쓸 일은 아니다. 이건 앞으로 쭉 그럴 것이다.

나의 관심사는 형이상학이다. 광기가 아니다. 이성도 아니다.

이성이 있다고 하는 것은 내게는 별 상관이 없는 문제다. 나는 구체적인 것을 찾는다. 그 때문에 나는 말을 한다. 사람들이 말의 조건 혹은 표현의 조건에 대해 논의를 하는 걸 나는 인정하지 않는다. 구체적인 것은 시 이외의 다른 표현을 갖고 있지 않다. 사람들이 시의 조건에 대해 논의하는 것도 나는 인정하지 않는다.

비평가라고 불리는 박해하는— 박해당하는 사람들이 있다.

나는 비평을 인정하지 않는다.

내가 많은 나날들을 바친 것은 비평이 아니다. 나의 나날들은 시의 것이다. 조소하는 사람들이여, 내가 시적인 생활을 보내고 있다는 것을 납득하기 바란다.

시적인 생활, 제발 이 표현을 제대로 천착해주기 바란다.

나는 사람들이 내 말을 꼬투리 삼아 나에게 반대하는 것을 인정할 수 없다. 이것은 평화조약의 조항이 아니다. 당신과 나 사이에는 전쟁이 있을 뿐이다.

1925년에 《피가로》는 그 '문예별책'에서 시구에서 무음의 e를 생략할 것인가 아닌가를, 각운을 교차로 등장시켜야 하느냐 아니냐를 물은 적이 있었다. 당신들은, 내가 아는 한도에서, 나의 생각에 관해 이와 다르게 행동하는 일은 없을 것이다. 바로 이 점에서 나의 삶에 대한 당신의 판단을 생각해보기 바란다.

나의 삶이란 것은 나에게 속한 것이 아니다.

파리의 농부

나는 이미 이것을 말했다.

나는 무대에 등장하지 않는다. 하지만 일인칭 단수는 내게 있어 인간의 구체적인 것 전체를 드러낸다. 형이상학이란 것은 모두 일인칭 단수이다. 모든 시 또한 그러하다.

이인칭, 이것도 또한 일인칭이다.

오늘날에는 더 이상 왕은 존재하지 않는다. "우리들은 욕망한다"고 말하는 현자들만 있을 뿐이다. 우직한 사람들이다.

그들은 자신들이 복수複數에 닿는다고 믿는다. 그들은 자신들의 독이빨을 모른다.

나는 헤매거나 하지 않으면 자신을 통제하고 있다. 어쨌든 본질적인 것 이상으로 무언가 부조리한 것이 풍경 속에서 눈을 끌어들인다. 나의 시선은 아름다운 발견을 하게 된다.

단호히 나는 비평을 인정하지 않는다.

나는 하늘에 있다. 어느 누구도 내가 하늘에 있는 것을 방해할 수 없다.

그들은 하늘을 다른 곳에 두었다. 그들은 별을 상상하면서 내 눈을 잊어버렸다.

정신에게 있어 도대체 지옥이란 무엇인가?

내가 가졌던 여러 희망들 중에서 가장 완고한 것은 절망이었다. 지옥. 나의 모랄은, 당신도 알다시피, 나의 낙천주의와 연결되지는 않는다. 나는 위안이란 것을 한 번도 이해한 적이 없었다.

하늘은 나를 도와주지는 않을 것이다.

농부의 꿈

이상한 일이다, 위안이 되는 모랄에 대해 그들이 품는 이 욕구라는 것은.

꽃도 없지만 왕관도 없다.

여기에는 낭비꾼, 저기에는 탐욕적인 자들. 그들은 자신의 생명을 주당 얼마를 받는 조건을 빌려주고 있다. 그들은 죽을 때가 되어서야 자신을 다시 만나기를 바라고 있다.

시보다도 그들은 낙원을 더 좋아한다.

취향의 문제이다.

형이상학에서조차 사람들은 일반적으로 시가 인간의 자양분이 되지 않는다고 생각한다.

이러한 감상은 무엇인 것일까?

감상 따위는 모두 버리도록 하자. 감상은 말의 문제가 아니며 모든 종류의 사기꾼일 뿐이다. 감상의 밖으로 나와 세상을 제대로 보도록 하자. 바깥은 이처럼 좋은 날씨이다.

현실은 모순의 명백한 부재이다.

경이驚異라는 것은 현실적인 것 안에서 나타나는 모순이다.

사랑은 현실과 경이가 혼동이 된 상태이다. 이 상태에서는 존재의 여러 모순이 존재에 대해 **현실적으로** 본질적인 것처럼 보인다.

경이가 자신의 권리를 잃는 곳에서 추상이 시작된다.

환상적인 것, 저 세상, 꿈, 내세, 낙원, 지옥, 시, 이런 말들이 구체적인 것을 의미하기 위해 사용되는 것들이다.

구체적인 것에 대한 사랑 이외에 사랑이란 것은 없다.

그리고 그들이 쓰는 것에 대해 집착하는 이상 그들에게는 아직 사랑의 형이상학을 쓰는 일이 남아있다.

유명론唯名論에 대한 어떤 반대에 답하기 위해 사람들로 하여금 수면에 빠지는 초기에 일어나는 일에 주의하라고 촉구할 필요가 있다. 거기서 어떻게 사람들이 자신과 말을 나누는지, 어떻게 감지하기 어려운 진행을 따르면서 자신의 말을 파악하는지, 나타나고 현실화하는 말에 대해 말이다. 그리고 그가 마침내 그 구체적인 가치에 도달했을 때, 바로 그때에, 사람들이 말하는 대로 그는 꿈을 꾼다.

구체적인 것, 그것은 기술할 수 없는 것이다. 지구가 둥글다는 것을 알았다고 해서 그것이 내게 어떤 의미가 있다는 것인가?

사유에 대해서 말한다면 품격이 있는 스타일이 있다.

그것은 심리학자들이 부정하는 것이다.

심리학자 혹은 영혼의 아마추어들은 감정에 몰입하는 사람들이다. 나는 그런 사람들을 제법 알고 있다.

관상학자라는 말의 창시자들.

이 세상에서 최고의 이유를 늘어놓으면서 **신**을 말하는 사람들.

신은 내 입에는 거의 올라오지 않는다.

정신에서 여러 능력들을 구분할 수 있는 사람들.

진리에 대해 말하는 사람들(나는 진리를 말하기 위한 거짓말들을 그다지 좋아하지 않는다).

당신들, 당신들은 이미 늦었다, 왜냐하면 개인들은 지상에서의 그들의 시간을 이미 끝내버렸기 때문이다.

농부의 꿈

개인의 파괴라는 관념을 극단적으로 밀어붙일 것, 그리고 그것을 넘어서도록 할 것.

파리의 농부

저자 연보 및 옮긴이 후기

루이 아라공 연보

1897. 10.03 파리에서 루이 앙드리외Louis Andrieux와 마그리트 투카Marguerite Toucas의 아들로 출생. 루이 앙드리외는 경찰국장 출신의 국회의원으로 기혼자였고 30세 연하의 마그리트는 그의 정부였다. 사생아임을 감추려고 외할머니의 양자로 입적했고 모친의 집에서 성장했다. 어머니를 큰 누이로, 외할머니를 양모로 여기고 자랐다. 19세가 되어서야 자신의 출생의 비밀을 알게 된다.

1912 파리의 리세 카르노에 입학

1915 바칼로레아에 합격

모친의 희망에 따라 의과대학 준비를 함

1916 10월에 파리대학의 의과대학에 등록

아드리엔 모니에의 서점에 자주 갔고 거기서 앙드레 브르통의 면식을 얻게 됨.

1917 아라공이 쓴 미학에 관한 짧은 에세이를 본 아폴리네르는 자신의 글을 일부 수정해보도록 그에게 요청함.

징병검사에서 합격.

1918 전선으로 출발.

1919 3월에 앙드레 브르통, 필립 수포와 함께 《문학Littérature》 창간.

1920 1월에 트리스탄 차라가 파리에 온다. '다다'의 계절.

시집 『희열의 불Feu de joie』 (N.R.F.)

1921 5월에 '모리스 바레스 재판Procès de Maurice Barrès'(모리스 바레스를 비판하는 일종의 모의재판)에서 차라와 다른 초현실주의자들 사이의 간극이 크게 벌어진다.

『아니세 혹은 파노라마Anicet ou le Panorama』 (N.R.F.)

1922 『텔레마코스의 모험Les Aventures de Télémaque』 (N.R.F.)

1924 『방종Le Libertinage』 (N.R.F.).

『꿈의 물결Une Vague de rêves』 (Commerce).

1926 1월에 영국 상류계급 출신의 작가인 낸시 큐나드Nancy Cunard와 교제를 시작한다. 그녀는 올더스 헉슬리, 에즈라 파운드 등에게도 뮤즈 역할을 했던 여성이다.

시집『영구운동Le Mouvement perpétuel, poèmes』 (N.R.F.)

『파리의 농부Le Paysan de Paris』 (Gallimard)

1927 1월 프랑스 공산당에 가입.

여행 중인 마드리드에서 1923년부터 써왔던 『무한의 옹호La Défense de l'infini』의 원고를 낸시 큐나드가 보는 앞에서 태워버림.

『이렌느의 음문Le Con d'Irène』 (Albert de Routisie라는 필명으로 발표).

1928 『문체론Le Traité du style』 (Gallimard).

시집 『거대한 경쾌함La Grande Gaïété』 (N.R.F.).

11월에 "라 쿠폴"에서 엘자 트리올레Elsa Triolet를 만남.

1930 11월에 조르쥬 사둘Georges Sadoul과 함께 우크라이나의

카르코프에서 열린 "혁명적인 작가 국제회의"에 참가. 이 회의에서 초현실주의자에 대해 제기된 비판에 대해 제대로 대응하지 못하고 오히려 공산당 문학인으로서의 입장만을 드러낸 것이 아닌가하는 비판을 받게 됨. 이른바 '아라공 사건'.

1931 아라공의 소련에서 발표한 장시 "붉은 전선"이 프랑스에서도 알려지면서 물의를 일으킨다. 그가 실형에 처해질 위기에 처하자 브르통과 다른 초현실주의자들이 그를 옹호한다.

1932 아라공이 《류마니테l'Humanité》에 브르통을 비판하는 글을 실으면서 초현실주의 그룹과 결정적으로 결별.

1933 《류마니테》의 정기기고자로 활동.

7월부터 폴 니장과 공동으로 《코뮌Commune》의 편집책임자가 됨. 이 잡지는 '혁명적인 작가 및 예술가 협회'가 발간하는 것이었다.

1934 앙드레 말로, 장 리샤르 블록과 함께 소비에트 작가 동맹에 참가함.

『바젤의 종Les Clôches de Bâle, roman』("현실세계" 연작) (Denoël)

1935 『사회주의 리얼리즘을 위하여Pour un réalisme socialiste』 (Denoël)

1937 프랑스 공산당이 발간하는 석간신문《스 스와르Ce soir》의 디렉터를 장 리샤르 블록과 공동으로 맡게 됨.

1939 2월에 엘자 트리올레와 결혼.

미국을 방문해서 3차 미국작가회의에 참가함.

1941 시집 『상심 Le crève-coeur』 (E.F.R.)

앙리 마티스와 교류를 가지게 됨.

1942 시집 『엘자의 눈 Les Yeux d'Elsa』 (Cahiers du Rhône)

1943 시집 『뮤제 그레뱅 Le Musée Grévin』

1944 『오렐리앵 Aurélien』 ("현실세계" 연작) (Denoël)

1946 『공산주의적 인간 L'Homme communiste』 (Gallimard) 1권

1953 2월에 공산당 계열의 잡지인 《프랑스 문예 Les Lettres françaises》의 디렉터에 취임.

1954 공산당의 중앙위원회의 위원으로 선출됨.

1956 시집 『미완의 소설 Le Roman inachevé』 (Gallimard).

1957 장 콕토와의 공저 『드레스덴 뮤지엄에 대한 대담 Entretiens sur le Musée de Dresde』

1958 『성주간 La Semaine sainte』 (Gallimard).

1961 레오 페레 Léo Ferré가 루이 아라공의 시를 소재로 만든 노래를 담은 앨범 "루이 아라공의 노래 Les Chansons d'Aragon" 발표.

1963 시집 『엘자의 광인 Le Fou d'Elsa』 (Gallimard).

1965 『사형집행 La mise à mort』 (Gallimard)

1967 『블랑슈 혹은 망각 Blanche ou l'oubli』 (Gallimard)

1968 『아라공, 도미니크 아르방과 말하다 Aragon parle avec Dominique Arban』 (Seghers).

소련의 체코 침공. 프랑스 공산당은 이에 대해 비판적인 입장을

취하고 《프랑스 문예》는 체코의 작가 및 예술가에 대한 지지의 입장을 밝힘.

1969 『첫 구절 혹은 소설의 탄생Je n'ai jamais appris à écrire ou les incipit』(Skira).

1970 6월 16일에 엘자가 타계함.

1971 『소설 앙리 마티스Henri Matisse roman』(Gallimard).

1972 《프랑스 문예》 발간 중지.

1977 C.N.R.S.(국립과학연구원)에 자신과 엘자의 문서를 맡김.

1981 『현대 예술에 대한 글들 Ecrits sur l'art moderne』(Flammarion).

1982 12월 24일 루이 아라공 타계.

1986 유고를 편집해 『무한의 옹호La Défense de l'infini』 발간.

옮긴이 후기
도시가 감춘 이중성에 대한 몽상

『파리의 농부』가 책으로 발표된 것은 1926년으로 당시 아라공은 29세였다. 그에게 있어 초현실주의 시대에 있어 최후의 소설이고 그 이후로는 시집 『거대한 경쾌함』(1929)이 있으며 그 다음 해에는 장시 "붉은 전선"을 쓴 다음 결연히 코뮤니즘 진영에 가담하게 된다. 『파리의 농부』는 아라공의 쉬르레알리즘 시대의 한 정점을 이루는 작품이면서 동시에 다음 단계로의 도정을 암시하는 작품이기도 하다. 그로 인해 이 작품에는 원숙과 혼란이 섞여 있으며 부분적으로 대단히 난해한 대목도 많다. 초현실과 현실, 몽상과 논리, 무질서와 질서가 혼합되어 있어 이 소설은 제르멘느 브레가 말한대로 초현실주의 진영에서 일종의 '앙티로망(반反소설)'이라고 해도 과언이 아닐 것이다.

서문에서 아라공 자신이 쓰고 있는 대로 그는 1920년대 파리의 거리에서 신화를 발견하려 한다. 특별한 것이 없는 거리, 골목길에 있는 작은 상점들, 사람들이 많이 찾지 않는 공원의 작은 언덕이나 호수에서 경이와 신비를 보려 했으며, 그 주변에 사는 사람들과 통행인을 시적인 인물로 만들려고 하며 환영이나 유령을 보기도 한다. 이들 거리나 통로(파사쥬)들은 지역의 재개발로 인해 현재는 그 모습이 사라진 것들이 대부분이지만 그런 만큼 아라공은 예전의 파리의 거리와 인물들을 시적으로 환기하고 있다고 할 수 있다. 예전의 파리가 나날이 파괴됨에 따라 파리의 신화도 사라져 가는 것을 안타까워하며 그곳의 사람들이나 거리도 근대화, 합리화가 급속히 이루어져 가는 것을 개탄한다. 이발사, 창부, 점원, 경비원 등이 아직 싸구려 호텔이나 구식의 점포에 진을 치고 있었고 사람들에게는 어딘가 여유가 있었던 시대였다. 그들의 일상생활 속에서, 무너져가는 지저분한 점포에서, 금박이 입힌 쇼윈도에서 아라공이라는 프랑스에서 가장 전위적이고 젊은 시인이 여러 몽상에 깊이 몰입할 수 있었다. 카페의 테라스나 레스토랑의 구석진 장소에서 그는 동료들과 언제 끝날지 모르는 토론을 하기도 하며 이상한 말장난을 하기도 했던 것이다.

아라공은 일상에 잠재해 있는 특이한 것을 탐지하는 데 있어 뛰어난 감각을 가지고 있었으며 거의 탐정을 방불케 하는 도시탐색의 재능은 초현실주의자 동료들 사이에서는 평판이 대단했던 것으로 보인다. 브르통도 "도시의 비밀스러운 삶에 대해 그처럼 동요하는 사람도 달리 없을 것이다"고 할 정도였다.

파리라는 도시의 구석구석까지 잘 알고 있는 자로서 근대적이고 균질적인 도시공간에서 삐져나오는 장소에 민감하게 반응할 수 있었고 그리하여 이른바 '장소의 형이상학'을 시도하게 된다.

1924년 봄에 아라공은 친구인 필립 수포가 편집을 맡고 있는《유럽 평론》에『파리의 농부』의 2부에 해당하는 "오페라 파사쥬"를 연재한다. 구 오페라좌 근처에 있는 이미 퇴락한 이 파사쥬는 오스만 대로의 확장공사로 인해 그 철거가 결정된 상태였고 실제로 25년에 철거가 이루어지게 된다. 19세기에는 파리의 번영을 대변하는 것으로 여겨졌던 이 건조물은 글의 모두에서부터 그 불안정한 면이 강조된다.

"파리의 그랑 불바르 주변에 있는 많은 닫혀진 갤러리들은 약간 당혹스럽게 파사쥬(passage 혹은 아케이드)라고 이름 붙여져 있다. 마치 햇빛도 비춰지는 것을 막아버릴 듯한 통로는 누구도 잠시 동안 멈춰 설 것을 허용하지 않을 것 같다."

파사쥬는 거리(통과의 장)이면서 홀(머무는 장)이고, 외부의 빛을 반은 통과시키고 반은 차단하는 곳이다. 닫혀 있으면서 동시에 열려 있는 장소이며, 내부와 외부의 경계가 애매한 공간이다. 이 수상쩍은 이중성이 떠도는 장소에서 아라공과 브르통은 특별한 냄새를 맡는다.

"1919년이 끝나려고 하는 어느 오후 앙드레 브르통과 나는 우리들 동료들이 여기에서 모이는 것으로 하자고 결정했던 것이다. 몽파르나스와 몽마르트르를 싫어했기 때문이고 파사쥬의 모호한 매력을 좋아했기 때문이다."

사실 19세기 전반에 일세를 풍미했던 그랑 불바르 주변의 파사쥬는 제2 제정하의 파리 개조가 본격화되면서 서서히 낡은 것이 되었다. 대로 안쪽에 만들어진 파사쥬는 근대적이고 계획적인 도시의 풍경에는 이미 어울리지 않는 것이 되었던 것이다. 대로에 보도와 가로등이 설치되면서 이전까지 대로의 마차들과 흙탕물을 피해 파사쥬를 이용하던 통행인들도 대로를 많이 이용하게 되었다. 이러한 흐름은 1차 대전 이후 대로에 전기등이 많이 설치되면서 더욱 결정적으로 되었다. 예전에는 밝고 화려한 것으로 여겨졌던 파사쥬의 가스등은 어둡고 침침한 것, 혹은 과거의 추억을 연상시키는 것으로 변화하게 되었다.

아라공은 이처럼 사라져가는 운명에 있는 파사쥬를 글을 통해 불멸의 어떤 것으로 만들려 했다. 그것도 다른 작가들처럼 파사쥬를 단순히 환상 혹은 몽환의 장으로 하는 정도가 아니라 이것을 반사하는 빛/사변spéculaire/spéculatif의 장소로 만들고 있다는 것이 결정적으로 중요하다. 유리천장 아래에서 태양광선이 "해저에서 나오는 것 같은 초록색을 띤 광선"으로 변하면서 거기에서 바다가 출현하는 것처럼 "덧없는 것의 신앙의 성역"에서, 그리고 그 성역에 대해 사색에 빠지는 것이다. 그리고 이를 통해 단순히 개인의 상상력의 틀을 넘어서서 집단이 꾸는 과거의 꿈까지 반향하도록 하는 것이다. 이것은, 감각적이고 구체적인 인식과 초현실주의적인 꿈의 창출이 결합하면서, 갑자기 인류학적인 인식으로 상승하는 것 같다고도 할 수 있을 것이다. 아라공이 동시대의 파리라는 도시에서 "모든 것의 모든 변형의 원칙"을 발견하고 이 원칙이 만들어내는 것을 "움직이는 신화"라고 부를 때 덧없는 것의 원형인 오페라 파사쥬는 이 변화를 받아들이면서도 거기에다 그 변화를 외부에 발신하는 이상적인 장치가 된다. (앞으로 쓰여질) 텍스트, (변화할) 장소, 쓰는 사람, 이 3자가 시간과 공간 속에서 움직이면서 변용하기 시작한다.

현대의 신화에 있어, 빠른 변화가 가져오는 '덧없음l'éphémère'과 파사쥬라는 공간의 '애매성l'équivoque'을, 아라공은 빼놓지 않고 꼼꼼하게 텍스트에 담는다. 앞에서 묘사되는 것 중 인상적인 것은 이중계단에다 가짜 문을 설치해 교묘하게 출구를 갖춘 가구가 붙은 아파트(오늘날의 러브호텔)이다.

"이 로맨틱한 싸구려 하숙집에서는, 가끔 문들이 열려있어서 기묘한 조개껍질 같은 내부를 엿볼 수 있다. 그래도 주변을 떠도는 사람들은 아마도 아무렇지 않게 이곳을 사용하고 있지만 이 부근의 분위기 때문에 이 호텔은 더욱 수상해 보인다. 분장실들로 가득 찬 극장의 무대 뒤처럼 긴 회랑을 통해 이어지는 방들은 전부 같은 방향으로 파사쥬를 향하고 있다. 이중 시스템의 계단을 내려오면 2개의 다른 지점에서 파사쥬로 들어서게 된다. 이 모든 배치는 만일의 경우에 서둘러 방을 빠져나갈 수 있도록 고안되었다. 그리고 평범한 장식의 빛바랜 하늘색 벽지 뒤에 관찰자가 매우 은밀한 만남을 알 수 없도록 모든 것이 배치되어 있다. 일층의 가장 먼 계단 부분에 누구의 발상인지 모르지만 문이 설치되어 있어서, 만일의 경우, 이 문을 닫아 출구를 바로 봉쇄할 수 있다."

일시적으로éphémère 머무는 사람들을 위한 2중성équivoque의 공간. 이처럼 두 개의 얼굴을 가진 숙박업소인 maison de passe(임시 숙소)를 소개하면서 아라공은 파사쥬passage라는, 그 자체로 의미가 쉽게 고정되지 않는 말을 절묘하게 사용해 보인다. 책 전체의 서문인 "현대의 신화를 위한 서문"에서 "몇 개의 새로운 신화가 우리가 발걸음pas을 내딛을 때마다 태어난다"라고 서술하면서 발걸음의 의미도 있으면서 동시에 부정(no)의 의미도 있는 pas를 도입한다. 서문에서 이어지는 "오페라 파사쥬"는 그 자체가 어느 보행자passant가 하는 이야기이며 독자는 텍스트의 통과자passant가 된다. 독자는 텍스트 전체에 걸쳐 매복해있는 pas, passe, passé, passer, passif, passant, passager 등의 말을 mots de passe(패스워드 혹은 비밀번호)로 삼아 앞으로 나아가야

한다. 파사쥬란 말 자체가 pas를 열쇠를 하면 새로운 의미를 띤다. 앞에서 인용한 "약간 당혹스럽게 파사쥬라고 이름 붙여져 있다"는 대목을 보자. '파사쥬passage'라는 말은 pas(없다)+sage(분별)라고 할 수 있으며 그렇다면 이 말은 '분별이 없다' 혹은 '절제가 없다'는 뜻도 되는 것이다. 그리하여 파사쥬는 '분별없는 사람들이 출몰하는 곳'이 된다. 파사쥬란 말은 이처럼 새로운 의미를 만들어내는 기호로서 작용한다.

뒤로 가면 파사쥬에 진정한 이름을 붙이는 것이 필요하다고 하면서 화자는 자신의 친구인 "특이한 현대의 현자"인 로베르 데스노스가 '덧없는 것éphémère'을 소재로 거의 아크로바트라고 할 만한 언어유희를 펼치는 것을 보여준다. éphémère는 F.M.R로서 folie-mort-rêverie(광기-죽음-몽상)이며, Les faits m'errent(사실이 나를 헷갈리게 한다)이며, LES FAITS, MÈRES(어머니라는 사실)이다. 여기에다 아라공이 묘사하는 파사쥬 안의 모든 가게나 인물은 모두 애매한 이중성을 가지고 있다. 손수건 가게, 마사지 가게, 소극장인 테아트르 모데른은 겉으로 내세우는 것과는 달리 은밀하게 매춘알선을 해주는 곳이다. 파사쥬 안에는 두 개의 이용원이 있으며 가구가 딸린 하숙집은 두 명의 여성이 관리하며 지팡이 가게는 두 개의 쇼윈도가 있다. 카페 세르타에는 두 개의 메뉴표가 있으며 프티 그리용에는 두 개의 방이 있다. 이처럼 모든 것이 이중성을 갖고 있기 때문에 그 이미지 또한 거울로 비춘 것처럼 이중적인 것이 된다. 독자는 화자인 '농부'가 안내하는 파사쥬 안의 점포를 순서대로 설명하고 있음에도 불구하고 그 배치가 명확히 파악하기 힘들다고 느낀다. 거기에는 두 개의 이유가 있다. 하나는 이 파사쥬 자체가 바로메트르와 테르모메트르라는 두 개의 회랑(갤러리)으로 이루어져 있어 원래의 구조가 복잡하다. 둘째로는 농부의 통행이 이 두 개의 회랑을 단순히 왕복하는 것이 아니라 테르모메트르를 왕복한 후 출발점에 돌아와 다시 다른 회랑으로 들어가기 때문에 같은 가게가 다시 언급되기도 하면서 결과적으로는 (거울을 다시 거울로 비추는 것과 같은 효과로 인해) 미로를 걷는 것과 같은 인상을 준다.

다음의 지팡이 가게에서 쇼윈도의 묘사는 관광가이드적인 묘사가 갑자기 초현실주의적인 경이로 변모하는 유명한 사례가 된다. 등불이 꺼진 밤의 파사쥬 내부에서 가게의 진열품 중 하나가 쓰러지면 쇼윈도의 저편에서 갑자기 인어가 나타나고 동시에 주위는 물의 에로스를 담은 해저의 분위기가 감돈다.

"오페라 파사쥬라는 거대한 바다. 거기에서 지팡이는 해초처럼 흔들리고 있다. 내가 아직도 마법과 같은 황홀함에 빠져 있을 때에 문득 다양한 진열창에서 인간의 모습을 한 형태가 헤엄치고 있다는 것을 알아챘다. 그 모습은 보통 키의 여성에 지나지 않았지만, 난쟁이라는 인상은 전혀 주지 않았다. 그녀의 체구는 오히려 거리가 멀어서 조그맣게 보이는 듯 했고 그 인물은 창유리 바로 뒤에서 움직이고 있었다. 그녀의 머리카락이 뒤로 날렸고, 손가락이 때때로 지팡이 중 하나를 꽉 움켜잡았다. 처음에는 마치 나는 관습적인 의미에서 사이렌(고대 그리스 신화에 나오는 선원을 위험에 빠트리는 여자)과 대면한다고 생각했다. 분명히 이 매력적인 요정의 아랫부분은, 매우 낮은 허리둘레까지 벌거벗은 채로 강철이나 비늘 혹은 장미 꽃잎으로 덮여 있는 것 같은 느낌이 들었기 때문이다."

　일상적인 것이 갑자기 경이로 변하는 장면이라는 점에서 참으로 초현실주의적인 환상의 출현이라 할 수도 있지만 실상은 어두운 파사쥬 내의 한 가게를 보고 있던 화자의 배후를 주변을 배회하던 노출도가 높은 의상을 입은 창부(라고 짐작되는 여성)가 지나갔고, 화자가 유리에 비친 그 모습을 환상이라고 생각했을 수도 있다. 유리와 빛은 우리에게 착각을 불러일으킨다. 돌이켜보면 아라공은 "현대의 신화를 위한 서문"에서 그 짧은 양에도 불구하고 무려 10번이 넘게 '오류erreur'라는 말을 사용하면서 인간 지각의 불확실성이 역으로 상상력에의 자극이 될 수 있다는 것을 넌지시 암시하고 있었던 것이다. 이 의도적인 착각이 '상상력에의 도약대'가 되어 치밀한 묘사가 시작되고 이것은 이어서 의미의 증식을 낳게 된다. 모든 아라공의 텍스트를 특징지우는 일종의 '묘사의 쾌락'은 바로 이런 회로를 통해 나오는 것이 아닐까 생각된다. 그리하여 문학은 그 근본에 있어 '언어 체험' 이외의 어떤 것도 아님을 다시금 입증해주고 있는 것이다.

파리의 농부

1판1쇄 인쇄・발행 2018년 11월 12일

지은이　루이 아라공
옮긴이　오종은
펴낸이　임재철
펴낸곳　이모션픽처스

표지 디자인 골든트리
편집 민지형, 허은, 박진희
제작진행 기 플러스 발
등록 2010년 8월 20일 (제 313-2010-263호)
주소 서울시 마포구 공덕동 79-15 401호
전화 02-6382-6138
팩스 02-6455-6133
전자우편 emotionpic@naver.com

© (주)이모션픽처스, 2018, Printed in Seoul, Korea
ISBN 979-11-87878-05-6